医の小説集

リンダの跫音

医の小説集◆リンダの跫音

装丁デザイン――望月千香子

市振の芭蕉

一

「松が見えたぞィ」

泥まみれの竹杖を遠く指しながら、芭蕉は野太い声をあげた。遅れて、曾良の喘ぎ声が海風に千切れた。

元禄二年（一六八九）七月十二日申《さる》の下刻（午後四時すぎ）、ようように親不知《おやしらず》を越えて、市振《いちぶり》の村里に辿りついた。北陸道《ほくろくどう》の越後と越中の外れ、天下の険の西の入口。街道際にそびえる〝海道の松〟が旅人の目印であった。樹齢二五〇年、幹の目高の太さは八尺余り（二・五メートル）の大樹である。日々、東からの疲労困憊《こんぱい》した旅人を悦ばせ安んじる。

青海から四里（十六キロ弱）が、親不知・子不知と呼ばれた北国一の難所である。青海川を徒歩《かち》渡りして半里の間、断崖から海岸に崩れ落ちた巨岩大石を伝い飛ぶ。ここで馬を返したところから駒返し、さらには犬も尻尾を巻いたことから犬戻りと恐れられた。そのあと、絶壁下の潮の引いた波打際を、恐る恐る寸退尺進の歩みをすすめる。

陽暦八月二六日の引き潮の時刻であったから、彼らは荒波にさらわれることなく、寒さにも凍えずに難路を通りぬけた。

それでも、芭蕉の墨染めの僧衣はずぶぬれで、黒い宗匠頭巾は汗にまみれていた。同じく僧体の曽良も濡れ鼠で、首に吊した頭陀袋《ずだぶくろ》を揺らし、足元もおぼつかぬままに師を逐《お》う。小肥りの芭蕉は健脚だが、お伴にもかかわらず痩せぎすの曽良は鈍足であった。芭蕉数え四六歳、曽良四一歳。

のちに、『奥の細道』と題される松尾芭蕉の俳諧の旅は、三月二七日に江戸深川を出立し、奥州から出羽を経て市振まで三ヶ月半を過ぎていた。随行する弟子の河合曽良《かわいそら》は、行脚《あんぎゃ》の日々を丹念に書き留めた。そののち、細道の記を照応する『曽良旅日記』を残す。

市振は、浜辺に迫る山裾にへばりついた鄙《ひな》びた漁村である。海道の松を仰ぎみると、すぐ先に瓦屋根の井戸がある。その昔、弘法大師（空海）が杖で三度叩くと湧きだした、という清水である。我知らず芭蕉は、手にした竹を編んだ網代笠《あじろかさ》と細い竹杖を放りすてた。口内に塩が吹き喉が干からびていた。よろめいて、井戸に垂れさがる太縄にしがみついた。

頭上の井戸車がカラカラと回り、勢いよく濡れた釣瓶《つるべ》（桶）が上がってきた。両手で引きよせると、釣瓶をかたむけて冷い水をあおった。短い口髭が黒々となびいた。曽良も争って、もったいなくも零れる水を両手にすくった。

そのあと、彼らは脚絆《きゃはん》をほどき足袋草鞋《たびわらじ》を脱いだ。〝弘法の井戸〟の玉石を踏んで、泥砂に汚れた両足を洗う。今朝、越後の能生を立ち、昼頃、糸魚川《いといがわ》に足を休め、青海から親不知を越えた。連日、およそ七・五里（三〇キロ）を歩いてきた。その旅慣れたはずの膝が笑っている。

今宵の宿は、井戸の斜向いにあった。草鞋と竹杖を両手に、爪先立ちに小走って路を横切った。酷暑に焼けたつちぼこりが裸足に舞った。

村一軒の宿「桔梗屋《ききょうや》」は、観音山を背にした茅葺《かやぶ》きの古びた二階家である。彼らは、土間の上がり框《かまち》に尻餅をついた。狭い屋なのに誰も出《お》てこない。客あしらいは雑で、足元の簀子《すのこ》に盥《たらい》が置いてある。一息つくと不承不承、盥に裸足をすすいで、ふやけた足裏を拭った。

曽良は役目柄、土間の奥をさがす。右手は勝手（台所）、左手はすり減った階段のある寝間兼用の居間である。裏手の簾戸《すだれど》をおすと、鋭角に伸びた杉木立から油蟬が騒然と鼓膜を震わせた。

踏み石伝いにすすむと、母屋の向いに藁《わら》ぶきの厠《かわや》（便所）と風呂場が並ぶ。風呂の竹囲いから若い女たちの嬌声が、湯音にまじって竹の隙間に撥ねちっている。襷《たすき》掛けした老婆が、五右衛門風呂（鉄の釜風呂）の竈《かまど》に手折った焚木《たきぎ》を放りこむ。曽良が合図すると、かがんだまま幾度も白髪頭を下げた。

彼女は階段上をホイと指して、右の部屋、と御歯黒の歯をむいた。言われるままに二階に上がると、左側は入浴中の女たちの部屋らしく、すすけた障子が閉っている。開けはなした右側の部屋には、海に映える夕陽がむんむんと射しこんでいた。窓に仕切られた浜は、凪《な》いでいて微風もない。彼らは欲も得もなく荷物を放って、日焼けた畳に倒れこんだ。潮気まじりの残暑は酷しい。

つかのまの昏睡であった。芭蕉は、階段を踏み鳴らす音に醒めた。姦《かしま》しい笑い声が、隣の障子をあけてバタバタと坐りこんだ。木綿の僧衣に寝汗がべとついて、ひどく寝覚めが悪い。「暑チェ、暑チェ」昼中の湯上がりにはしゃぐ女二人。団扇《うちわ》を叩きながら、さえずるようなお喋りは途切れない。

この十日間、耳に慣れた越後弁である。当時、入り鉄砲と出女《でおんな》の取締りは厳しく、女の旅行は珍しかった。とりわけ、親不知を越える女連れはいぶかしい。

かたわらに眠りこけた曽良が、先刻から呻いて苦しげに身をよじる。五日前、越後今町で地元の門人や後援者を集めて句会を催した。名の知れた俳諧師芭蕉の、いわば地方興業である。その連句の席上、曽良は疝気《せんき》（下腹の痛む病い）に襲われた。それから痛みは日々につのって、彼を脅かした。

出羽の鼠ヶ関から市振までの九日間、細道の記は「この間九日、暑湿の労に神をなやまし、病おこりて事をしるさず」と綴った。蒸し暑さにうだる旅先、芭蕉は持病の鬱症をぶりかえし、曽良は突発の腹痛を病んだ。彼の病状を気遣う一方、芭蕉は眉間に皺をよせて苛立ちを抑えていた。日頃、門人たちに気難しいと敬遠された険しい表情である。実は、彼は曽良の疝気の因果を知っていたので、よけいに腹立たしかったのだ。

寝苦しむ曽良を放って、風呂場に下りた。まだ湯は熱かったが、桶の水を剃頭《ていとう》から浴びる。ぬくい水が肢体の汗を流して、簀子板に白い飛沫《しぶき》をはねた。その爽快さに思わず嘆声が洩れた。簀子板の陰、飛沫にぬれた蔓草《つるくさ》に、蝶模様を咲かせた花房が紅紫を映して仄かに揺れている。秋の七草の一つ、葛《くず》であった。

葛の花影を愛《め》でる間もなく、翅を震わせて藪蚊《やぶか》の群れが、肉付きのよい裸体に来襲した。叩きもせず芭蕉は、湯帷子《ゆかたびら》を引っかけて一目散に母屋へ逃げる。およそ一三〇年後、文化時代に俳諧師小林一茶は、〈我宿は口で吹ても出る蚊哉〉と詠む。

簾戸に飛びこむと、夕餉《ゆうげ》の匂いが漂う。しっかり者の老婆と巻髪の下女が、湯気のけむるなか忙しく賄いの最中だ。旅宿の据え膳には、空きっ腹が鳴る。

男部屋には、旅商《たびあきな》いの若い男が坐っていた。一軒宿なので、投宿する客は追込みの相部屋になる。下腹を抱えた曽良が、ばつ悪そうに口をつぐんだ。なにやら、ひそひそ話をしていたようだ。越中の薬売りらしい。柳行李《やなぎごうり》をあけて、幾つもの薬袋を並べていた。世にいう越中富山の薬売りが出まわるのは、元禄四年以降になる。だから、彼は配置売薬人ではなく、渡りの薬売りである。旅商らしからぬ蚊の鳴くような声が洩れてくる。

芭蕉はそ知らぬ顔で素通りし、窓の手摺に濡れた手拭をたらした。

一望、東西一筋につづく街道の向うに、市振の浜が茫々と広がる。落ちゆく夕陽がべた凪の海面にギラギラと映える。赫い天空高く海猫が鳴いている。

西方を見渡すと、山裾から浜辺まで、南北に九五間（一七一メートル）の竹の矢来（柵）が物々しく街道を立ちふさぐ。およそ、この小村には不釣合いな佇まいだ。北陸道の越中（今の富山県）と越後（今の新潟県）の国境いを守護する高田藩の関所である。二〇〇余坪の敷地内に番所や長屋が散在し、旅人を検問し遠見に海上を監視する。

暮六つ（午後六時）の閉門の刻限らしく、門番の足軽たちが厳《いかめ》しい大門をゆるゆると閉めている。往来手形（証文）は持参しているが、それにしても関所の通行はうっとうしい。

振りむくと、曽良が気忙しく巾着《きんちゃく》（財布）と薬袋を懐にねじこんでいた。目をそらしたまま彼は、手拭を首にまいて転がるように階段を下りる。師に醜態を晒したくないのだが、芭蕉はめざとく薬袋の意匠を一見していた。「紫雪《しせつ》」―加州（加賀、今の石川県南部）金沢の御用薬種商が専売する万病薬である。暑気中《あた》り、毒消し、糞詰り（便秘）、瘡《そう》（皮膚病）、瘡毒（梅毒）など、諸々の病いに効能があるという。「烏犀円《うさいえん》」という万病薬ものぞいた。

折よく薬売りに出合ったと、芭蕉は弟子の好運に安堵していた。薬売りは柳行李を手元によせて、相客の下座の障子際に正坐した。世慣れた行商人のあざとい趣はない。奇妙にも、耳まで隠れた長髪を背中に束ねている。端正な面立ちだが、どこか暗い翳がある。二五、六歳かと、芭蕉の好奇心がうごめく。改めて相部屋の会釈をしても、無言で顔を伏せた。

しばらくして宿主の老爺が、大儀そうに分厚い宿帳をさげてきた。耳が遠く一々、片手で耳をそばだてて用談する。薬売りは馴染みらしく、手形も手判（番所の通行札）もたしかめない。芭蕉は、僧侶、と仮初《かりそ》めの生業《なりわい》を墨筆した。旅僧の身分は、関所通行や旅籠《はたご》泊りに便宜なのだ。芭蕉も曽良も、旅行中だけの生臭坊主であった。

老爺が襖越しに、「銀蔵さん！」と素っ頓狂に薬売りをよぶ。彼は、無表情に芭蕉の不審顔を無視した。用向きは分っているらしく、黙って重い腰をあげた。女二人は文盲《もんもう》なので宿帳の代筆を頼むと、老爺はくどくどと代弁する。もったいぶることなく黙って応じる銀蔵。こもごも礼を繰りかえす女たちには、玄人筋の臭みがある。

二

夕餉の時刻になっても、曽良はもどらない。芭蕉は、痺れを切らして一階に下りた。膳をまえに、女二人は藍染《あいぞ》めの浴衣の裾を乱している。剃頭の彼を見ると、いそいで居住いを正した。やはり、新潟の廓《くるわ》の遊女であった。彼女らにはさまれて、銀蔵は亀の子のように首を縮めている。どうみても、暗い過去のある若者だ。芭蕉は、胸奥に刃を秘めた顔相とみた。

まだ膳が一つ空いている。連れは便所に入ったきり出てこないと、老爺はしきりに首をかしげる。下女が若布《わかめ》の味噌汁椀をはこぶ。安塗りの四つ足の宗和膳には、浅葱《あさつき》と菜の和《あ》え物、里芋の煮転がし、鮒の煮浸し、沢庵に粟稗を混ぜた玄米飯が並ぶ。折角なのに海の幸《さち》はでない。

不意打ちに、年増《としま》の遊女が団扇で家蝿を叩きつぶした。一瞬、芭蕉の頬が強ばって彼女を睨《ね》めた。実にこの年、将軍綱吉の生類憐令が出て、江戸府内は上から下まで戦々恐々としていた。犬猫はもとより、蝿蚊の類の殺生も禁じられた。江戸から遠去かるにつれて、この御法度はうすれていった。それでも禁令破りは、謹厳な芭蕉を恐れおののかせた。のちに小林一茶は、〈やれ打つな蝿が手をすり足をする〉と詠んだ。

皆、膳に飛び交う蝿を追いはらいながら飯を頬ばる。食膳に蝿は付きものなので、五月蝿《うるさ》いが別に不潔とも思わない。当時、黴菌《ばいきん》の存在はもとより、蝿が細菌を媒介するという知識はない。

たまたま、泊り合わせた同宿人たちの夕餉の座は、気詰りもなく勝手次第に箸を上げ下ろす。芭蕉の猫舌には汁が熱い。遊女たちは色男を間にして、白い歯を見せて愛想を振りまく。改めて芭蕉は、苦々しく隣の空席を一瞥《いちべつ》した。恥かしながら曽良は、雪隠《せっちん》（便所）詰めになったままだ。

実は市振までの旅程で、お伴の曽良が一遍だけ芭蕉のかたわらを離れたことがあった。半月ほど前、庄内の酒田から大山を経て、小雨降る浜温海《はまあつみ》に着く。ここで、弟子は初めて師と別行動をとった。

芭蕉は海道を三里ほど（十二キロ）馬に揺られ、庄内藩の守護する鼠ヶ関の関所を越えた。一方、曽良は温海川の奥へ半里余り（二キロ）、四〇軒ほどの湯屋があつまる湯温海《ゆあつみ》に泊まる。曽良の旅日記は、「雨止。温海立。翁ハ馬ニテ直ニ鼠ヶ関被趣。予ハ湯本へ立寄、見物シテ行。半道計ノ山ノ奥也」と記す。

元々、曽良は深川芭蕉庵の風下《かざしも》に住み、師の家事一切を世話していた。蕉門から選ばれて、吟行の旅に随行を命じられる。感奮した彼は、師の如く剃髪して僧衣にあらためた。実直で従順な弟子であったが、難は、女に目がないことだった。彼は〝見物〟と称したが、息抜きに寄り道して、庄内の温泉街に羽根をのばしたのだ。

それから五日ほどのち、新潟の弥彦神社を参拝したあと、男根の先から嫌な分泌物が出はじめた。「やられた！」と曽良は慨嘆した。湯屋の女房という触れ込みだったが、白塗りの十人並みの娼婦だった。幾度か手痛い目に遭っているので用心したのだが、彼は「だまされた」と地団駄《じたんだ》を踏んだ。今さら悔んでも、後の祭りだった。

要するに、性交によって細菌感染する淋疾《りんしつ》（淋病）である。淋菌が尿道粘膜に炎症を起こし、外尿道口から膿をだし、排尿時に灼熱感と疼痛に襲われる。いわゆる淋菌性尿道炎で、平成の世ならばペニシリン剤の服用一発で治る。元禄時代では因果応報を恨むしかない。女性では半数が無症状なので、敵娼《あいかた》（遊客の相手女郎）に悪意はない。

鼠ヶ関からつづく酷暑は、芭蕉の神経を疲弊させ、暗い抑鬱の波が寄せていた。そこへ、師の目を盗んだ曽良の天罰覿面《てきめん》の行状だ。そのふしだらに、堪忍袋の緒が切れかかっていたのだ。かろうじて弟子可愛さが、芭蕉の禁欲的で謹厳な気性をなだめていた。

早飯を済ますと、銀蔵はそそくさと座を立った。まだ誰も、彼のまともな声音を聞いていない。遊女たちの素足が、鴨のように畳を蹴って彼のあとを追った。またまた頼み事があるようだ、と芭蕉の勘は鋭い。独り残された彼は渋茶を啜りすすり、浮かぬ顔で思案をめぐらしていた。ふと、膳を片づける下女に言いつけた。「水をおくれ」

げっぷを残して芭蕉は、土間の客用の下駄をつっかけた。夕餉をぬいた曽良を捨ておけず、裏手の厠の板戸を叩く。返事がない…母屋の老爺が、さっき表の枝折戸《しおりど》をあけて浜へ走っていった、と迷惑そうに吃った。淋疾の痛みは知らないが、芭蕉は独り苦しむ曽良に哀れを催した。ためらったものの、病いの手助けはできないので浜辺に捜しにはいかない。もう部屋は仄暗く、窓には黒い帳帷《とばり》が下りてきていた。行灯《あんどん》は暑苦しいので灯さず、窓辺にドタリと坐り込んだ。遠く細波がではじめていたが、残暑は重たく淀んでいる。芭蕉は塞ぎこんだまま、茫然と暗い天井を見上げた。脳内は墨を染めたようで、発句のヒントも浮かばない。一句詠めれば、立ち所に鬱は晴れるのだが…。

芭蕉は、和歌という平安貴族の雅《みやび》に興醒めし、俳句という江戸庶民の俗の世界を拓いた。後世、元禄時代の前衛詩人と持て囃される。五七五の十七音に独自の流儀を凝縮して、蕉風と謳われる余情を詠みあげた。彼は、細道の旅の五年後に五一歳で病没する。

息を切りながら老爺が、畳んだ薄布団と木枕を廊下際においた。黙って隣の障子をあけると、キャア、遊女たちの奇声に行灯の火が揺れた。「酒はいいねえ」と、彼の皮肉っぽい呟きが洩れた。引っ張りこんだ銀蔵に両側からしなだれて、竹筒の濁酒《どぶろく》を回し呑みしていたらしい。さすがの芭蕉もむかっ腹をたてた。斗酒なお辞さぬ酒豪だが、道中、名士の門人宅で馳走になるのが精々であった。

ところで、酒の酔いにも甘い囁きにも、銀蔵の寡黙は変わらない。芭蕉は襖越しに遊女の口説きと早合点したが、どうやら年増が彼に文《ふみ》の代筆を乞うていたようだ。彼女たちは、遠い勢州（伊勢国、今の三重県）の伊勢参りの道中らしい。江戸の時代、庶民は全国からはるばる巡礼して、伊勢の皇大神宮へ参詣した。京・大阪の見物をかねて伊勢参りをするのが、大方の人々の今生の夢であった。それは奉公人や遊女にも叶えられたので、彼らは、親や主人の許しなくひそかに家を抜けだした。そこには、参宮を終えて帰ればお咎めなし、という暗黙の了解があった。これをお蔭参り、抜け参りとよぶ。

数日前、彼女たちは夜陰に乗じて、新潟古町の泊茶屋《とまりちゃや》（娼家）を出奔した。親不知を越えて安堵したところで、ホームシックにかられて不始末を悔んだ。穏便にもどりたいという打算もあったが、泊茶屋の主人に迷惑を謝りたいと切ない心情に急かされていた。その厄介な詫び状の代書を、銀蔵に頼みこんでいたのだ。

おとなしやかに付けこまれても、彼は怒りもせずに微かにうなずいた。若い遊女が華奢《きゃしゃ》な両手を叩いて喜んだ。すかさず年増は、「お礼はするョ」と筆と硯《すずり》を差しだした。銀蔵は、決して商売道具の柳行李ははなさない。黙って、薬包につかう上等の越前和紙を一枚とりだした。年増は膝を乗りだすと、決して脱廓ではないと、文の趣意を一気にしゃべった。「お伊勢参りにいきますテ。休みくだされや。ちゃんと戻りますテ。ごめんなさい」

銀蔵は、ゆっくり墨をすりながら、黒い横髪をさり気なく撫ぜる。彼の顔色をうかがいつつ年増は、指をまげて「あたしはウメ、この娘《こ》はスズョ」とおどけてみせた。とにかく、彼女は陽気で開けっぴろげだ。釣られて、繊弱なスズも精一杯に愛想を振りまく。遊女の意地なのか、文には源氏名ではなく本名を明かす。彼はいわれるままに筆を滑らせる。その墨痕あざやかな筆遣いに、二人は目を点にして見蕩《みと》れていた。

褉越しのやりとりが、耳に遠い。うつらうつらしながら、芭蕉は感心していた――泊茶屋の主人に詫び状を送る律儀な遊女、すれっからしではない。大欠伸《おおあくび》をして窓の外をあおいだ。いつのまにか、はるか夜空に澄んだ月が凛《りん》として輝いている。白波が泡だって打ちよせるが、浜には人影は見えない。曽良は露天に宿るつもりか…旅宿の夜半《よわ》はうら寂しい。

彼は布団を一枚引きよせて、煌《こう》々たる窓辺に敷いた。木枕に首をあてると、無数の蚤《のみ》が威勢よく跳びはねた。蚤の跡をかきながら、睡魔に抗せず泥沼のような眠りに沈んだ。

三

銀蔵は、丁寧に和紙を折り畳むとウメに差しだした。彼女は、拝むように文を受けとった。そのあと、「銭、払えないョ」と素気なく言いすてた。「あたしたち、すっからかんなのョ」まだ路銀が尽きるはずはないから、初手から払う気はなかったのだ。銀蔵は、仏頂面もせず黙りこんでいる。そのだんまりに、ウメは内心イラッときた。

褉越しに貧乏僧の高鼾がする。一間先、話は筒抜けだったが、もう気兼ねはいらない。

彼の無口は歯痒いが、そのぶん、ウメには御《ぎょ》しやすい相手だ。「銀ちゃん」となれなれしく呼ぶと、「只とは云わないョ」ともったいつけて後出しした。

銀蔵は、喜色を見せず尻込みもせず拒みもしない。その無表情は何を考えているのか、ウメは苛立しい。彼は、遊女の意味深な言葉を解しないほど純情ではない。ウメは、いきなり胡座《あぐら》をかいた銀蔵の股間をまさぐった。驚きも嫌がりもせず、彼は切れ長の笑い目をむけた。あわてて手を引っこめ、彼女は「いいんだネ」と赤面した。齢三〇、春をひさぐ彼女にも男の好みはある。

それから三人は、残りの濁酒を回し呑みした。越後の女は酒に強い。スズが見はからって、部屋の真ん中に布団を敷いた。布団と枕を一つずつ胸にかかえると、彼女は高鼾にさわらぬように足を忍ばせる。一階で、主人夫婦と雑魚寝《ざこね》するのだ。妹分の所作に、ウメはクスッと照れ笑いした。酔いはまわっていたが、男女二人になると妙に気詰りになる。彼女は商売上手、酔いにまかせて大仰に戯言《たわごと》をもてあそぶ。

「スズちゃんは、可哀相な娘なのョ」口減らしに苦界に身を沈め、じきに孕《はら》んで、すぐに堕《おろ》した。産婆の未熟から枕も上がらず、臥ったまま泣き暮らした。枕がとれてからは、水子《みずこ》（流産した胎児）供養に通いつめる毎日であった。「まだ十九なのよォ」と、姉代わりのウメは彼女の不憫《ふびん》に涙ぐむ。痩せ細ったスズを見かねて、思い切って伊勢参りに誘ったのだという。

そんな遊女の幸薄い身の上話…銀蔵は嫌がりもせず憐みもせず聞いている。一しきり喋ると、ウメは胸のつかえが下りたらしい。けろっと話頭を転じて、色目遣いに厚かましく頼みこんだ。「銀ちゃん。古町の玉屋、お願いョ」代筆してもらった詫び状を銀蔵に託して、泊茶屋の主人に届けてもらう算段だ。どうせ行商のついでだからと、まことに図々しい。彼の無言は合点承知之助と、ウメは勝手に決めこんでいる。それでも、さすがに気が引けたのか、わざと卑猥《ひわい》に茶化してみせた。「銀ちゃん。金玉の玉屋だからねッ」

そこでウメは、スイと立って後ろ向きになった。帯下に手を入れて腰巻の結びを解く。浴衣の裾まわりに赤い湯文字がずれおちた。代わるかわる素足をあげて拾うと、まるめて部屋の片隅に放った。解けた帯が腰回りを滑り、朽縄《くちなわ》（蛇）のように足元を巻いた。

両手で浴衣のまえを合わせたまま、ウメは色めいて銀蔵を振りむいた。彼は布団に坐ったまま、眉ひとつ動かさない。その胸にしなだれるや、彼女は両手で手荒に彼の帯をほどく。白い指が、しなやかにT字の下帯をさぐる。細紐を解くと、太ももの間からズルズルと引っぱりだす。すると銀蔵は上半身をかしげて、行灯の灯を下から一息に吹き消した。ウメはクスッと含み笑いし、初《うぶ》ね、という冷やかしを呑みこんだ。

射しこむ月明りの下、彼女は浴衣を大きくはだけると、そのまま崩れるように豊満な素肌を浅黒い男の肌身に重ね合わせた。ほつれた髷《まげ》が揺れ、銀の簪《かんざし》が畳に落ちて、汗ばんだ同体に熱い息遣いが乱れた。

一階では、通いの下女を帰すと、主人夫婦は早々に宵寝《よいね》する。もう客はほったらかしだ。老爺が歯軋りするので、彼らは長い部屋の両端に臥す。スズは、その真ん中に孫娘のように寝息をたてる。新潟を離れて七日、変わりゆく旅の空を眺めるうち、彼女は徐々に生気を取りもどしていた。

曽良は?といえば、海道の松を背にして浜辺にへたりこんでいた。月明りが大樹に陰って砂浜を黒々と掃く。海上から関所抜け、と見なされぬように矢来から離れている。裸のまま下半身を海水に浸けたあと、下腹部に熱い砂をかぶせる。それを繰りかえすと、気安めながら熱淋（尿道の焼ける痛み）がまぎれる。

斯く「桔梗屋」の同宿人たちは皆、バラバラに炎夏の一夜をすごす。

ウメと銀蔵は、あふれでる汗を拭いぬぐい、盛りがついたように欲情をたぎらせて抱きあう。旅すがら遊び慣れた銀蔵、商売気抜きで色欲に耽るウメ…。半時（一時間）ののち、彼らは肉をふるわせて左右に離れ、気息奄々《えんえん》、低い暗い天井をあおいだ。そのままゆるい寝息をたててまどろむ。

しばし銀蔵は、寝返りを打ちながら喉の渇きに覚めた。枕元の土瓶の蔓《つる》をつかむと、注口《つぎくち》をかたむけて喉をうるおした。そのあと、後ろ手に乱れた長髪の束を結びなおし、強《こわ》い鬢《びん》の辺りを幾度も撫でつけた。かたわらにウメの蕩《とろ》けた寝顔が、冴え冴えと月明りに照らされている。銀蔵は笑い目になって、含んだ水を彼女の厚い唇にたらした。ウメは、朦朧《もうろう》として口移しの水を啜る。手の甲で濡れた唇をぬぐいながら、猫のように目を細めた。

彼は、そろりと白い太り肉《じし》に手をのばす。その手はピシャと、蚊をはらうように叩かれた。「銀ちゃん。四〇〇文だョ」打たれた手を引っこめると、彼は女の邪険に悄気《しょげ》かえった。折角の茶目っ気も、ウメには通用しない。「あたし、古町なら五〇〇文だョ」揚げ代を負けてやったと、ウメは鼻息が荒い。そんな言い草はないだろう！と、銀蔵は怒らない。たしかに、親不知に近い越後高田では、二〜三〇〇文が相場だった。古町娼妓の啖呵《たんか》に気圧《けお》されたか、彼はウンとうなずいていた。ウメは艶っぽく身をくねらせて、汗臭い男の首に両手をからませた。

それから小半時（三〇分）、彼らはふたたび交合した。そのまま、五体重なりあって眠りこんだ。市振の夜は沈々と更けていく。

ウメは、枝折戸の開く乾いた音に醒めた。寝穢い廓にはない心地好い目覚めだった。朝未だき、窓から潮曇りの嗅いが這入る。部屋は、闇と光が混ざって淡い早暁《そうぎょう》の静かさにつつまれていた。まだ「桔梗屋」は眠りに沈んでいる。傍らの銀蔵も深い寝息をふるわせる。

けだるく片手をたらすと、畳のうえの簪にふれた。ウメはひろって髪に刺そうとして、ふと寡黙な銀蔵の男気にほだされた。簪を持ちかえると、膝小僧をすすめて男盛りの背ににじり寄った。横向いた彼の長い鬢が、むさくるしく頬に乱れていた。彼女は、一見《いちげん》の男の黒い髪を優しく撫でた。簪は二股の髪搔きで、その先は丸い耳搔きになっていた。

ウメは、指先でそうっと耳をおおった髪を割け、悪戯っぽく杓子形《しゃくしがた》の耳搔きを近づけた。そのとき、海面に迫《せ》りだした旭《あさひ》が、放たれた矢のように眩く畳に射しこんだ。刺々《とげとげ》しい陽光は、銀蔵の耳元を隈なく照しだした。鳩尾《みぞおち》に一撃を食らったように、女の呻きが洩れた。銀簪が映えて畳に飛び、ウメは度肝を抜かれて、裸のまま後ろに腰抜けていた。

左側の髪の割れた耳元が、あらわに浮かんでいる。そこの膚は真っ平らで、大豆大の黒い穴が不気味にくぼんでいた。そこに、あるべきものがない…耳がない！。総毛立つような気味悪さに、ウメの身震いは止まらない。

彼女を仰天させたのは、耳介奇型の一つである先天性の耳介欠損（無耳症）である。耳介は軟骨の外耳と鼓膜につながる外耳道からなり、外耳は前方と側方の音を共鳴させて外耳道に伝達する。銀蔵は生まれついて、耳介軟骨の形成不全により耳介を欠損した。集音機能はわずかなものだが、耳介の形態欠損は顔貌を無残に失わせる。

にわかに、窓の明け雲が茜《あかね》色に染まった。銀蔵がゆっくり半身をおこして、はれぼったい目蓋をまたたいた。左の束髪がばらけたまま、耳無しを隠そうとはしない。肉体の極所を見られたのに、怒りもせず不貞腐れもせず、ウメの凝視を拒むでもない。耳無しに驚怖する目には慣れているのだろう。むしろ物寂しげな眼差しを据えていた。

「こっちも見るかい…」

若盛りの冴えた声音が問うた。ウメが耳にした初めての地声だった。竦みあがった彼女に頓着せず、銀蔵は右側をおおう長髪を無造作にたくしあげた。左側もむき出して、両手で束髪を後ろに握ったまま、左右の耳元を晒した。右の側面も、削いだように平坦であった。その異様な面相は正視に耐えず、彼女は思わず顔を背けた。

のちに、明治時代の小泉八雲の『怪談』には、平家物語を奏でる盲目の琵琶法師芳一が登場する。壇の浦に没した平家の怨霊《おんりょう》に誘われた彼は、全身に般若心経《はんにゃしんきょう》を書きしるして悪霊《あくりょう》退散を祈るが、書き忘れた両耳を怨霊に引き千切られる。この耳無し芳一の物語は、むろん銀蔵やウメの知るところではない。

〝耳無し銀蔵〟は、実に奇怪で醜悪な異形であった。当時、不具の赤子が間引かれずに生かされることは、まず無い。産まれでたとき、ひそかに取上げ婆の手で濡れた和紙を顔に当てられる。なぜか、それを免れた彼が幸運であったか悲運であったか。

行灯は消したので月明りは暗かったとはいえ、ウメは片端《かたわ》を見抜けなかった迂闊《うかつ》を悔んだ。けれども、泥水稼業に浸った彼女は、化け物と囃されて育った苦悩、忌み嫌われる日陰者の孤独を察していた。銀蔵は物心ついた頃には、前世の悪行の報い――業《ごう》と思い切っていた。

「四〇〇文は、駄賃でいいョ」憐憫をみせずウメは、ぶっきら棒に言いすてた。しらばくれて礼金をごまかす腹だったのだが、欲得ずくの遊女が情にほだされた。二回目の揚代は、詫び状を届ける駄賃と帳消しにするというのだ。銀蔵が言われたとおり届けると、ウメのお人好しは毫《ごう》も疑っていない。彼は、爪先で足元に落ちた簪を女のまえに滑らせた。颯《さっ》と、壁に掛けた衣紋竹《えもんだけ》の着物を引っぱると、ウメは、合財袋《がっさいぶくろ》（携帯用の物入れ）を胸にかかえて部屋を小走りでた。

四

隣の部屋では、先刻から芭蕉が、襖越しの人声に夢路をさ迷っていた。障子を開けはなつ音がして廊下に足音…残暑の朝焼けを切って、白い裸身が朦朧とした半眼をよぎった。打たれたように醒め、首をあげて開けぱなしの廊下を見た。安宿の階段の手摺が、陽射しに焼けていた。彼の網膜には、ふくよかな女体が残像となって躍っていた。

ようやく芭蕉は、隣に遊女がいたことを思いだす。布団は畳んだままなので、薬売りは彼女たちと一夜を戯れたと察する。ひとつ屋根の下に一間《ひとま》をへだてて、春をひさぐ女と欲情を捌《は》ける男がいた。おのれが惰眠《だみん》をむさぼる間に、枕を交わした彼らが業腹《ごうはら》であった。その一方では、知らぬ男女の交情は、これぞ浮世の盛り、と納得する気分に誘われていた。彼は、仰向いたまま明るむ天井に目を泳がせた。

遠く浜に、地曳網《じびきあみ》を引く威勢のよい掛声がする。ボンヤリと、天井に散らばる大小の節穴を数えていた。

ふと、芭蕉の目遣いが一変した。いそいで旅嚢《りょのう》（携帯用の物入れ袋）から、銅製の矢立（携帯用の筆記用具）を取りだす。筒をかたむけて内の筆を滑らせると、柄の墨壷に筆先を浸す。いつもなら、口伝えして曽良に書き留めさせるのだが、外泊した彼はまだ戻っていない。一見、悠々迫らぬ風情《ふぜい》ながら、彼は急きたてられるように懐紙に墨筆を走らせた。

〈一家に遊女とねたり萩と月〉

襖一枚へだてて遊女と寝た一家《ひとつや》を舞台に、夕べの初秋の名月と五右衛門風呂の陰に咲く萩の花が、唐突に脈絡なく浮かんだ。その一夜の情景を織りこんで、一気に憂き世を十七音に凝縮した。

心のざわめきが止まらないが、ひとまず筆を筒に仕舞う。口髭を撫でながら芭蕉は、独りブツブツと発句を復唱する。思いがけず、北国の鄙びた漁村で佳句をひねった。日差しも忘れて窓辺にもたれたまま、彼は十七音を牛のように反芻《はんすう》した。ねたり…は寝たりと漢字にしたかったが、それでは文調が固すぎる。ふたたび筆をにぎると、句の一字に×《ばってん》を撥ねて、遊女と…を遊女も、と書き添えた。おのれが遊女を買色したと誤読されては、彼の潔癖が許さない。

〈一家に遊女もねたり萩と月〉

味噌汁の匂いが、階段伝いに漂ってくる。宿の朝餉《あさげ》は早い。ふつう関所は明六つ（午前六時）に開門する。出立も早い。僧衣に着替えると階段をきしませる。居間の片隅に、憔悴《しょうすい》した曽良が石臼《いしうす》のように正座していた。師を仰ぐや、「粗相をしました」と平蜘蛛《ひらぐも》のように伏した。どうやら、一睡もしていないようだった。両手でヨレヨレの肩を撫で、芭蕉は「大丈夫かね？」と慰め励ました。曽良は感極まって畳に落涙した。だらしない役立たずの弟子——情なさ、申訳なさ、面目なさ。

芭蕉はつとめて鷹揚《おうよう》に、彼を隣の座に手招いた。尿道の痛みは消えていないが、ここで寝込むわけにはいかない。両手両膝で畳を這いずって、曽良は師の隣に坐った。夕餉を抜いたので、無理矢理にでも腹ごしらえをしなければ師について歩けない。

ウメとスズが、じゃれ合いながら下りてくる。まわりに愛想を振りまいて、膳のまえに裾をからめた。下女が切干大根の味噌汁椀をはこぶ。宗和膳には、ぜんまいとわらびのおひたし、豆腐の固まりかけた朧豆腐、烏賊《いか》の作り、野菜の炊き込み御飯がならぶ。今朝、地引網にあげた烏賊は生きがよい。昨夕より膳がひとつ足りない。

薬売りはどうしたのか?と、芭蕉は問うた。耳の遠い老爺にかわって、下女が朝立ちしたと伝える。竹皮に包んだ握り飯を腰に下げて、彼は早々に親不知に向かったという。海道は薬が濡れて台無しになるので、山越えをする。山道は一里余り遠回りになるうえ、海抜二〇〇丈(六〇〇メートル)を上り下りする峻険な難路である。

今頃、重い柳行李をかついで猛暑の登り道を辿っているだろう。一風変わった若者…ここ市振で擦れちがった彼が、妙に芭蕉の心象に尾を引いていた。彼は、〝耳なし銀蔵〟のことなど知る由もない。下種《げす》の勘繰りと知りつつ、曰くありげなウメを一瞥した。

彼女は、銀蔵の話題に素知らぬ顔をして、烏賊の作りを器用につまむ。過ぎた遊客に後ろ髪を引かれても詮方ない。そのあっけらかんとした素振りに、芭蕉は、男女一見《いちげん》の交わりと得心する他ない。飯を頬張りながらスズは、無邪気に下女とふざけている。添い寝した老婆に叱られて、ペロンと赤い舌をだした。

曽良は下腹に拳をあてたまま、空いた手で膳の皿を食いちらかす。急所の痛みにたえかねて、飯粒を零しながら転がるように裏手に走った。その見苦しい所作に、ウメとスズは顔を見合わせて笑いを噛み殺す。芭蕉は眉をひそめながらも、知らんぷりしてぬるい渋茶を啜る。おもむろに、「水をおくれ」と咳払いした。

スズが台所を振りむいて、「お水」と下女に口伝えする。すると、ウメは唐突に膳をのけると、両膝を競《せ》って僧侶ににじり寄った。さっきから、ひそかに機会をうかがっていたのだ。彼女の動作にキョトンとするスズ。

色目遣いに芭蕉を見あげ、ウメは「お坊さま」と単刀直入に切りだす。「女二人の旅は心細いので、ご一緒させてくだされ」つづけて、「お伊勢参りの身、お坊さまのお情《なさけ》にすがってお頼みしますテ」と、両手を合わせて伏し拝んだ。あわててスズも、後ろから畳の縁《へり》に小さな額をすりつける。

出し抜けの頼み事に芭蕉はドン引きした。茶碗の水を呑みながら、なんとかしかめ面を取りつくろう。実は彼は、勢州に近い伊州（伊賀国、今の三重県北西部）伊賀の出だったが、それにしても、しごく迷惑な頼まれ事であった。宗匠たる身が、遊女風情を道連れにしては沽券《こけん》にかかわる。それに、病いの弟子を抱えて女二人は足手纏《まと》いであった。

芭蕉は、高僧然として嫌々と首をふった。もとよりウメは臆せず、彼のまえに迫りよって哀願する。「見え隠れして跡《あと》をついていくので、けっしてご迷惑はかけませんテ」彼女は、艶っぽい声を震わせ泪《なみだ》を浮かべて訴える。おねだりは御手の物だった。女好きの曽良なら、この色仕掛に手もなく参っていたろう。けれど、芭蕉の気位は泣き落としには掛からない。「わたしらは、あちこちに立ちよるので、お伊勢参りの皆さんとご一緒なさい」断わるのにも、芭蕉は話をはぐらかさない。遊女たちの不安は、まず関所の通行にある。高田城主の往来手形があれば、面倒なく市振の関を通れる。伊勢参詣にいくと袖元金（心付け）を忍ばせれば、役人は目こぼしをしてくれるはずだ。

ウメは、「これは仏様のご縁ですテ」となおも食いさがる。芭蕉は、口幅ったいと冷たくあしらえない。不憫ではあったが、彼はやんわりと引導をわたした。「お二人には、かならずや大神宮様のご加護がありましょう」

ウメは気落ちして、片袖に涙をぬぐってみせた。駄目で元々だったが、それでも未練を残した。スズは、オロオロして姉貴分の後ろ帯にすがる。

階段を踏む二人を見送りながら、芭蕉は気忙しく懐をさぐっていた。今朝したためた懐紙をひらくと、葛と月…の葛に×印をつけた。くずでは、いかにも音色の切れが悪い。せっつかれるように、秋の七草を順なしに数えあげた。薄《すすき》、女郎花《おみなえし》、撫子《なでしこ》、藤袴《ふじばかま》、萩《はぎ》、桔梗《ききょう》…。

彼の才知は、六草の間を諸刃《もろは》のように飛び交った。当然、作句の定型には厳しい。このうち、葛と同じに音数が二字なのは、萩のみである。世に知られた佳麗な秋草で、音韻はまことに歯切れよい。彼は、ためらいなく一文字を書き代えた。

〈一家に遊女もねたり萩と月〉

いつもの癖で口髭を撫でながら、ブツブツと句を詠みなおす。肺腑《はいふ》に沸々と泡だつものを覚えて、芭蕉は思わず武者震いした。萩の一字が一瞬にして情感を高め、市振宿の一夜のイメージを焼きつけて、句を完結させていた。もはや推敲の余地はない。筆を筒に仕舞いながら、彼は上ずった声をあげていた。「オーイ。水をおくれ」

一〇〇余年後、越後の禅僧良寛は、この宿に投宿した折、俳聖を偲んで〈市振や芭蕉も寝たりおぼろ月〉と詠む。

小半時後、芭蕉は上がり框に坐って、宿で買い求めた草鞋の紐を結んでいた。新句を懐深くおさめて満悦の体《てい》だ。奥で、曽良が老爺に二人分の宿賃三〇〇文を払っている。ウメとスズが、硬い面持ちのまま揃って下りてきた。二人とも、日焼け除けの頬かぶりをしている。畳に巻き脚絆の両脚を投げだすと、ウメは所在なげに髷の簪をいじる。遠慮して、芭蕉たちが先立ちするのを待っているのだ。同行を断わった手前、芭蕉は、屈んだまま彼女たちに気づかぬふりをしていた。

曽良が太めの杖にすがって、摺り足で出てきた。頬がこけて顔面蒼白…とたんに、芭蕉の恵比須顔《えびすがお》が曇った。励ましも気休めも言わず、憮然《ぶぜん》と草鞋の紐をきつく締めなおす。加賀の金沢まで持ちこたえるか、と思案投げ首…。越中と加賀を境する倶利伽羅峠《くりからとうげ》は、馬に乗せて越えねばならない羽目になった。

それから二十数日後、病いが嵩じて曽良は、加賀の山中《やまなか》で師と別れることになる。随行する役目を果せず、断腸の思いで師を見送る。のちに、彼は蕉門七哲に数えられ、二一年後に六一歳で没する。

『曽良旅日記』は、ここ市振の出入りを記すに留まる。「十二日　申ノ中尅　市振ニ着、宿。十三日　市振立。虹立。」

さあ、大きく息むと、芭蕉は土間に立ちあがった。網代笠に指をかけて、部屋に残る遊女たちに会釈しながら一声かけた。

「ソンじゃあ、お先に…」

金木犀の咲く頃

一

ベンチに座ると、朝刊をひろげる。

飯田橋駅近い牛込濠をのぞむ土手堤。土手下から秋風にのって、快いレール音がひびく。朝の散歩の途中、新聞をよむのは定年退職後の彼の日課である。

目を落とした紙面に、ポタンと滴《しずく》が散った。一瞬みあげると、山桜の尖った枝々に陽射しが燦《さん》々とそそぐ。そのまぶしい額に、もう一滴、撥ねた。鳥のフンか…面食らって瞬くと、赤い一筋が墨色の紙面をまっすぐに垂れていく…血だ！

思わずベンチにのけ反って、桜樹に翳る空を仰いだ。外濠沿いの牛込堤には、蒼然とした桜並木が市ヶ谷駅前までつづく。古色の大樹は、身の丈あたりで二又か三つ又に枝分れする。ベンチ上に伸びた三つ又の枝に、白い足が大根のように垂れ下がっていた。

「どうした⁉」彼は仰天して叫んだ。三又の丸い底に、女がハンモック状に仰臥する。たじろいで、「どうした⁉」と繰りかえす。うろたえながらも、ベンチにのって太い樹の瘤《こぶ》に取りすがる。絣《かすり》の着物をきた若い女だ。血がむきだしの腿《もも》から脛《すね》をつたって、親指の先から空いたベンチの板に飛び散った。

腹が異様に膨《ふく》れて、険しく波打つ。妊娠している…それも陣痛と察した。精一杯に背伸びして、「大丈夫ですか!」と呼びかける。喘ぎあえぎ、女は能面の顔を横むけて、青ざめた唇をふるわせた。

「た、す、け、て…」

バネのように弾けて、彼は「救急車!」とわめいていた。土手際に、青いジャージの女学生が立ちすくむ。「あんた! 一一九番してください」彼女は硬直して、のろのろとポケットをまさぐる。樹肌にしがみついたまま、「はやく一一九番!」と急かす。ストラップの束をかきわける動作が、もどかしい。黙って女学生は、取りだした赤い携帯を彼に差しだす。苛立ってベンチを飛び下り、露出した根に手痛く足を取られる。

妙に落着いた低音が、「どうしました?」と耳元に問う。上ずりながら、かいつまんで事態を告げる。女性が木に引っかかっている、とは説明しにくい。「妊婦さんです。産まれそうなんです!」

携帯を切ると、よろけながら樹の上を見あげる。気を失っているのか、女は身じろぎもしない。血は、ベンチの木肌に花弁《はなびら》のように染む。通りをへだてた向い側に、十階建の逓信病院がある。そこへ運んだ方が早かったと悔むが、一人では、とても枝から下ろせない。いったい誰が上げたんだ、と疑問が渦巻く。何のために、樹の上に妊婦を担ぎあげたのか。

たと知る。

悪戯《いたずら》にしては度が過ぎる。奇々怪々…憤りを抑えつつ彼は、信じがたい事件に巻きこまれ

五分足らず、救急車がサイレンを鳴らす。携帯をにぎった手を振ると、救急隊員三人が低い土手を駈けあがってきた。彼の指さす樹枝を見あげて、一瞬、唖然となる。どうしたんだ?、その詰問をさえぎって、「下ろしてください」と訴える。気を取りなおして若い隊員が、猿《ましら》のように一気に樹の幹に這いのぼる。三又に仁王立ちにまたがると、「生きてます」と下の隊長に伝える。

後ろから女の両脇に腕を差しいれ、三又の底から抱えだす。下の二人が、ずれ落ちる身重を受けとめる。あとは手慣れて、すばやく毛布にくるむと、担架にのせて車に運ぶ。毛布からはみだす両の裸足が、小さくて白い。手伝う彼の胃の腑に憤りが込みあげた。

「奥さんですか?」と錆声で問いながら、隊長は、彼の二の腕をつかんだ。「違いますよ」あわてて否定するが、彼は、額が朱に染まっているのを知らない。明らかに犯罪を疑っていて、隊長は不審げに睨みすえる。「旦那さんが、最初に見つけたんだね?」苦笑いして、「旦那じゃあ、ありませんよ」と茶化した。「あなたが、第一発見者ですね」と言いかえるが、腕は離さない。仕方なく、彼女も一緒でした、と女学生を指す。

「あなたも見てたのね?」と尋ねながら、彼の手から赤の携帯を取りあげる。土手には、

遠巻きに人だかりができて、野次馬が寄ってくる。「とにかく、一緒にきてください」否応なく腕を引っぱられて、救急車に押しこまれた。まるで犯人扱いだ…。

初めて乗った救急車、バックの狭い椅子に縮こまる。かたわらには、酸素マスクを掛けた女がうめく。車外では、「双子です。もう破水がはじまってますよ」と、救急搬送先の病院と交信中だ。やはり双子か…彼は、妙に納得する。

若い隊員は、バウンドして運転席に座る。隊長は担架の脇に坐ると、「大丈夫、大丈夫ですよ」と女を励ます。ジロリと振りむくと、「芸者?」と彼に問う。頭上に、サイレン音がけたたましい。「丸髷をしてるよ」と刺々しい声。丸髷?、日本髪を結っているのか…ひたすら首をかしげる。丸髷は、嫁いだ婦人が結う髪型だが、今では日本髪じたいが廃《すた》れてしまった。そういえば、夢中で下ろすとき、嗅ぎなれない髪油の匂いがした。

出しぬけに、後部扉がひらいた。もう病院に着いたらしい。白衣の数人が、台車を鳴らして駈けよってくる。あわてて車を下りると、そこは、見慣れた虎の門の産婦人科病院だった。気抜けしたまま、あわただしく通りすぎる台車を見送る。病院の玄関から、警官がゆっくり近づいてくる。「この小林さんが」と、隊長が彼を指さした。「第一発見者です」

唐突に、助けを求める女の口元が、黒々と彼の瞼によみがえった。あれは、御歯黒だ…。

二

マンション一階の扉をあけると、電話が鳴りひびく。古いビルなので、アパートというほうが合う。右足を引きずり受話器に手をのばすが、止んだ。昨日、桜の気根にぶつけて捻挫した。九段の整形外科で湿布して、戻ったところだ。半年前にリタイアしてから、携帯はもたない。

医者疲れか、ソファにうたた寝する。ふたたび電話のベル。「小林さァん」と、産婦人科の看護師長谷の甲高い声だ。彼女は、毎週かよう区の俳句教室の顔馴染みであった。ナースとは聞いていたが、虎の門の師長とは知らなかった。「サクラさんがあ」と、朗らかに現代離れした産婦をよぶ。名前が分らないので、発見された木を仮名にする。彼女は、まだ一言も喋らないらしい。谷は彼に頼るが、そんな呼びだしは迷惑至極だ。「いやあ、彼女は、私の顔なんか見てませんよ」

あのあと、廊下の片隅で、警官から根掘り葉掘り事情を聴取された。ほどなく、手術室から赤ん坊の泣き声が洩れてきた。「あッ、産まれた」と、彼は思わず両手を叩いた。容疑がとけたか、警官も相好をくずす。師長が、帝王切開して元気な双子が産まれた、と伝える。難産のとき、妊婦の子宮壁を切開して胎児を娩出する手術で、ローマ皇帝のシーザーが、この手術で産まれたという。「男の子と女の子ですよ。二卵性ね」谷の強情に根負けして、小林は渋々、自転車を片足漕ぎした。行きがかり上、若い産婦が気がかりでもあった。まだ双子は新生児治療室の保育器にいるが、母親には窓越しに見せたという。彼は谷の耳元に、「彼女、唖ではありませんよ」と囁いた。

滑りのよい扉をあけて、小林は病室に片足を踏みいれる。不意に、むせかえるように甘い花の香りが薫った。一度嗅いだら忘れない金木犀《きんもくせい》の強い芳香だ。戸惑う彼に、谷が声をひそめる。「両方の袂《たもと》のなかに、小枝がギッシリ！」窓辺の陶皿に盛られた枝葉。そこに黄金色の満開の小花があふれる。両の袂を満たした金木犀…安産祈願か、摩訶《まか》不思議な所業。

目元まで毛布をかぶって、艶やかな黒髪しか見えない。そろりと近よって、「いかがですか？」とかすれ声になる。毛布の縁を両手で握りしめ、彼女は、ひたすら人を怖れ拒む。半身をひいて小林は、口元をほころばせた。「赤ちゃん、おめでとう」

毛布にのぞく切れ長の目が、泳いだ。黒い瞳が心もち和らいだ。すかさず、「わたし、分りますか？」と問う。彼女は、毛布の下から微かにうなずいた。後ろから背伸びした谷が、ようやく安堵の溜息を洩らす。ベッド脇に折り畳み椅子をよせるが、急かずに声はかけない。その後ろを谷が、気忙しく行きつ戻りつする。はやくサクラの氏素性《うじ》を知りたいのだ。

小林は、穏やかにゆっくりと話しかける。「私の名前は、こ、ば、や、し、き、よ、し、です。年は、六、四、です」一息ついて、「近くに住んでるんですよ」と自己紹介した。サクラと呼ばれても嫌がらないが、期待した返答はない。本名も、住所も、なぜ樹の上にいたのかも、謎のままだ。

彼は、無理強いせず口をつぐむ。所在なく室内を見回し、窓辺の金木犀の香りに誘われる。陶皿には、花を咲かせた手折りの枝が束ねてある。その小枝を一本つまみながら、「金木犀、好きですか?」と問う。その声に毛布がはだけて、小さな白い顔がのぞいた。未成年、それも十五、六歳か…小林は、その余りの幼さに胸をつかれた。

手にした小枝から、百花が香気を放って一斉に舞い散った。

三

毎日が日曜日なので、曜日がにぶる。やもめ暮しは気楽だが、甲斐性がなくなる。鎌倉に嫁いだ一人娘の京子が毎週、冷蔵庫に手作りの五日分を蓄える。あとの二日は、近くの定食屋ですませる。

翌々日の午後、足首の痛みがおさまったので、小林は自転車を漕ぐ。個室のまえには、もう警官の姿はない。事件性はなかったのだ、と得心する。ベッドに坐ってサクラは、丸髷の黒髪に櫛《くし》を梳《と》かす。忍ばせてきたのだろう、古風な黄楊《つげ》の櫛だった。その何気ない仕草は、凛《りん》として艶っぽい。

ベッドの脇の子供寝台には、産衣にくるまって双子が並ぶ。初産と聞くが、一どきに瓜《うり》二つの赤ん坊を抱けるとは羨ましい。それも男児と女児…彼は男の子が欲しかったが、妻は若くして病弱だった。孫のようなサクラと双子の天命《いのち》が眩しい。

一昨日と打って変わって、彼女は和んでいて、小林をみる面持ちも屈託ない。「サクラさん、なんでも食べるのよ」アラフォーの谷は、娘をみるように目を細めた。「お乳がまだでないの」と、はにかむ彼女をからかう。窓辺をみると、残り香を漂わせて金木犀の陶皿がない。警官が捨ててもよい、と言ったらしい。

眠っていた男児がむずかりはじめ、釣られて女児もくずりだす。ベッドから身をのりだして、サクラは、双子の小さな頭を代わる代わる撫でる。その細い指には、あかぎれが切れていた。今では死語だが、昔は、寒さで手足の皮膚が亀の甲羅のようにヒビ割れた。幼な顔に母性があふれて、ほおえむ口元に白い歯が光る。

サクラは、二人の会話をさり気なく聞き耳する。廊下にでると谷は、「まだ喋らないのよ」

と訴えた。彼は浮の空で、「歯、白いですね」と問う。歯科の先生が口腔ケアしたという。小林は遠慮がちに、「あれは御歯黒でしたよね？」と尋ねた。「そォなの」と一オクターブあがって、「先生も御歯黒を塗っているって…」と途切れた。今では御歯黒は、舞台にたつ歌舞伎役者ぐらいしかつけない。あどけない産婦とはいえ、彼らは気色悪さを拭いきれない。思いきって彼は、面妖な疑問を口にした。

「谷さん。彼女、江戸時代からやって来た人みたいですね」院内では眉をひそめて、江戸という言葉は禁句になっていたようだ。彼の問いに、谷はふっ切れたように吐露した。「サクラさん、湯文字を穿《は》いていたんですよ」ゆもじ？と一瞬、小林は喉につまった。湯文字は、着物の下に巻きつける女性用の赤い腰巻である。今では、湯文字をつけるのは、玄人《くろうと》の芸妓や日舞の師匠ぐらいだろう。

丸髷を結って、着物をきて、湯文字を巻いて、御歯黒を染めて、黄楊櫛を梳く…この時代色は、紛れもない江戸の女であった。帰り道、靖国神社の境内に茶屋がある。空腹に熱いラーメンを啜る。「江戸時代だったら、母子とも助からなかったですよ」そうだろうなあ…先刻の谷の寸言を思いだす。江戸時代と平成時代の医療…その落差が小林の胸に迫る。

いつのまにか夕闇が下り、神社神門の大扉がガチン、ガチンと閉まる。

決まって五時半に覚める。六時にテレビのニュースをみる。いきなり、女子アナの金切り声。「教会の十字架に、男性が突き刺さっていました！」彼女の背後には、急傾斜した教会堂の屋根がみえる。十字架が朝明けに黒々と聳《そび》える。屋根の斜面が、バケツをぶちまけたように赤々と染まる。眼を凝らすまで、それが血とは分らない。見覚えのある教会…小林は画面に釘づけになる。

「けさ、ここ九段の教会の屋根の十字架に」昂奮を抑えきれない女子アナ。「中年の男性が、仰向けに突き刺さっているのが発見されました」やはり、散歩道にある富士見教会だ。九段坂の靖国神社の大鳥居のまえに建つ旧い教会堂である。生中継の喧騒を切って、スニーカーを突っかける。走れば、アパートから二分足らずだ。

早稲田通りから大鳥居の辺りには、早出の通行人が群がる。皆一様に顔を仰向けて、高い教会堂の屋根を凝視する。小林は、野次馬の後ろから背伸びした。海鼠《なまこ》屋根を毒々しく染めた血糊が、茜《あかね》の空に鮮やかに映える。「ドスン、ギャアって、凄い音がしたんですよ」近所の主婦らしい、「落ちてきたんです」と興奮はさめない。

「どこから、落ちてきたんでしょう？」得心しない低い声に、主婦は口ごもったまま黙りこむ。教会堂の三方は通りで、あとの一方には低いビルが建つ。四隣には、教会堂より高所はない。

別のご近所が、興味津々に声をひそめる。「侍の格好をしていたらしいですよ」小林の背筋に身震いが走った。丸腰で袴をはいて丁髷《ちょんまげ》をしていた、と見てきたように言う。「ちんどん屋ですかあ」と半信半疑に茶化した声。別の通行人が目撃情報をつたえる。「よく時代劇なんかで、髪を剃らない貧乏な侍がでてきますよね」かたわらの年寄りが、「月代《さかやき》ですね」と口を添えた。「そう！その月代が伸び放題でした」

目撃談が真に迫っているので、野次馬たちは気味悪そうに黙りこむ。本物の侍かと、ふたたび小林の背筋に冷水がつたう。消防団員たちが、梯子車から屋根にブルーシートを掛けはじめる。額に陽を浴びて、小走りにアパートへ戻る。五日前の牛込堤のサクラについで、二人目はサムライ…それも、一キロメートルも離れていない場所である。目映いテレビ画面から、奇怪無残におののく女子アナの声高がひびく。

「明け方、大きな音と悲鳴がして、中年の男性が落ちてきて…鉄の十字架の先端に背中を貫かれて…十字架の左右の腕で止まりました…即死だったと思われます。屋根には、血がペンキのように飛び散っています」

天からサムライが落ちてきて、運悪く槍のような十字架に串刺しになった。仰向けに四肢をひろげた怪鳥のような姿。凄惨な猟奇的殺人事件—マイクを震わせながら、女子アナは、息つぐ間もなく声をふり絞る。十字架の上方から落ちない限り、あんな刺さり方はしない。クレーンにのせて落としたのか、まさか、そんな酔狂な殺し方はしない。

電話の音に我にかえる。ここしばらく、電話を掛けてくるのは谷ぐらいだ。「小林さァん！」

四

母乳がではじめたらしい、ナースに贈られたのだろう、サクラは、赤いセーターを両肩にかけてソファに坐る。花柄のスリッパの両足をそろえる。優しく男児を抱いて、ためらうことなく乳をふくませる。彼はブルー、女児はピンクの産衣だ。小林が開けかけた扉を閉めると、谷が待ちかねたように袖をひく。

今朝、刑事たちの目は釣りあがっていたという。十字架の丸腰のサムライは、ただちに監察医務院に運ばれて司法解剖された。胸部に、血のにじんだ木綿の晒《さら》しを幾重にも巻いていた。解剖医が解くと、肩口から胸下へ大きな切り傷があった。膏薬を塗った木綿が、合わせた傷口をふさぐ。どうみても、ヤクザの刃傷沙汰には見えない。月代の伸びた貧乏侍が、斬り合いをして負傷した…新鮮創だが、死因は、胸部を貫通した鉄棒の一刺しであった。

声をひそめて谷は、一部始終を口にする。警察は、サムライ姿にカモフラージュした偽装殺人とみる。むろん、天空から落ちてきたとは信じない。だが、あの時刻に近くを飛んだ飛行機もヘリコプターもないという。刑事たちは、ソファのサクラに問いただす。院内衣の襟を合わせて、彼らの威勢に物怖じしない。刑事たちは、サムライの屍体写真を見せられても、幼い瞳は動じない。明け方に落下してきた江戸時代?の人、という共通点しかない。関連性はないと、刑事たちは早々に引きあげた。

「気丈な子なのよォ」目を細めて谷は、我が娘のように褒めそやす。「あの子の手みた? 働いていた手よ」寒中、素手で洗濯や炊事をしていたらしい。荒れた手指にクリームを塗ると、小さな手で合掌したという。その健気に、勝気な谷が涙ぐむ。小林は目をそらして、「あかぎれって冬ですよねえ」と呟いた。今は涼秋の候、江戸は真冬か、どうも時季がずれている。申し合わせたように、「金木犀は、今ですよねえ」と顔を見合わす。彼らは、金木犀が秋の季語と知る。

サムライの出現によって、小林の非現実的な信憑《しんぴょう》が深まる。谷も、同様の思い入れを共有する。「江戸時代では、とても外科手術はムリだわ」そこで、彼女は言いよどんだ。「お気の毒に、落ちた所が悪かったのね」

サクラもサムライも、出産や怪我の治療をするために、時空を超えてきた—もはや小林も谷も、その仮説を打ち消せなかった。それは、二人が現世の人ではないというに等しい。

だが現実には、江戸時代からタイムスリップして現代へ送られてきたと、その恐ろしい不条理を自得する他ない。これからも、江戸の病人が落ちてくるかもしれない…。

乳くさいソファに坐る。サクラは、人懐っこい黒目で小林を見あげた。頷くか、わずかに首を振るだけで、いまだに一言も喋らない。その一途な頑強さに感服した。

昼まえ、虎の門の千代女子大学を半年ぶりに訪れた。長年、そこで図書館主事をつとめた。ネット情報は好まず、事典で金木犀を調べる。常緑小高木樹で銀木犀の変種。原産は中国南部で、十七世紀に渡来したという。秋十月に、香しい橙黄色の小花を咲かす。江戸時代からの花、十月の花と知る。金木犀の咲く頃、若い夫が旅立ちに満開の花枝を手折って、身重の妻の袖に一本一本つめたのだろう。その夫婦の情愛が瞼に浮かび、小林は、幼妻の可憐さに胸打たれる。

借りだした写真集を、彼女の膝にひろげる。「ここ、知ってる?」と、皇居二重橋のカラー写真を指す。桜田門や半蔵濠の旧江戸城の景色をみても、なんら興味を示さない。江戸府内に住んでいたのではないようだ。江戸から離れた在か、と思い巡らす。タイムスリップした彼女の時間と空間は、江戸と東京が繋がっているとは限らない。実はタイムスリップは、時代も場所も選ばないのかもしれない…サクラは偶然、平成時代の飯田橋に到達したのではないか。

ふだんより前や後に人影が多い。両手にデジカメを構えて、みな空を見あげながら歩く。新たに、落ちてくる江戸人を目撃したいのだ。数日ぶりに、牛込堤のベンチに座る。板の血糊は、すっかり拭きとられた。新聞をひろげると、「小林さんですね」と左右から刑事が見下ろす。そこで、サクラを発見した状況を現場検証する。「落ちてきたところは、見ていないんですね?」どうやら、落下という事象を否定したいらしい。舌鋒鋭いが、彼らは自らの愚問に苦笑いする。

サクラ母子は院内の人気者だ。ナースたちが、入れかわり立ちかわり双子を眺めにくる。勝手に抱いてあやして、師長に叱られる。男児はサクラくん、女児はサクラちゃんと呼ぶ。甘い乳の匂いを漂わせて、母親サクラは淡い微笑みを浮かべる。

『小林　聖』小林は、持参した大学ノートに筆ペンで書く。「あなたの、な、ま、え、は?」と口伝えするが、やはり反応はない。サクラの世智からみて、文盲とは思えない。こんどは、『江戸』と太書きする。「え、ど」と音読するが、彼女がしらばくれているとは思えない。谷は黙っているが、病院では身元不明の患者は思案に余る。入院費は払わず、引取り先も定かでない。喋れば方言がでるかもしれない、と彼はさすがに焦り気味だ。

夜半、唐突に赤いセーターが思い浮かぶ。起きて小林は、別室の洋服箪笥をあける。吊した婦人服を無造作にたぐると、樟脳の香が微かに漂う。闘病のすえ、五年前に病没した妻の洋服である。どれも地味すぎて、とてもサクラには似合わない。見覚えのあるベージュのワンピース…妻の好んだ一着だった。思わず薄い袖を握りしめ、彼はひそかに嗚咽《おえつ》した。

五

「こんどは、子供が落ちてきました！」

久しぶりに朝寝坊して七時、テレビ画面の男声が叫ぶ。三人目がでた…騒がず、小林は画面に釘付けになる。「明け方六時ごろ、東京市ヶ谷濠の釣堀に、五歳くらいの男の子が落ちてきました。男の子は、釣堀の管理人に助けあげられて、無事です」

第一発見者の老管理人が、生中継に訥《とつ》々と語る。「朝の掃除しようとしたら…小雨がふってたけど、目の前にスーと子供が降ってきたんだよ。そこにボチャンと沈んで、すぐに浮かんで、自分で泳いでた…尖んがった髪の毛をにぎって、引きあげたんだ。あの坊や、赤い着物きてチンチンだしてたよ。…空から、降ってきたんだよォ」

中継を受け売りして、男子アナが声高に繰りかえす。「子供が空から降ってきました。時代劇の子役のような格好をしていました。助けあげた釣堀の方が、坊や大丈夫かい？と聞くと、小さな片手をひろげて、五つという仕草をしたそうです」

空から降ってきた江戸時代の子供―なんの病気だったんだろう?。テレビを切ると、脱兎のように飛びだした。サクラが落ちた所から釣堀まで五分足らずだ。釣堀は、市ヶ谷橋の手前の濠を区切った一角にある。息せききって小林は、市ヶ谷駅のホーム越しに釣堀を見下ろす。昼間、釣人ににぎわう釣場は閑散としている。今し方、テレビ中継は終わったらしい。我知らず、一連の椿事にのめり込んでいる…戦後の団塊の世代と自嘲しながら、彼は、かたわらのベンチにへたりこんだ。

この八日間に、三人が落下してきた。一人目は牛込堤、二人目は九段坂、三人目は市ヶ谷濠…いずれも旧江戸城、皇居北西側の内濠と外濠の間である。三ヶ所の落下地点をむすぶと、せいぜい二キロメートルの狭いエリアに限定する。ここの天空に、江戸時代につうじる裂け目―タイムホールがあるのか。もはや、江戸時代からのタイムスリップを疑う余地はない。

「やっぱり、三人目がでましたねえ」と、第一声は異口同音である。「坊や、水に落ちて良かったわねえ」谷は子供の身を安んじたが、彼は病気が気がかりであった。「元気な子らしいけど、なんの病気でしょうね?」子供は、救急車で内堀通りの九段上病院に運ばれたという。玄関前に檜の老樹のある旧い病院だ。あそこの師長は親しいから聞いてみる、と電話は気忙しく切れた。彼女も、なんの疾病か気にしている。

まだ見ぬ子供の病状を気遣いながら、小林は、ふっと「…赤い着物って?」と呟いた。

その頃、九段上病院の外来は修羅場だった。

三階個室の佐藤は、ひとり歯を磨いていた。髪を乱して、小柄な師長金子が小走ってきた。「先生、患者さんお願いします」彼は七〇歳、昨年この病院を退職した。今は患者として狭心症の治療をうける身だった。首をふるが、早朝の救急なので否応もない。

「空から降ってきたって…」とぼやきながら、パジャマに長い白衣をひっかける。一階外来に下りる間に、五歳児、体温三九度、顔に発疹、感染症の疑いと聞く。子供は、救急外来の治療台でタオルにくるまる。強《こわ》い髪を頭頂に徳利《とくり》結びにした髪型だ。衰弱しているものの、しきりに手足をばたつかせる。両頬がリンゴのように赤い…霜焼《しもや》けだ。

ゴム手袋をはめながら、「坊や、どこから来たの?」と問う。勢いよく「あっち」と外を指した。「元気だねえ。お名前は?」腹部を触られて身をよじり、「ごろォ」と熱っぽい息を弾ませる。「へえ〜。おじさんも吾郎っていうんだよ。同じ名前だねえ」つぎは年齢を聞かれると、ゴローは、威勢よく五本指をひろげてみせた。「五つなのかあ」と応じながら、利発な子と知る。この時節に、小さな指も赤黒く腫れている。霜焼けなど久しく見ていない…どうみても現代っ子らしくない。

生え際から顔面に、ポツンポツンと赤紫の小さな発疹がある。丘疹（少し盛りあがった発疹）だが、妙な吹き出物だ。嫌な予感がして、佐藤の目は患児のうえを泳ぐ。

治療台の脇、脱衣籠に濡れた着物が丸めてある。ムラのある赤染めの粗織《あらおり》であった。短い帯紐も赤い。なんで、赤い着物をきているのか？。首に吊していたのだろう、守り袋がある。若いナースが気色悪そうにあけると、幾重にも折り畳んだ奇妙な絵がでてきた。「赤い絵です…」と、彼女は当惑して佐藤にむけてひろげる。にじんだ折り目から滴が垂れた。

一色刷りの赤絵…奇《く》しくも、彼の趣味は浮世絵の収集だった。美麗な錦絵に限らず、魔除けや呪《まじな》い用に刷った麻疹絵《はしかえ》、虎列刺絵《これらえ》、疱瘡絵《ほうそうえ》も蒐める。疱瘡絵は、事後に川に流したので現物は数少ない。古来、疱瘡（痘瘡）の痘鬼は赤色を忌《い》むとされた。濡れた絵は、赤すぐめの金太郎が痘鬼を討つ疱瘡退治の図であった。ゴローに守り袋をもたせた親は、息子がはやり病いであることを知っていた。汚れた一枚の赤絵が、子供の病いを教えている…佐藤の赤ら顔から血の気が失せた。

怪訝《けげん》そうに促す金子。目蓋をしばたくと、彼は、抑制を利かせて口早に指示した。「救急車、留めておいてください。感染症患者を運ぶとつたえてください」師長はナースの一人に合図し、ガーゼを水にひたす佐藤を手伝う。「ゴロー君、冷いけど我慢してね」患児の口元に濡れガーゼを張る。「マスクもするからね」そのうえから、防護マスクを二重にかける。

そのあと、室内にいる全員にマスクの着用を命じた。ふだん温和で駄じゃれ好きな彼の険相。異様な成りゆきに動揺するナース二人を廊下へだす。

佐藤は、のこった師長に矢継ぎ早に指示を飛ばす。「玄関を閉めて、一般外来に人を入れない。入院患者が下りてこないようにエレベーターを止める。だれも入れない、だれも出さない。それから、院内消毒の準備を頼みます。とりあえず急いで！」金子は一昨年、新型の豚インフルエンザ騒動の経験がある。そのとき、陣頭指揮に立ったのが佐藤だった。黙って彼女は急いで室をでる。

独りになると彼は受話器をとり、「戸山の国立感染症病院」と交換手に告げた。ゴローは一変して悪寒にふるえ、息苦しそうにうなされる。額の発疹がひろがっている。鼻口をふさいだマスクの裏で軽く咳込む。受話器をにぎるゴムの手が強ばる。佐藤は、マスクの奥で呟いた…「私には、免疫がある」

電話を切ると、金子が滑りこんできた。「先生、外来のはじまる前でよかったです」長い経験から彼女には、患児の感染症の見当はつく。痩身をかたむけて佐藤は、金子の耳に囁いた。

「先生…まさか」と、彼を見あげたまま師長は絶句した。

六

郵便受の乾いた音に覚める。

きのうの夕方、九段上の師長と連絡がとれない、と谷から電話があった。西東三鬼の句集を詠みながらまどろむ。新興俳句の旗手、三鬼は好きな俳人である。代表作の〈水枕ガバリと寒い海がある〉には、意表をつかれた。朝刊をひろうと、眼底に黒地に白の大見出しが躍った。

『根絶した天然痘が発病』

食い入るように紙面を追う。『東京市ヶ谷の5歳児　WHOに衝撃走る』あの子は、醜いあばたをのこす天然痘に罹っていたのか…ソファに落ちこむと、小林は受話器をとった。赤い着物は魔除けか、と疑問が脳裏をかすめる。とにかく谷と、二人だけに通じる会話を交わしたかった。「谷さん。たいへんな病人が送られてきましたねえ」

「信じられないのよォ」受話器の向うに、谷の悲鳴に近い第一声だ。WHO（世界保健機構）は一九八〇年、天然痘は地球上から根絶したと高らかに宣言した。E・ジェンナーの種痘により、人類史上もっとも恐れられた流行病は、歴史に記される過去の病気となった。予防接種は不要となりワクチン製造は終止し、小学校の教科書から人類の恩人ジェンナーが消えた。きょうは、二〇一一年（平成二三年）十月八日である。

「小林さん。この三〇年、だれも予防接種していないの。ワクチンは、世界中どこにもないのよ。みんな免疫がないから、感染拡大する恐れがあるわ」江戸時代には珍しくない伝染病であったが、平成の世ではパニックだった。にわかに、彼女は涙声になった。「九段上の金子さん、どこかに隔離されてる…きっと感染しているわ」彼女たちは、種痘の針痕のない世代に入っていた。

天然痘ウイルスは、咳や声の飛沫により気道粘膜に感染する。二週間ほどの潜伏期間をおいて、激しい頭痛をともなう高熱を発する。じきに全身に発疹が生じ、それが膿疱に変り、およそ四〇パーセントが死亡する。治癒しても、顔面などに醜悪な痘痕《あばた》をのこす。「治療法はないのよ」と、谷は鼻水をすする。専用の抗ウイルス薬はないので、通常の全身療法と対症療法しかないという。

彼女が落ちつくと、小林は恐るおそる尋ねた。「わたし昨日の朝、釣堀まで行ったんだけど…大丈夫ですか?」息を呑む谷に、一〇〇メートル先だったと話す。驚かさないでよ！と、叱責が跳ねかえった。「一〇〇メートルも離れてれば心配ないわよ。それに、小林さんの腕には、種痘の跡があるでしょ！生涯免疫だから大丈夫よ」

天然痘ウイルスの感染力は、きわめて強い。患者に接触した者、二メートル以内に近づいた者は、強制的に隔離される。「あの坊やを助けた釣堀のおじさん、救急隊員、診察した医者とナースもアウトよ」谷の声が途切れる。「金子さん、お気の毒に…」

彼女は、医学書を拾い読みしたようだ。「安永二年に江戸で大流行して、十九万人が死んだそうよ。当時の江戸の人口の三分の一も…二百数十年前ね」そのあと、神妙な独り言になった。「あの坊や、安永時代から来たのかしら?…」今さら喉がつまって、小林は沈黙した。疱瘡は、江戸時代をつうじて各地に頻発し、老若男女を蹂躙《じゅうりん》した。あの子が、いつ、どこの流行に襲われたのか、特定できない。二人とも、タイムスリップ問答は空回りと覚る。

とにかく、どのような方法かは不明だが、江戸時代の誰かが、疱瘡患者と知りつつ送り届けてきた—おそらく両親が、我が子の発病に為《す》す術《べ》なく、藁《わら》をもすがる思いで、未知の危険なタイムトラベルを決断したのだろう。二度と会えなくても、我が子の存命に賭けた親心は切ない。見知らぬ彼らの心痛が、小林の胸を刺す。彼らは、医療の先進した時世に狙いを定めた。送り先は、平成時代と識っていたのか。

サクラもサムライも疱瘡とは関わりないから、子供とは時代も場所も異なるとみる。そうすると、三人は、前世からバラバラにタイムスリップしてきたことになる。はたして人は、いつでも前世と現世と来世の間を往き来しているのか。

小林は疲れきって、長電話を切る。テレビは、どの局も天然痘報道一色だ。画面は、「天然痘は、バイオテロの恐れがあります」と物々しく警告する。そんなバカな、と彼は舌打ちした。テロリスト集団が炭疽菌を生物兵器に使用すると、なにかで読んだ記憶がある。それにしても、天然痘に感染させた五歳児のウイルス爆弾を投下したというのか?。小林は、腹立たしくテレビを切った。

昼すぎ、予約していた歯科にいく。飯田橋駅西口前の日本歯科大学病院で治療をうける。帰り途、喫茶店ルノアールで野菜サンドをつまむ。昨日、京子にたのんで産衣を買った。「男女おそろいよ」と、彼女は父親の物好きを冷やかした。その言い様にムッときて、今日は虎の門には出向かない。実は、サクラの病室にしげしげ通うのに気が引けていたのだ。

夜のテレビが、「バイオテロの危険はない」と報じる。聞けば、WHOは天然痘根絶後、アメリカ、イギリス、ロシア、南アフリカの協力研究所に、研究用としてウイルス株を保管した。その四ヶ所とも、盗難も略奪もないと確認されたという。「ホラ、ホラ!」と、小林は指を鳴らした。ご機嫌で、冷蔵庫のグラタンを温める。猫舌を休めやすめ食べる。料理好きだった女房と同じ味だ。

もはや、天然痘の病原体ウイルスは、自然界には存在しない。しかし、それは現世での直近の三〇年間に限る。子供は、前世で自然界に発生したウイルスに感染した。彼は、そのままタイムスリップしたから、現世は、存在するはずのないウイルスに恐慌をきたした。だが、その不可思議に周章狼狽《しゅうとうろうばい》しても、子供のタイムスリップを信じる者はいない。…そこから、論理は限りなく堂々巡りする。

七

出がけに、けたたましく電話のベル。天然痘の新情報かと、スニーカーを脱ぎすてる。「サクラさんが、いなくなったの！」

病院から黙って消えたという。折角の産衣を忘れて、小林は自転車に飛びのる。彼女は病院を外出したことはないから、どこも行く所はないはずだ。力みながら赤信号を横切る。

病室まえに、谷がピンクの赤子をあやしていた。ナースたちは、院外に散っているらしい。谷は師長のきつい表情をゆるめ、小林さん、と抱いた赤ん坊を彼にむけた。「サクラちゃんを残しているのよ」オウム返しに、「それなら戻ってきますね」と声が弾む。母親が乳飲み子を置いていくはずはない。谷は女児を抱きなおしながら、悲しげに白んだ顔を伏せた。

病室は、裳抜《もぬけ》の殻だった。整ったベッドの上…キチンと畳んだ院内衣、赤いセーター、白い靴下、大学ノートと筆ペンが並べてある。そのあとを濁さない跡形に、小林は、感謝をこめた彼女の心情を察した。自前の着物に着替えたと気づくと、彼は端《はした》なく狼狽した。早朝、ひそかに病院を抜けだして、サクラは、ここへは戻ってこない。ついに、身分を明かさずあっぱれな去り方だ。

今日は、彼女の入院十日目であった。うかつにも、江戸時代へ帰るなんて…帰れるなんて…小林は想像だにしなかった。出産にきたのだから、ぶじ産まれれば産院を去る…サクラは退院したと考えればよい。彼女の帰る所は、夫と家族のいる故里《ふるさと》しかない。だが、ほんとうにサクラと男児は、無事に江戸時代へフィードバックできるのか。

背中越しに、「どこへ行ったか、分りませんか?」と谷の沈んだ声がする。意に反して小林は、行く所なんてないでしょ!と逆上していた。彼女は、女児を抱いたまま悄然としている。その失意を励まそうと、「どうして、連れていかなかったのかなあ」と口走る。彼は諦めきれず、サクラは、かならず女児のもとに戻ると言いたかった。

「サクラは、江戸の人よ」谷は、自ら諭すように小林を見据えた。「昔は、獣腹《けものばら》っていわれていたわ」獣腹?、むかし歴史本を積ん読したことがある。古来、双子や三つ子の複数児は、獣と同じ卑しい腹と嫌忌された。堕胎《だたい》も受けもった産婆が、産まれるとすぐに間引した。嬰児《えいじ》殺しができないと、ひそかに遠く里子にだした。獣腹は、貧しい世帯の口減らしの口実でもあったのだ。「そんなのひどい…」と呟いて、彼は、サクラの行為は口減らしに符合すると覚る。

昔時は、男子と女子であれば、家を継ぐ男児が残すべき命に選ばれた。双子を連れかえれば、女児が間引かれるとサクラは悟る。それは、善悪を超えた生き死にの選択であった。ここに残せば捨て子になるが、生きられる—娘が存命するためには、幼い母親は如何様にも非情になりえた。サクラの強靭さは、小林の常軌を越えて彼を圧倒した。彼には、江戸の母親の決行を制止できない。

不意に、サクラちゃんが火がついたように泣きだす。母乳を欲しがっていると、谷は辛そうに彼女をあやす。否、置いていかないで！と母親を呼んでいる—その泣き様に、小林はハッと我にかえった。サクラは、来た所に行ったのではないか。ブルーの赤子をひしと抱いて、引き寄せられるように不案内な暗い道を辿った。そこは平成時代への着地点、あの牛込堤の桜樹の下である。帰路につく場所は、あそこしかない。

「電話します！」と谷に叫ぶと、彼は、ふたたび自転車にまたがり向きをかえた。ただ短絡に、あの落下地点からタイムホールに昇天する、と小林は確信した。今なら間に合うかもしれない…追いついたら、どうすると考える余裕はない。この時刻、一帯には天然痘を恐れて道ゆく人影はない。深閑と冴えわたる通りを力み力みひた走る。サクラに別れをいいたい…サクラちゃんは私たちが育てる…サクラくんを連れて、ぶじ家族のもとに帰れ。そんな思いが入り交じり、小林の蒼い心中をかき乱す。

土手上にサクラの姿はない。駈けあがって、無人のベンチに倒れこむ。桜樹に陰る暁天を見あげた瞬間、天空が割れたように夥《おびただ》しい金木犀の花弁が、満腔に芳香を吹きあげながら、彼の頭上に金色《こんじき》の吹雪となって降りそそいだ。

リンダの跫音

一

リンダ・シンプソンは、汽船と岸壁の間に揺れる狭い桟橋をゆっくり下りていく。吹き抜ける春の潮風……外套の裾に泡立つ飛沫を跳ねながら、彼女の長い革靴が濡れた石畳を踏んだ。

一瞬、よろめくような目眩《めまい》に襲われる。

一八八七年（明治二〇年）四月三日、四千トンのシティ・オブ・トーキヨー号。サンフランシスコから乗って、十八日ぶりの地面の感触であった。

淡い陽射しを浴びて、横浜埠頭《ふとう》は雑踏だった。下船する客と出迎えが溢れ、異邦の言葉が喧《やかま》しく飛び交う。弁髪を垂らした支那服の男、アメリカ人宣教師、和服を装った婦女、華やいだドレスの英国婦人、後髪に束ねた和服の男たち、不揃いで不似合いな洋装の男たち。人波は、雑多な屋台の列の間をズルズルと蛇行する。下駄の音が、騒々しく乱れて敷石を打つ。胃袋をそそる火食の匂いが、ごった煮となって猥雑《わいざつ》に漂う。その波間に、長身のリンダの丸い帽子が泳いでいる。革トランクを背に、両手のバッグを離さず、よろめきながらゲートを出た。

前方、リンダの碧い瞳に、灰色の殺風景な広場が霞んでいた。ここにも、騒音と蛮声が渦巻く。乳母車に似た大型の人力車が、さらうように客を拾って、次々に土埃《つちぼこり》をあげて走り去る。およそ百台は並んでいたろう。この喧騒《けんそう》に彼女は茫然と立ち尽した。

そこへ、短軀《たんく》の車夫が走り寄ってきた。印半纏《しるしばんてん》に青の股引を穿《は》いて、実にすばしこい。車体の座席を叩いて、乗れ！とリンダを促す。バッグ二個を膝に抱えて、夢中で行先を告げた。オーケーオーケー、外人慣れした車夫は軽く片手を振った。途端に、大きな車輪が車軸を軋らせて回転し、泥を撥ねて舗装された海岸通りに滑りでた。座席の背にのけぞりながら、リンダは再度、甲高い叫び声をあげた。

「オリエンタル・ホテル！」

二

リンダの乗った車は、端麗《たんれい》な鋳鋼《ちゅうこう》のアーチ門に止まった。

横浜駅から、陸《おか》蒸気とよばれる汽車で四五分。英国人技師たちが建設した最初の鉄道である。終点の新橋駅には、四輪の箱馬車が待っていた。馬丁の引く一頭立ては、優美な江戸城の新緑の内壕《うちぼり》を巡って、麹町区五番町の英国公使館に着いた。車窓から彼女は、煉瓦《れんが》壁に飾る王室の紋章を仰ぎみた。

「イザベラ・バードを知っていますか？」

リンダは、性急に尋ねた。公使館の書記官エドワード・スミスは、藍色の目尻に微苦笑を浮かべた。バードは、九年前に公使館を訪れていた。彼は官吏らしく慇懃《いんぎん》に答えた。「私は五年前に着任したので、彼女には会っていません」当り障りなく、リンダの質問をはぐらかしていた。

イザベラ・L・バードは、一八七八年（明治十一年）、東北・北海道を踏破する三カ月の大旅行を敢行した英国人旅行家である。二年後、彼女が故国で出版した『日本の未踏の地』は、英国人のジパング熱を煽った。日本に憧れて毎年、彼女の足跡を辿る〝追っかけ〟が来日する。穏やかな口調ながら、スミスは、皮肉まじりに肩をすくめた。「一週間で、泣きながら帰った人もいましたよ」

「わたしは、観光旅行に来たのではありません」彼の片言にリンダは、気色ばんで語気を強めていた。「わたしは、ナースです」

彼女は、ロンドンのナイチンゲール看護婦養成所に学んだ。その後、同校を併設する聖トーマス病院で十年間働いた。若くしてシニア婦長を務めたが、F・ナイチンゲールに反抗して病院を辞めた。貧しい出の女性を生徒に選ぶ、彼女の差別主義を指弾したのだ。クリミヤ戦争で〝白衣の天使〟と賞賛されたが、実際にはナースは、苛酷な労働を強いられていた。失意の折、彼女は、退屈まぎれにバード旅行記を拾い読みした。

その一行に衝撃をうけた。

「村人たちの実に三〇パーセントは、天然痘のひどい痕を残している」

ロンドンでは久しく、醜い痘痕《あばた》の顔を見ることはない。一七九八年(寛政十年)、英国人E・ジェンナーが牛痘《ぎゅうとう》接種法を発見した。この天然痘の予防法は、瞬く間に欧州全域に広がり、英国のはるか植民地に先行した。わずか七、八年にして、東南アジアや支那大陸に行き渡った。だが、鎖国していた極東の島国は、不幸にして取り残された。ジェンナーから九〇年間、疱瘡《ほうそう》は毎年、日本各地に跋扈《ばっこ》して惨状を呈した。

三三歳のリンダの白い二の腕には、クッキリと種痘の跡がある。それなのに未だ、この業病から救済されない人々がいる。誰かが、神に見離された彼らを助けねばならない──私財をなげうって、彼女は単身、霧に煙るロンドンを発った。

「この国では、天然痘の予防接種をしていないの?」

その声音は、スミスを難詰していた。彼はリンダの気迫に気圧《けお》された。バードの追っかけではない、と得心が行くと知らずに口調が改まった。この国では、牛痘法は一八四九年(嘉永二年)に試行されていた。しかし、種痘規則が布達されたのは、二五年後の一八七四年(明治七年）である。種痘医の免状をうけた洋方医たちが、予防接種に街々から山野へと駈け巡った。

「ですから、今では予防は徹底しています。安心していいですよ」スミスの要を得た説明に、リンダは胸を撫で下ろした。「それは、よかったわ」安堵しながら彼女は内心、気抜けしていた。日本行きを決行させた目的が、呆気なく失われてしまったのだ。独りポツンと、「…よかったわ」と繰り返した。

実は、スミスは情報不足だった。たしかに、天然痘は東京府内では終息したが、地方では依然と散発を繰り返していた。種痘医が足りないうえ、急ごしらえの種痘医には、技に劣る者も少なくなかった。彼らを恐れて逃げ隠れる人々もいた。そのため、前年の明治十九年には、まだ全国で七万三千人強が罹患していた。一九〇八年（明治四一年）になっても、一万八千人弱が罹り四千三百人弱が死亡した。予防接種が義務化されるのは、その翌年になる。

「ミス・シンプソン。天然痘よりコレラですよ！」

青ざめて、唐突にスミスが口走った。一瞬、リンダの瞳に怯《おび》えが走った。コレラは幾たびも欧州各地を蹂躙《じゅうりん》し、その凶暴性は知っている。昨夏、〝三日ころり〟と恐れられた虎列刺《これら》が大流行した。唇を震わせながら、彼は恐怖体験を語った。

「……地獄のようでした」

八月の早朝、十数個の早桶（粗末な棺桶）を積んだ荷馬車が数台、東京芝の大通りをゴロゴロと列なる。辺りには激しい悪臭が漂い、通行人は鼻をおおって逃げ惑う。コレラ患者を隔離する避病院（伝染病患者を収容する病院）を出て、桐ヶ谷の火葬場に運ばれる夥《おびただ》しい屍体。ふつう土葬だが、コレラ患者は火葬にした。都内には、八カ所の火葬場があった。

酷暑の富山や大阪など各地に、同じく凄惨《せいさん》な荷馬車が濛《もう》々と土埃をたてて往来した。その葬列に合掌《がっしょう》する者はいない。この年のコレラ災禍《さいか》は史上最悪で、死者は全国十万八千人に及んだ。あなたはラッキーでしたよ……と言いかけて、スミスは口を噤んだ。一年遅れて罹災を免れた、と喜ぶリンダではない。

当時、伝染病は急性では、天然痘、コレラ、発疹チフス、腸チフス、ジフテリアが指定されていた。コレラは、この明治十九年の流行が終わりであった。天然痘の発病は、途絶えることなく延々と昭和の時代まで続いた。リンダを衝《つ》き動かした伝染病は、まだ消滅していなかったのだ。けれども、その情報は彼女の耳には届かない。

リンダは、奮然と彼に畳み掛けた。「見るも痛々しいのは、かいせん、やけど、しらくも、ただれ目、不衛生な吹き出物など、嫌悪な病気が蔓延《まんえん》していることである」バードは、仮借なく痛ましい病人の群れを書き記していた。リンダは、それを諳《そら》んじた。天然痘に重ねて、彼女の胸を切り裂いた一文であった。「この国には、不衛生な病気がはびこっているの？」

聞き慣れない病名もあり、スミスは口ごもった。慢性の伝染病は、圧倒的に結核と梅毒が占めていた。「イングランドも同じね」と、リンダは乾いた声で呟いた。隔離しきれずロンドン市街には、梅毒患者や結核患者が幽鬼のように放浪していた。誰も手の施し様がなかった。結核と梅毒を除けば、少なくとも東京は衛生的だ。この国は今、怒涛《どとう》のように文明を開花している。医療も西洋医術を模倣して、日々《にち》、病いの様相を塗り代えていた。時勢を強調して、彼は、気負いたつリンダを宥《なだ》めた。「バードが見た十年前とは、何もかも変わっていますよ」

そんな曖昧《あいまい》な見方では、彼女は納得しない。この十年間で、医療はどのように変貌したのか。「わたしはイザベラの道を辿って、確めるわ」そして視線を逸らさず、衒《てら》いなく言い切った。「わたしは、病人を病いの苦しみから救いたいの」

スミスの胸に、彼女の一念が閃いた。深々と頷くと、修道会ですね？と出所を尋ねた。シスターではないが、英国国教会の派遣と解したのだ。高い鼻を指して、リンダは眉を寄せた。布教ではなく、単独のボランティアだ。バードの一文に触発されて、独り使命感に取り憑《つ》かれている――彼は、一抹の危うさを覚えて目を据えた。

ナースがケアするのは問題ありませんが……スミスは言い渋った。この国の人たちが、彼女の仕事を理解するだろうか。「なにしろ、ナースという職業はありませんから」リンダは一瞬、耳を疑った。ナースがいないの⁉、とオウム返しした。その尖った詰問に答えず、彼は口を結んだ。「それでは、だれが看護をしているの？」

返答に窮して、スミスは裏声になった。「まあ、家族でしょうか……」家族⁉、思わずリンダは金切声をあげていた。バード旅行記が唯一のガイドなので、彼女の調査不足は咎《とが》められない。両手をひろげて、彼はリンダの興奮を制した。この国では、病院は都市部にしか建てられていない。元々、病人は皆、自宅で介護され自宅で看取られる。スミスの言葉尻に、彼女は八ツ当たりした。「それは看護ではなく、ハウス・ヘルパーね！」

リンダは、頬を打たれたような思いだった。……ナースを知らない日本人が、西洋看護を受け容れてくれるだろうか？。誰に、西洋看護のノウハウを伝えればよいのか？すると、資料を探るスミスが、念入りに訂正した。二年前の一八八五年（明治十八年）に、看護婦養成所が東京新橋に開校していた。のちの東京慈恵医院看護婦教育所である。

「ナイチンゲール方式の看護を模範にしています」と、彼は、リンダのキャリアに同調した。ここでも英国が、この遅れた国を先導していると誇らし気だ。反して彼女は、ナイチンゲールはここまで侵出していると腹立たしい。「それでは役に立たないわね」にべもなく撥ね付けると、リンダは、刺々しい記憶を振り払った。

「医師は、どの位いますか?」分厚い資料をめくりながら、スミスは淀みない。明治初めには漢方医八割、洋方医二割であった。一八七五年(明治八年)より、新規の医術開業免状は洋方医に限られた。現在、医師の総数は四万人余り、そのうち近代医術を修めた洋方医は七千五百人余で、日本の人口は三八五〇万人余である。「西洋医は五千人に一人ね」と、リンダの回転は速い。「でも、都市部に片寄っていますよ」まだ発展途上なので、都市偏在はやむを得ない。

「漢方医は、どんな治療をするの?」日本古来の漢方医術に、痛く興味をそそられていた。彼らは、漢方薬と鍼灸《しんきゅう》療法を専業とする。「灸ってなに?」鍼《はり》acupuncture はなんとか理解できたが、灸 moxa のほうはスミスにも分からない。「温熱療法のようですね。漢方医たちは、西洋の薬品には偏見を抱いていて使いません。外科手術にも強硬に反対していいます」リンダは深い溜息をついた、「それでは、患者は助かりませんね」漢方医への関心が、引き潮のように失せた。

「平均寿命は幾つぐらい?」

スミスは、日本の諸事万端を調べあげ、几帳面に整理していた。三〇歳の有能な能吏だ。男子は三二・七歳、女子三三・二歳。小児の死亡率が異常に高く、平均寿命を引き下げていた。新生児百人中、十五人以上が死亡した。リンダが日本人だったら、もう余命いくばくもない。「イングランドでは五〇歳ぐらい……ここの人たちは短命なのね」

因みに、現代人の平均寿命は、平成二十一年（二〇〇九年）では、女子は八六・〇五歳で世界第一位、男子は七九・二九歳で世界第四位である。百二〇年足らずで、男女とも半世紀余りも長生きしている。

リンダの脳裡を離れないのは、日本人の体格に触れたバードの辛辣《しんらつ》な記述だった。「小柄で、醜くしなびて、O脚で、猫背で、胸は凹み、貧相」と。彼女は、ためらいもなく問うた。「この国の人は皆、醜くしなびているの？」

不躾《ぶしつけ》な質問にスミスは顔をしかめた。江戸末期、欧米の列強は競って、この島国の支配を企てた。日本が属国に落ちていたら、スミスは大英帝国の尖兵となっていた筈だ。幸か不幸か友好国の外交官として在日五年、彼は、すっかり日本贔屓《びいき》になっていた。日本人の体格は、世辞にも良いとはいえない。彼は素気なく反問した。「彼らは、醜くしなびていますか？」

言い返されて、リンダは心外だった。「エディ。わたしは、日本人をバカにしたのではないのよ」巧まずして、エドワードの愛称を呼んでいた。「分かってますよ。リンダ」彼も、すかさずファーストネームで返した。直言直行の人だから、有りの儘を伝えればよい。「長らく貧困で栄養不足でしたから、体格は劣っています」男子の身長は、平均五フィート（一五三センチメートル）、女子は四・七フィート（一四六センチ）。数字で示されて、リンダは今さらながら絶句した。「……女性は、わたしより一フィート（三〇センチ）も低いのね」

彼女は、粛として沈みがちだ。「エディ。食べ物の違いなの？」古来、主食は米、麦、粟《あわ》、稗《ひえ》、豆など穀類であった。秋刀魚《さんま》、鰯《いわし》、鱈《たら》などは干物が多く、魚の味も庶民の口には縁遠かった。十年ほど前から肉類が奨励され、ようやく牛乳や牛肉を食するようになった。「エエッ。肉を食べなかったの⁉」ふたたび、リンダは平手打ちを食らった。それでは血肉にはならない―彼女は言葉を呑み込んだ。生半可《なまはんか》にエディを刺激してはいけない。

彼は、栗色の髪を無造作に掻きあげた。久しぶりに手応えのある客人だった。苦労して、諸々の情報を収集した甲斐があった。彼は、にわかに話題を転じた。「リンダ。ロンドンの識字率は、二〇パーセントを越えています。私たちは世界一と誇っていました」識字率？と、彼女は首をかしげる。「ところが、この国の人々は、半数が読み書きができるんですよ。親たちは皆、子供の教育に熱心なんです」

「五〇パーセント……本当なの？　エディ」一瞬、背筋を撫でられたような気色が走った。ロンドンの病院では、名前も書けない文盲の患者が過半だった。「スゴイでしょ」と、彼は無邪気に浮かれている。それから得々と、江戸時代の寺子屋システムを語りはじめた。その熱弁はリンダの耳を素通りする。何事にも見下ろしていた目線—意識下に、哀れみや慢心が潜んでいたのではないか。施し気分は捨てねばならないと心中、リンダは自戒した。

夕刻である。

提供された二階の客室の窓は広い。高台にある公使館から、大通りの向うに瑞々しい緑をたたえる濠を一望する。かつては将軍の居城、今は天皇《みかど》の東京城。美事に石垣を積み重ねた城壁のカーブに沿って、満開の桜樹が華やかに夕陽に映える。チェリーは、イングランドには観られない。翌明治二一年に宮城と呼ばれる城郭を、省庁、公邸、病院、兵営など明治政府の中枢が十重二十重《とえはたえ》に取り囲む。

大通りの両側に高く青白いガス燈が点り、赤い煉瓦造りの家並みを淡く染める。その舗装路を、人力車が丸い提灯《ちょうちん》を揺らして忙しく行き交う。

玄関のスロープに、正装したエディが艶やかな夫人を伴って出てきた。レクチャアのあと彼は、鹿鳴館《ろくめいかん》の舞踏会に行く、と浮き浮きしていた。鹿鳴館は、明治政府が一八八三年（明治十六年）に設けた洋式の社交場で、欧化思想の猿真似と嘲笑を浴びていた。夫妻を乗せた黒塗りの人力車が、両開きの門をあけて滑りでていく。もちろんリンダは知る由もないが、鹿鳴館は麹町区山下町（現在の日比谷公園付近）にあるので下り坂を一走りで着く。貧しい出のリンダには、ロンドンでも華やかな舞踏会など無縁であった。

「……東京は、わたしを必要としていない」

彼女は、勢いよく窓のカーテンを引いた。

三

翌日昼を過ぎて、エディは、テーブルに大きな地図を広げていた。バードが依拠したブラントン日本大地図だ。地図上には太い赤ペンで、バードの辿ったルートがジグザグに走る。彼女の追っかけに教えたのだろう、処々に距離や宿泊地が書き込まれていた。リンダは、しばし沈思した。曲りくねる赤線は、バードの飽くなき探究心と勇気を示す証しだった。十年後、彼女の足跡を追う……ドライな彼女にも、一沫の感懐があった。

バードは、六月一〇日、公使館を発って六時間、二三マイル（三七キロメートル弱）先の粕壁《かすかべ》についた。現在の埼玉県東部の春日部で、奥州街道の宿場町である。リンダは、地図の粕壁を長い指先で指した。ナースは爪を伸ばさない。「ここが、第一日目の宿泊地だったのね」

そこですね、とエディは拡大鏡を差し出した。旅程も諳んじたから、彼女は、バードの足取りに自分の行先を重ね合わせていた。翌日、粕壁から栃木を抜け、今市を経て日光に入った。その在に、「痛々しい病人の群れと痘痕三〇パーセント」と記述した入町《いりまち》があった。東京から三日足らずの栃木県の郷である。

「でも、おかしいのよ」首をひねりながら、リンダは上機嫌だった。日光は、大将軍を祀る東照宮のある一大名所である。それに入町は、三百戸余の静穏で端正な村であった。たいそう気に入って、バードは、ここに十日間も滞在した。「イザベラは、小佐越か藤野《とうの》と間違えたのではないか、と思うのよ」リンダは、すっかり自分の世界に浸っている。実は、関東では、今市から福島県の若松を結ぶ三〇里（約一二〇キロメートル）を会津西街道と呼ぶ。この間には、宿場駅が十五あった。今市から二時間余り北上した山間に、小佐越と藤野が並ぶ。

入町に近い小佐越は、二五戸足らずの貧しい村で、ここでバードは駄馬を乗り替えた。子供たちはひどく汚れひどい皮膚病に罹り、女たちは酷い労働に顔は歪みひどく醜い、とあからさまに記した。小佐越を過ぎて間もなく、五〇戸ほどの藤野がある。村一軒の宿屋に泊ったが、バードは、無数の馬蝿と夥しい蚤《のみ》に責め苛まれた。

彼女の旅行記は、道中に妹へ送った書簡を編んだので、思い違いや書き間違いがある。おそらくバードは、藤野を入町と誤ったのだろう。こめかみを叩き叩き、リンダは独り合点した。「わたし……藤野に逗留《とうりゅう》することになりそうね」

彼女の予感は、的中することになる。地球を半周して極東の島国の、首都東京を離れて、旧街道を北上する途中にある山間の小村──そこが、リンダが辿り着いたピンポイントであった。

エディが口を挟んだ。「おととし、国道ができたんですよ」「あァ、そうなの」と、リンダは軽く受け流した。実は、一八八四年（明治十七年）に、若松から今市を結ぶ国道が開通した。のちに国道一二一号線となる新道は、旧街道とオーバーラップしていた。ただし、福島側の山峡の樽原から本郷の間は道筋を外れた。

一向に頓着せずに、リンダの指は、藤野から五十里《いかり》を通り、川島、大内宿へと移る。バードの頃は人馬往来して栄えた大内宿は、新道に取り残されて廃れていく。彼女は、大内宿をあとに会津西街道を逸れて、越後街道と交わる板下《ばんげ》に直行した。なぜ会津西街道を辿って、若松に立ち寄らなかったのか?。若松は、現在の福島県会津若松で、会津盆地にある要衝《ようしょう》の城下町であった。

「それが不可解なのよ」右に左に首を振りながら、リンダは地図の若松を叩いた。「イザベラは、どうして若松に行かなかったのかしら」彼女に引き込まれて、エディは、熱っぽく余燼《よじん》の冷めやらぬ時代を説いた。若松は、一八六八年（明治元年）に新政府軍と旧幕府軍が闘った会津戦争の戦場であった。「当時はまだ内戦後の危険地域だったので、バードは避けたのでしょう」フーンと、史実を知らないリンダは半信半疑だ。熱弁を振るって、エディは拍子抜けした。とにかく、興味の対象が異なるのだ。

「エディ。わたし、若松に寄ろうと思うのよ」どうかしら?と賛同を求めるが、もう彼女は決めている。彼が異をさしはさむ余地はない。半端ではない分、バードを凌《しの》ぐ人かもしれない。リンダの指は、地図の上を飛び石伝いに日本海へ向かった。若松から板下に出て、車峠、津川から新潟まで、そこで指が止まった。ひとまず、日本海の新潟を終着と考えているようだ。そのルートで、領事館への旅行許可証を申請する。「旅行の目的は、〝健康・科学的な研究調査〟で良いですね?」

パチンと、リンダは長い指を鳴らした。「バードと同じ目的ね」エディは、バード旅行記を読み直している。「新潟までは、何日ほどの予定ですか?」返事に詰まって、彼女は、分からないわ……と呟いた。直行すれば一週間で行ける距離だが、バードは二五日も掛けた。病人を看ながらだから、リンダには見当がつかない。「病人しだいねえ」と、余所事《よそごと》のように取り合わない。彼女は、取り越し苦労はしないのだ。相鎚《あいづち》を打つと、エディは、「三カ月としておきましょう」と結んだ。

折よく、日本人の召使が紅茶を運んできた。香ばしいイングランド・ティ、それに甘いスコーン。懐かしい故国の味に、リンダは目を細めた。ティ・タイムなのに、エディは、レクチャアの舌を休めない。この国では、長男が田畑を継ぎ、二男三男は都会に出て軍隊、工場、奉公に雇われる。娘たちは女工、奉公人、遊女になる。都会では、西洋文明が津波のように江戸体制に襲いかかり、新旧が烈しくせめぎ合う。明治の世は、まさに混沌《こんとん》と渦巻いていた。

時勢を語るエディは、先行する外交官が味わう高揚を抑え切れない。「日本はいま、エキサイティングな時代なんです！」

すっかりリラックスして、リンダは、二杯目の紅茶にご満悦だ。この国の体制や変化には、関心がないらしい。「わたし、チョコレートを溶かして瓶に詰めてきたの」チョコは、彼女の唯一の楽しみだった。バードは、ブランディを忍ばせて血を飲んでいる、と大騒ぎされた。アハハ…と、リンダは、その情景に思い出し笑いをした。

拍子抜けしたまま、エディは、大地図を畳んだ。気分晴らしに、彼女をドライブに誘った。ロシアのニコライ堂が、駿河台に建築中であった。このビザンチン様式の大聖堂も、英国人技術者が指導していた。その巨大なドームが出現したので、見物に行くという。折角なのに、荷物の整理があるから、とリンダは素気ない。エディは鼻白《はなじろ》んだが、彼女はあくまでマイペースだ。ニコライ堂も、東京見物も興味がなかった。

四

翌日の午後。リンダは、旅行の荷物のリストを見せた。「足りないものは調達します」財産を処分したので、運動資金は潤沢であった。エディは逐一チェックした。肝心なものを忘れては彼女が難儀する。折り畳み式の簡易ベッド、折り畳み椅子、空気枕、ゴム製の簡易浴槽。ずいぶん揃えましたねぇ、と彼は感心した。リンダは屈託なく肩をすくめた。「みんな、イザベラの教えよ」

さすがにナースだけに、診療器具や薬品は、事細かに列挙してある。「追っかけが置いていった簡易蚊帳《かや》がありますから、使ってください」そういえばバードは、藪蚊《やぶか》の襲来に悲鳴をあげていた。ロンドンでも夏、蝿や蚊に悩まされた。

「これだけの荷物では、百ポンド（四五キログラム）にはなりますね」バードの支度は、従者兼通訳の分を合わせて二百ポンドあった。その当時、馬と人夫を使った交通システムが、要所要所の街道に張り巡らされていた。一八七二年（明治五年）から、東京に本店を置く陸運会社が、各地の支店に連絡網を敷いて、リレーで旅客や物資を運送した。のちにバードは、「千二百マイル（一九二〇キロメートル）の旅行中、常に効率的で信頼できた」

と称賛した。

　彼女は、三台の人力車を雇い、車夫を代えずに九〇マイル（一四四キロ）を三日間で走り通した。「日光から先は馬なのよ。道が悪くなるのね」とリンダ。二頭の馬に荷物を乗せて、馬子に引かせた。バードと従者は、デコボコの泥道をひたすら歩いた。険しい山道や谷間《たにあい》では、三頭四頭にふやして馬上に揺られた。ひどい駄馬で、相当に難渋したらしい。

　リンダはバードを真似た。「エディ。まず、人力車で日光まで行こうと思うの」初日は粕壁に泊まり、つぎは栃木泊、そして日光の入町に入る。「それから先は、そこで考えるわ」リンダらしい割り切り方だ。それがいいですね、とエディは手堅い行程に賛成した。これなら間違いないだろう。「明日、運送会社に手配しておきましょう」

　彼女が安んずるだろうと、彼は気を利かせた。「リンダ。この国では、異国のご婦人が旅しても安心ですからね」欧州では、英国のレディが独り旅するなど正気の沙汰ではない。敬うべきは、日本の治安の良さであった。人指し指を振って、彼女は、そのアドバイスを軽くかわした。「世界中で日本ほど、婦人が危険にも無作法な目にも合わず、まったく安全に旅行できる国はない、と私は信じます―イサベラの言葉よ」

　エディは又々ギャフンとなった。バード旅行の下調べは万全だ。だが、彼も負けてはいない。「でも、奉仕には、表と裏がありますよ。表はセルフレスネス……」selflessness は、無私を意味する。「裏は……」と言いかける舌頭に、リンダは、「リスク」と口を合わせた。さすがに、女ひとり腹が座っている。「そうです。奉仕に危険は付きものですから」エディは念を押した。彼女は、その忠言を括淡《てんたん》と受け止めた。「エディ。犠牲は神の思し召しよ」思わず彼は、〝神の祝福あれ〟と嘆声をあげた。「ゴッド・ブレス!」。リンダ」

彼女の身の安全をガードするのが、従者を兼ねた通訳である。横浜のホテルのロビーで、リンダは数人の応募者を面接した。皆、似た面相だったので、一番若い十八歳の青年に決めた。汽車賃を握らせて、三日後の昼に英国公使館で会うと約した。「それが来ていないのよォ」と、彼女は眉を釣りあげた。明らかに、約束を破られたと疑っている。エディは名前を尋ねた。「ジローよ!」。ストーン・ブリッジ・ジローって言ってたわ」

彼は、召使に〝石橋次郎〟を捜すように命じた。「それがシャイな子なのよォ」リンダは、いかにも不満気に訴えた。英国人にはshyは、臆病や内気という負のイメージしかない。エディは一笑して宥めた。「リンダ。この国の人たちは恥しがり屋ですけれど、正直ですから心配ないですよ」イングランドでは、嘘偽りのないhonestyは、もっとも好まれる品性であった。

じきに、召使は坊主《ぼうず》刈りの若者を連れてきた。灰色のシャツに黒ズボン、古びた靴を履いている。「オー! ジロー」と、リンダは陰口も忘れて歓喜した。彼は、正門前の縁石に坐っていたという。「ホラ。約束どおりでしょ」と、エディはしたり顔だ。「この国の人は、責任感がありますからね」

日本人にしては、大柄なジロー。オドオドして、にきびに埋まるノッペリ顔を伏せたままだ。エディはゆっくり発音した。「君は、生まれはどこ?」モジモジするばかりで答えはない。リンダの眉が険しくなった。ホームタウンだよと繰り返すと、ようやく重い口がボソリと漏れた。「ニイガタ……」思わず、彼女は大きな両手を叩いた。「あなたァ。新潟から来たの!」

エディは、ミス・シンプソンは新潟まで行くんだよ、と説明した。生まれ故郷とはいえ、ジローには、裏日本の寂れた港町に過ぎない。彼は、両目を白黒させている。幾つか簡単な質問をしたあと、エディは、「波止場《ピジン・》英語《イングリッシュ》ですね」とリンダの顔色を窺った。「ヒアリングは、まああかなあ」「分かっているわよ。エディ」彼女は彼の気遣いを制した。「ペラペラの通訳なんて、無理な注文よね」赤い唇を尖らせて、「このシャイで無口な子で我慢するわ」と舌打ちした。彼は呆れて、「リンダ。彼は、あなたが選んだんですよ」と投げ返した。そのあと顔を見合わせて、二人はプッと吹き出した。頭上を飛び交うネイティブ会話に、ジローは身を縮めていた。

エディは、素直な若者、と直観した。いわば、リンダは名もない民間親善大使である。

公使館を離れれば大英帝国の支援はない。従者兼通訳のサポートがなければ、いくら気丈な彼女でも、とうてい長旅は覚束《おぼつか》ない。ジローならば、じきにリンダも気に入るだろう。尻込みする若者の肩を抱き寄せると、エディは、廊下に響く気勢をあげた。

「グッド・ボーイ！　グッド・ボーイ！」

五

二輪の人力車が三台。東京を抜けると、はるか肥沃な水田地帯が広がる。

一直線に突っ切って、延々と続く街道。土手を左右に見下ろしながら、俥は連なって軽やかに走る。稲はまだ苗代《なわしろ》だが、初夏には数百人の男女が、一斉に膝までつかって田植えする。苗代を吹き抜ける薫風、青々と心地よい……。

一台目にはジロー、二台目にリンダが乗り、三台目には縛りつけた柳行李《こうり》が揺れる。三人の車夫は、いずれも足腰を鍛えたベテランである。革足袋《たび》の草鞋《わらじ》が、軽快なテンポで地面を打つ。

車上のリンダは、グレーのウールの長い身丈のスカートに、膝下までの編み上げの革靴。首に白い絹のマフラーを巻いて、怒り肩にはなめし革のコートを掛けている。バードは、米国製の山岳服に、英国の防寒用長靴ウェリントンブーツを履いていた。旅装は、彼女を見ならう気にはならなかった。日除け用の大きな丸い編み笠が目立つ。リンダは、菅《すげ》を編んだ素朴な作りが気に入っていた。どんな装いをしてもバード同様、行く先々で刺すような好奇の目が注がれる。

街道沿いに、農家の家並みが切れ目なく続く。どの家々も周りは畑で、小麦、玉葱《たまねぎ》、黍《きび》、蚕豆《そらまめ》、豌豆《えんどう》が手際よく栽培される。所々に、大小の蓮池《はすいけ》を眺める。瑞《みず》々しい大振りの葉が、猛々しく水面を覆い尽す。晩秋には、地下の蓮根を収穫する。

街道際に、茅葺《かやぶ》きの茶屋が点々と商《あきな》う。「御休所」と、白い破れた幟《のぼり》が揺れている。出張った屋台には、駄菓子や雑貨が所狭しと並ぶ。飴、煎餅《せんべい》、餅《もち》、団子《だんご》、刻み煙草、干柿、干魚、漬物、油紙、ちり紙、紐縄……。軒先には、笠、蓑《みの》、草履《ぞうり》、人や馬の草鞋が吊るしてある。立て場（休憩場所）らしく、車夫たちは、俥を土手沿いに並べて止めた。慣れない俥を下りて、リンダは、伸び伸びと背筋を反らした。

ここで、椿事が突発する。

ギャアー！、喉が裂けるリンダの悲鳴。茶を運ぶ下女が、盆を取り落とした。ジロー！と叫んで、シャツの胸倉に掴みかかった。彼女の指さす先に、放物線を画きながら光り輝く三本の水柱が、バシャバシャと蓮の葉に撥ねていた。彼女の剣幕に、茫然とするジロー。

真昼間の大道、大の男の立小便は、英国のレディを仰天させたのだ。

悠々と一物を仕舞いながら、車夫三人は、怪訝《けげん》そうに取り乱したリンダを一瞥《いちべつ》した。彼女の憤りを収め様もなく、ジローはボソリと呟いた。「日本ノ習慣デス……」切れ長の目を剥いて、リンダは、カスタム⁉と彼の胸元を揺さぶった。「日本の男たちは皆、やってるの?。ジロー、あなたもやるの!」逆上した早口は通じない。困惑しきって、彼は棒立ちに固まっていた。

茶屋の前には人だかりができた。立小便に騒ぎたてる西洋女―彼らの目には、彼女は滑稽に映っていた。ハッと我に返って、あわててジローを離した。両腕に鳥肌が立っていた。「ジロー。もう、わたしの前ではやらないように話してね」手振り身振りを交えて、彼女は頼み込んだ。意に反して、哀願調になっている自分が悔しかった。

手折った蓮の葉を尻に、車夫たちは、のんびり煙管《きせる》をくゆらせる。背を押されて、ジローはオズオズと近寄った。嫌悪感は消えず、リンダは鳥肌を擦り擦る。バードもエディも、この国では不作法に合うことはない、と断言していたのに……。

憤然と煙管を叩いて、一人が吸いかけの灰を飛ばした。もう一人が、腹立しげにジローの肩を小突く。彼には、荷が勝ちすぎる役目だった。リンダに鋭い視線を浴びせる車夫たち。ジローが粘っているらしく、交渉は長引いている。彼らを幾ら諭《さと》しても、行く先々、男たちの立小便に遭うだろう。リンダは、悔しまぎれに足元の小石を蹴った。

「イザベラは、一言もいってなかったわ！」

六

栃木を早朝に発って二時間余、今市で人力車を馬二頭に乗り代えて、会津西街道に入った。予定していた名所日光には目もくれず、リンダは先を急いだ。この街道は山間を辿るので、曲折と起伏が激しい。国道になったとはいえ、人馬が擦れ違えるほどの山路が連綿と続く。馬子に引かれて、彼女とジローは、馬の背に揺られ揺られて幾つもの峠を越えた。今市から二時間余り、一行は昼どき、奥深い山里に辿り着いた。街道沿いに五〇軒ほどの茅葺き屋根が、山林を背にして点々と沈んでいる。鬱蒼《うっそう》たる樹陰は、関東平野とははるか隔絶していた。長旅の終着点に立って、リンダは、その余情を味う暇もなかった。

馬蹄《ばてい》を聞きつけて、子供たちが十数人、仔犬のように群れてきた。来る道中、村々から子供たちが湧き出てきたので別に驚かない。彼らを邪険に払いながら、馬子二人は、空地の馬留めに手綱を結んだ。片手で首筋を撫でて、轡《くつわ》を鳴らす雌馬を宥める。ジローに支えられて、リンダは、荷物を除けながら鞍《くら》をずれ下りた。手足の節々が痛い。十重二十重に取り巻いて、子供たちは、彼女の足元に喜々とざわめく。英国のJ・スウィフトの『ガリバー旅行記』のガリバーと小人たちだった。

「・・・ここが藤野ね」

息を弾ませながら、リンダは、編笠を無造作に脱いだ。束ねていた金髪が解けて、燦《さん》として両肩に波打った。ヒャアー、年嵩《としかさ》の少年がのけ反り、「オンナダァ、オンナダァ」と奇声をあげた。「ジロー。あの子、なんて言ってるの?」彼の両目が上下に躍った。この国には、一七五センチメートルの大女はいない。苦笑しつつ彼女は言い当てた。「女だァ、と言ってるんでしょ」

やにわにリンダは、茶化した彼の首根っこを鷲掴《わしづか》みにした。ヒィーと竦み上がる少年。彼女は、その鼻面を白いハンカチでゴシゴシと拭った。男女年端《とし は》の不揃いな輪の上に、一陣の驚喜が走った。子供たちの大半は洟垂《はな た》れだった。洟水を拭うので皆、袖口がテカテカに光っている。

足元の幼い少女が、リンダの裾を引っ張った。仰ぎ見ながら、無邪気に両の青洟を啜ってみせた。長身を屈むとリンダは、彼女を抱き寄せて優しく鼻水を拭き取った。すると、四方から我も我もと洟拭きをせがみはじめた。数人でハンカチが汚れたので、軟らかい鼻紙に代えて次々に拭いた。ハンカチも鼻紙も、珍しい舶来品だった。「洟がでたら、すぐ拭くのよ。ジロー。教えてあげてね」拭いた子供たちはお河童《かっぱ》を躍らせ、いがぐり頭で飛び跳ねる。「洟たらしていてはダメよ。すぐに拭くのよ」彼女を囲む輪の外から、ジローが諄々と言って聞かせる。

「毛虱《けじらみ》はいないようね」大小の頭を撫でながら、リンダは抜かりない。針金のような黒髪には、白雲（白癬《はくせん》）の禿も見られない。ただれ目の子は数人いるが、皮膚病は思ったより少ない。幾人かの右袖をめくって、さり気なく二の腕を擦った。誰にも種痘の二又針の痕が刻まれている——エディの言ったとおりだ。天然痘の予防接種を直々に確認して、知らずにリンダは涙ぐんでいた。微笑みながら少女の肌の痕に優しく接吻した。

歩みだすと、ワァー、彼女の足元の輪が幾重にも渦巻いた。子供たちは、数十人にふくらんでいた。輪を蹴散らすように、竹馬に乗った少年が追いかけてきた。囃《はや》したてた悪戯《いたづら》ッ子だ。高い足を巧みに操って、リンダの背と競い合う。その滑稽《こっけい》な仕種《しぐさ》に、彼女は吹き出していた。「ジロー。ボクのほうが高いって、言ってるんでしょ」

藤野村に着くや否や、白いマフラーを靡《なび》かせて、リンダは、舞い下りた女神のように幼な心を魅了した。

屋根に矢形の風見が回る、村に一軒の宿屋である。戸口から、中年の男が転がり出てきた。コラコラと両手を振って、輪を崩して子供たちを散らした。膝まで額を屈めて、彼は、幾度もお辞儀を繰り返した。宿屋「まるや」の主人、権兵衛である。村の長老格で世話役を務めていた。リンダは、大仰な挨拶には慣れていた。「ジロー。このひと、東京とイントネーションが違うわね」栃木訛《なま》りは、ジローにも耳慣れない抑揚だった。彼は、「ローカルノ言葉デス」と呟った。

リンダを遠巻きにしたまま、子供たちは、飽きずに雀のようにさえずっている。

七

二階建の「まるや」の馬寄せに面した一階の縁側。

持参した木製椅子に、リンダは、長々と素足を伸ばしていた。窮屈な作りなので、動くたびにギシギシと軋む。イングランドでは足を晒すのは破廉恥《はれんち》極まるので、さすがに躊躇《ちゅうちょ》した。思い切ると、畳や木目の触感が気に入った。一階は、二〇畳敷きの大部屋である。雨戸は開け放しなので、奥まで丸見えだ。樹葉の匂う山風が、無数に糸を引くように吹き抜けていく。

午後一時、昼餉《ひるげ》の時刻である。

娘コトが、リンダの前に客用の箱膳を置いた。絣《かすり》の裾を散らして、外人客にも気後《きおく》れしない。部屋を抜ける土間側に、大きな囲炉裏《いろり》が切られている。宿屋の家族の椀や皿は、囲炉裏の四角い枠板に並べる。箱膳を持ってリンダは、囲炉裏端にドッシリと横坐りした。主人夫婦が戸惑って顔を見合わせる。すぐに、コトが客用の座布団を差し出した。

囲炉裏を囲んで一家の顔触れが揃った。皆、一様に神妙に正座している。金髪女に同席されて緊張しているらしい。囲炉裏の向こうから、ジローが、「リンダサン」と小声で促した。幾度いっても、さん付けを止めない。御主人を呼び捨てにするなど、滅相もない。リンダさんと繰り返されて、彼女は、客が先に箸を付けるのが作法と知る。おもむろに胸ポケットから、銀製のスプーンとフォークを取り出した。彼女の所作を横目にしつつ、彼らは、合掌して一斉に箸を取った。

箸は苦手だが、リンダは、賄《まかな》われた食事には文句を言わない。蚕豆《そらまめ》、独活《うど》の和えもの、串刺しの丸干魚。碗に盛った飯は、五分搗《つ》きの玄米である。毎日、玄米を一日分だけ挽臼《ひきうす》で搗いて五分搗きにする。東京で食べた飯は、白米だった。「ジロー。色が違うわね?」。「味も……」彼には、その説明は難しすぎる。一日六合の銀シャリ（白い米粒）が食えると、軍隊に勧誘された。貧しい出の若者たちは、一日五合（一キログラム弱）の玄米を食する。米の澱粉が、日本人の栄養源なのだ。ジローと言いかけて、リンダは、次の言葉を飲み込んだ――これでは十分な栄養は摂れない。

ふつう飯は、火焚きを節約するために朝に一日分を炊く。だから朝餉は温かいが、昼と夕は冷えた飯だ。煮炊きは朝夕に限り昼はやらない。外国婦人は特別の賓客なので、リンダには温《ぬく》い飯がだされた。彼女は、そんな持て成しを知る由もない。献立も客は一品多い。それも今日は、青々しい朴《ほお》の葉に乗せた焼いた干鱈《ほしたら》だ。焼魚は西洋人の忌み嫌う調理だったが、彼女は一向に頓着しない。

家族の食器は木製だが、客のは陶製の飯茶碗である。リンダは、愛用のスプーンで飯を頬張る。彼らは黙々と箸を運ぶ。どうやら、食事中のお喋りは厳禁らしい。陶碗に当たるスプーンの音が不釣合いだ。お河童の少女が、横に坐るジローの耳に身を寄せた。「エゲレスッテドコ?」シーと母親サキが、人指し指を唇に当てた。娘は、ペロと赤い舌をだしてうつむいた。リンダは笑い目になった。この国の人は、英国をエゲレスと呼ぶ。

肩寄せ合って囲炉裏を囲む権兵衛の家族は、七人である。祖母ギン五四歳、主人のゴン三七歳、妻サキ三四歳、長男タロ十七歳、長女コト十五歳、三女ハツ七歳、次男ゴロ五歳。祖父、次女、三男は、早くに亡くなった。

利発なコトは、もっぱら客の世話係である。食事中、リンダの傍に居て頭上に飛び交う家蠅を叩き落す。竹製の団扇《うちわ》が一瞬、小気味よく宙に鳴る。客の二膳目を装うのも彼女の役目だ。空になった飯茶碗に急須《きゅうす》で熱い茶を注ぐ。食後の淡味なドリンク……。「コト。

サンキュー」

食事を終えた者から合掌し、土間につながる簾《す》の子を渡って台所へ食器を下げる。食後の団欒《だんらん》も休息もなく散ってしまう。ゴンとタロは山仕事に行く。知恵遅れのタロは、父親の傍を離れない。サキとギンは、野良仕事にでる。コトは、台所を片付け部屋を掃除する。皆、甲斐甲斐しく働く。ジローは満腹して大欠伸《あくび》をしている。

リンダは縁側の椅子に戻った。

昼下がりの陽光が、椅子の足元まで射し込む。その陽を背に子供たちは、軒先に鈴生《すずな》りになっている。前列は縁側に頬杖をついて、後列は彼らに被さって、リンダの一挙手一投足に雀躍《じゃくやく》する。彼女のほうは、ケジメのない交遊はしないので、もう子供たちには知らん振りだ。その素気なさが、無性に彼らの夢心地を誘う。

エゲレスから金髪女がきた—情報は瞬く間に村中に広まった。大人たちも興味津々《しんしん》、見世物でも見るように集まってくる。子供たちのうしろ、身動《みじろ》ぎもせずに凝視する男。軒下から天女を仰ぎ見るような女。道向こうの杉木立に、痘痕面の男が人目を避けて見え隠れする。種痘が手遅れだった悲運な年配者らしい。イジン、イジンと駈け込んできた女が、リンダを見てステンと土間に尻餅をついた。

そんな熱い痛い視線を浴びながら、リンダは、無人島にいるように寛いでいる。興奮覚めやらず、竹馬の少年サブが浮かれて闊歩《かっぽ》している。彼の戯《ざ》れ言は耳障りらしく、彼女は、囲炉裏端に坐るジローに尋ねた。「なんて言ってるの？」彼は赤面して噎《む》せた。生意気盛りのサブは、〝別嬪《べっぴん》サン、別嬪サン〟とはしゃいでいるのだ。「リンダサンハ奇麗、奇麗ト言ッテマス」フーンと彼女は、満更でもない面持ちだ。「あの子は好い子ねえ」

そこへ、黒い法衣を翻して僧侶が走ってきた。息せき切って、剃頭に青筋を立てている。子供たちの後から、パンパンと激しく両手を叩いた。瞬時にして、数十人が蜘蛛《くも》の子を散らした。ハツもゴロも土間から駆け出した。だれ⁉とリンダ。英単語が分らず、ジローは口ごもった。「分かったわ。ボンズね！」bonze は僧侶である。

草履、下駄、ゴム靴の音を乱して、子供たちは村の東方に一目散に駈けた。ペタペタと裸足の子もいる。村外れに、空家を改修した手習所がある。リンダに見蕩れて、彼らは午後の手習いを忘れていた。生徒が誰も来ないと、教師はいぶかった。仁王立ちに西洋女を睨みつけ、彼は憤然と踵《きびす》を返した。壮年の僧侶は毎日、日光から藤野を行き来して、五歳から十二歳の児童に読み書き算盤《そろばん》を教える。尋常小学校は、前年の明治十九年に設置されたが、まだ義務教育は行き渡っていない。

「ジロー。あの僧侶は、学校の先生なのね」腰を浮かせたまま、彼はハイハイと答えた。面食らったが、リンダは、ボンズの振舞いに得心が行った。厳格な先生なのだ―ロンドンの教師も、いつも細い鞭を鳴らしていた。

八

甲高い声にリンダは、椅子から跳ね起きた。慣れない馬旅の疲れから、いつの間にか眠りこけていた。愛想笑いしながら、赤銅に日焼けした男が、土間の框《かまち》にドッカと腰かけた。股引に草鞋の旅慣れた行商人である。重たい両肩を抜いて、背負った大きな風呂敷包みを畳に下ろした。

台所からお下げのコトが、喜々として小走ってきた。その人懐っこい笑窪《えくぼ》、近しい知り合いらしい。手拭いで首筋を拭いながら、男は、コトの差し出す椀の水を飲み干した。それから、彼女の頭に片手を上下させて、コトの背が伸びたとおどけてみせた。……はにかむコト。

彼は、賑やかに喋りながら風呂敷を解く。使い古した柳行李が覗いて、渋い香りが煙るように漂った。くすり！、リンダは薬品の匂いと直感した。思わず椅子を蹴って、柳行李ににじり寄っていた。

「ジロー。この人、薬屋ね!?」

慌てて頷いたものの、漢方薬が訳せない。彼は、もどかしさに歯噛みした。彼女が言い当てたとおり、男は、全国各所を巡り歩く薬売りである。得意先に薬を預け置いて、翌年に回収して使用した分だけ代金を受け取る。配置売薬という先用後利の商法だった。辺鄙《へんぴ》な村々にまで足を運び、病人を底支えしている。昭和になっても庶民は、この置き薬を頼りにした。

興味津々のリンダを前に、薬売りは、おもむろに柳行李を開けた。内から、一回わり小さい同型の浅い行李を取り出した。その下から相似形の小行李が、次々と手早く畳に並べられていく。彼女は、まるでトリックを見るように目を見張った。柳行李の中は、五段重ねになっていた。いずれの行李にも、大小多彩な薬袋がギッシリ詰まる。薬売りは、底抜けに朗らかで多弁を弄する。熱ざまし、毒消し、目ぐすり、痛み止め、婦人薬、子供の引付け薬、腹下し、万病の薬など多種多様だ。

彼は富山から毎年来ると、ジローはタドタドしい。「トヤマってどこ?、遠いの」リンダの質問が矢継ぎ早に飛ぶ。「毎年、薬を運んでくるの?、毎年?」思いがけない薬屋の来訪に、彼女の興奮は止まらない。

床柱に吊した大きな紙袋を外すと、コトは薬売りに手渡した。紙袋の口から、意匠を凝らした絵柄や色刷の角袋が散乱した。一年分の薬袋を入れておく薬ケースだ。蓋の開いた薬袋を手際よく詰め替えていく。「ああ、ジロー。分かったわ。彼は毎年やって来て、使った薬を新しいのと取り替えるのね」

詰め替えを終えると、薬売りは算盤《そろばん》を弾きはじめた。この国の手動の計算器は、エディに教えられた。パチパチと小気味よく玉を鳴らす。その巧みな指さばきに、リンダはしばし見惚れていた。

「これ、なに?」キッとなって、薬売りの手元の薬袋を指した。彼女の読めるローマ字が見えたのだ。「VLOYM VAN MITTR」オランダ語らしく読み解きにくい。痰の薬らしいと、ジローに咳払いを演じた。「当タリ!」、薬売りは大仰に拍手した。江戸の時代に、初めて西洋の商品名をつけたウルユスという生薬である。〝痰・留飲・積気《しゃっき》の妙薬〟と謳って、昭和の第二次世界大戦まで販売された。

「ジロー。これ買うから、幾らなの?」薬売りは、まことに如才ない。支払いもソコソコに、リンダは、忙しく薬袋の封を破った。袋の表裏には、効能が事細かに記してある。開けると、中包みが出てきた。包み紙に効方《ききかた》と用方《もちいかた》が説明してある。次も内包みで、油紙に使用心得を説く。それを開くと、小さな板チョコ型の錠剤が十五粒あった。その一粒を欠くと、彼女は、ためらいもなく舌端に放った。アッ、ジローが止める間もない。ノーノーォと、彼は、吐き出せと手真似した。苦い…土を舐めたような味。リンダは、そのままゴクリと飲み込んだ。アァと観念するジロー。彼女は、漢方薬の味見がしたかった。はたして、効き目があるのか? 試してみたかったのだ。

リンダの猪突猛進には、ジローは、とても追いつけない。君の御主人のビジネスはナース、とスミスに教えられたが、いまだに何の仕事か分からない。いったい、はるかエゲレスから何しにきたのか?。彼には、金髪の御主人は理解しがたい不可思議な存在だった。ところが、ジローのスローペースは、じきにリンダに苦もなく調教されることになる。

九

夕刻、手習いを終えたゴロとハツが、縁先で四角い紙風船を撥ねている。薬売りの置いていったサービスの景品である。小さい平手で打つたびに、縁側まで薬の香りが舞い散った。三々五々、子供たちが、「まるや」の前に集まってくる。少年たちは竹トンボを飛ばし、風車を回わし、面子《めんこ》を競い合う。少女たちはほおづきを吹き鳴らし、両手に指人形を操って遊ぶ。着物や服は皆、兄姉のお下がりだ。

年長の数人が、おぶい紐で赤子をおぶっている。夕餉どきの子守は、兄や姉の役目だ。縁側から身を乗り出して見詰めるリンダ。「ジロー。この国では赤ちゃんは背負うのね?」

質問の意味が分らず、彼は首をかしげる。「イングランドでは、前抱きにするのよ。カンガルー抱きね」そう言われても、ジローは、カンガルーを見たことがない。背を揺って泣く子をあやす少女…異国の習慣は新鮮な驚きだ。目を細めながらリンダは、「どっちが良いのかしらねぇ」と呟いた。

ゴンとタロが、山仕事から戻ってきた。村の青壮年は、季節により数ヶ月から半年間、都会や市場町に出稼ぎにいく。出入りは忙しく、総勢二五〇人余りの村人が、いつも半数余りに減っている。ゴン一家は宿屋があるので、客あしらいが専業となる。かたわら裏山で木挽きや炭焼き、椎茸《しいたけ》の栽培に精を出す。サキとギンは、裏手の額ほどの畑を耕し、折々の野菜を賄《まかな》う。暮し向きは貧しいが、御先祖様からの家業なので不満はない。

午後六時頃、客二人とゴン一家の九人が、夕餉の囲炉裏端に揃った。料理上手のサキが賄い、コトがまめまめしく手伝う。献立は、ほうれん草の和えもの、焼いた干鱈《ほしだら》、沢庵《たくわん》、野菜入り味噌汁、玄米飯。塩味が強く、砂糖けがない。昼餉と同じく家族の団欒はなく、箸の音だけが競うように響く。汁椀をズルズルと啜る。イングランドでは、食後のゲップと、音をたてて啜る行為は卑しいと蔑まれた。リンダは一向に気に掛けない。

一人、また一人と潮が引くように食卓を離れていく。残ったゴンが、おずおずとジローに囁きかけた。何泊するのか？と通訳する。「ウーン…分らないわねえ。まだ、この村の様子も知らないから」遠慮しいしいゴンは、ふたたび耳を寄せた。思わず、彼女は笑いを噛み殺した。「大声で話したって、どうせわたしには通じないでしょ」思い切りよく「ゴンさん。十日間よ」と、両手を一杯に広げてみせた。ジローを真似て知らずに、さん付けをしていた。長い十本指を張られて、ゴンは喜色満面だ。たいていは一泊だけの過客なので、このうえない長逗留の上客だ。

宿屋の主人なのに、旅行の目的も職業も問わない。天から、青い目の諸国漫遊という先入見があるのだろう、微塵も疑わない。リンダのほうもナースの身分は伝えないし、村の病人のことも聞かない。奉仕の押し売りをするほど、思い上がっていない。必要とされる時がくるまで、待つ―ここまで来て焦ることはない。彼女は、コトの注ぐ熱い茶をゆったりと飲んだ。イングランドの食後のケーキが目蓋を過《よぎ》る。実は、甘味に飢えていた。

山間の夕暮は、にわかに速い。

馬寄せには、赤々と篝火《かがりび》が焚かれた。丈のある鉄籠《てつかご》に薪《たきぎ》が威勢よく爆《は》ぜる。暗中に「まるや」を捜す旅客への目印である。鼻歌まじりにゴンが、軒下から縁台を引き摺りだした。そのうちに村人が数人、いそいそと集まってくる。皆、酒壷を下げている。どうやら、ささやかな酒盛りが始まるらしい。椀に濁酒《どぶろく》を酌《く》み交わし、焼味噌をなめ塩豆をかじり、ケラケラと笑い喋る。畳に寝そべっていたジローが、いつの間にか宴席に加わっている。どうやら、女性はオミットらしい。リンダは、まだ日本の酒を味わったことがない。彼女は拗《す》ねて独り呟いた。「フン。男だけのパーティね」

階段を蹴立てて、リンダは二階へ上がった。部屋の奥の壁に出張った階段は、二階の廊下に通じる。廊下伝いに襖《ふすま》で仕切った十畳と六畳の客間がある。奥のほうの六畳が、彼女の部屋である。

煤《すす》けた障子を開けると、四角い木枠の行灯《あんどん》がある。まだ電気は通っていない。手漉《す》き和紙を透けた明りに、座敷が丸窓のように淡く浮かんでいる。小さな蝋燭《ろうそく》の灯火は、部屋の四隅までは届かないのだ。畳の中程に薄い敷布団が敷いてあった。その上に掛布団代わりの毛布が畳んである。枕元には、炭火が銅製の手火鉢に熾《とも》る。新暦四月の中旬だが、山中の夜だ。チロチロと灯る炎に引き寄せられて、リンダは冷えた両手を炙《あぶ》った。

荷物は押入れなので狭くはない。スモック（部屋着）に着替えると、分厚いガラス瓶を小脇に抱えた。人指し指で焦茶色のチョコを一掻きし、指ごと舌で嘗《な》め回した。糖分補給は、彼女にとって至福の時であった。この国の人には、内密にしている味だ。

あとは寝るだけだった。簡易ベッドの支脚を組み立てる。両側の横木に牛革ベルトを鋲《びょう》打《う》ちした帯状のハンモックである。蚤《のみ》避けに二フィート（六〇センチメートル）の高さがある。剥き出しの膝や腕が痛痒いので、もう蚤は出没している。宿の木枕は合わないので、ゴム製の空気枕に息を吹き込む。空気入れは、かなりしんどい。横木越しに吊床に滑り込むと、ベルトの列がギシギシと揺れた。

手火鉢の炭火が白い灰に絶えた。じきに、行灯の灯心も残り火を閃かせて消えた。粉炭と短い灯心は、コトの心憎い気配りだ。瞬時に仄暗い部屋が、瞼を閉じたように漆黒《しっこく》の闇に沈んだ。

十

突然、激しい物音！、リンダはハンモックに跳ね起きた。

開け放した障子、その暗い廊下に総髪の大男が室内を睥睨《へいげい》していた。寝入りばなに彼女は、寝惚《ねぼ》け眼《まなこ》を見開いた。黒いビロードの洋服に、陣羽織《じんばおり》を羽織った奇抜な風体。さすがのリンダも声がでず、揺れるハンモックに縮まっている。燭台を携えてコトが、跳ぶように駈け上がってきた。蝋燭《ろうそく》の明りに一瞬、胡散《うさん》臭い眼光炯々《けいけい》の酔顔が映えた。ピシャリと勢いよく障子が閉まる。口早に怒りながら彼女が、大男を手前の十畳間に引き戻している。レディへの無礼を叱責する声音だが、どうやら馴染《なじ》みの客らしい。

バイキングみたいな日本人もいると、リンダは胸を撫で下ろした。彼は、ジローの相客になる。ハンモックに寝返りながら、彼女は、「ジローが可哀想…」と呟いた。

十一

ザーザーと耳慣れない音が、遠く波のように寄せては返す。

隣の部屋には、あの大男の高鼾《たかいびき》がする。窓明りが刻々と白んでいく。波音に誘われて、リンダは仄暗い廊下にでた。低い鴨居《かもい》にお辞儀するのは忘れない。まだ五時前だろう、ゴン一家の朝は早い。階下を覗くと、部屋一杯に敷いた布団を畳んで、一斉に草箒《ほうき》で畳床を掃いている。畳に打ち響く清々しい音…。

階段の踊り場で膝に頬杖をついたまま、彼女は、彼らのリズミカルな所業に魅入っていた。掃除を済ますと、一家は、西側の壁の一角に勢揃いした。天井際に簡素な神棚が祀《まつ》ってある。粛々と合掌し、一斉に柏手を打った。大小バラバラだが、家内安全・無病息災の祈祷《きとう》は朝の日課である。これがシントーね!、とリンダは息を詰めた。

「ジロー。ここが教会になるのね!」彼がいなくても、ジローと呼ぶのが口癖になっていた。私宅に置いた神社の分社に毎日、参拝する合理主義に感嘆した。毎日曜日、教会に行かなくても自宅で礼拝できる。神はいずこにも宿る―リンダは、神道の巧まざる知恵に共感した。

愛くるしい笑顔が、階段を鳴らしてリンダに手拭を手渡した。「サンキュー。コトさん」知らずに、さん付けになっている。湯気のたつ手拭で顔を被うと、思わず嬌声をあげていた。ベトついた肌の毛穴が、沸騰《ふっとう》するようだった。

着替えてからリンダは、土間にそろえてある客用の下駄を引っ掛けた。大きな足の踵《かかと》が食《は》み出している。「この国のサンダルね」鼻緒がきついが、カタカタと路を踏む音が心地よい。高い針葉樹林から山気が、道沿いに冴々と迫ってきた。杉、赤松、檜…。道の両側に、近からず遠からず茅葺きの平屋が立ち並ぶ。一見、似ているが皆、それぞれに造りが違う。

軒先には、雨水を溜める天水桶を置く。防火用水なのだが、村人たちは、竹の柄杓《ひしゃく》で野花や道芝に水を遣り、埃が舞う道端に水を打つ。リンダの歩く先に、賑々しい噪音が早朝の静寂を破る。山懐を平らにした広場に、数十人の女たちがひしめいていた。

山腹の湧き水から、真直ぐ斜面に煉瓦を組んだ樋を延々と引いて、冷い清水を広場奥の水槽に流し込む。石組みを粘土で固めた輪形の大きな水槽である。ひとまず、そこに溜った水は、丸壁の縁に凹んだ四ヶ所の流し口から、滝のように流れ落ちる。その下には、石敷きの一尺幅の水路が、腰高にグルリと囲んで水飲み場となる。その円い縁石を取り巻いて、女たちは、水を飲み顔を洗い歯を磨く。肩肌脱いで、糠袋《ぬか》で腕や首筋を擦る女もいる。

リンダに気付くと一瞬、姦《かしま》しいお喋りが途切れた。皆、西洋婦人の来村を知っている。すぐに人懐っこく彼女を手招いた。若い女たちは、西洋式の歯ブラシをくわえて威勢よく磨く。牛骨の柄に馬毛を植えたバタ臭い作りだ。年嵩の女たちは、江戸古来の房楊枝《ふさようじ》を手離さない。楊柳《やなぎ》の小枝の一端を叩いて、房状にした歯刷子《はぶらし》である。ここでは、まだ房楊枝派が優勢だ。

五、六〇代の老女の大半は、房楊枝で歯を黒く染める御歯黒をしていた。明治初めに、婦人の歯染めと剃眉《ていび》の習慣は差し止められた。けれど、染みついた日々の慣わしは、一朝一夕には改まらない。黒い歯並びは、リンダには醜悪に映っていたが口にはしない。

胸のポケットから、彼女は、歯ブラシを取り出した。象牙に金細工を彫刻した長い柄に、黒い馬毛を植えた豪奢《ごうしゃ》な造りだった。期せずして、歯ブラシ派から歓声があがった。彼女を円の列に割り込ませて、歯磨粉袋を手渡した。白い房州砂に、龍脳《りゅうのう》や丁子《ちょうじ》の香料を加えた歯磨き粉である。まだ練り歯磨きは出回っていない。黒馬毛に歯磨き粉をまぶして、リンダは一気に口にくわえた。灰をまぶしたような舌触りだが、微かに香ばしい。磨いた歯磨き粉は、水路の外に嗽《うがい》する。そこに敷いた水捌《は》けのよい砂利には、野菜の濯《すす》ぎ水や米の研《と》ぎ汁も捨てられる。

一方、水路の水は、泡立ちながら円い壁を廻って、V字型の捌《は》け口から長方形の踝《くるぶし》高のプールに流れ落ちる。そこは、板石を敷きつめた洗濯場《せんたくば》である。洗い物を浅い流水に浸けると、女たちは、裾をからげて裸足で踏み鳴らし、丸めて木槌《きづち》で叩く。汚れは灰汁《あく》で揉み洗いする。スカートをたくしあげると、リンダも、白い逞しい両足で洗濯物を踏みつけた。この国の女には見られない度外れた迫力だ。彼女の一挙一動に、女たちは屈託なく笑いこける。

ここには、村中の老若の女たちが、盥《たらい》や手桶を抱えて、入れ替り立ち替りやってくる。一仕事終えると、炊事や飲用の水を手桶に汲み、洗濯物を盥につめて家に戻る。これから朝餉の仕度である。

ところで、洗濯洗いした汚水の用は終わらない。プールの浅いスロープを下って、流し口から板樋《いたとい》を伝って、隣の小屋の給水口に注ぎ込まれる。洋式のトタン板を葺いた長屋である。往来の途中、女たちが腰を振り振り立ち寄る。ジローと言いかけて、さすがにリンダはテレ笑いした。「…トイレね？」

まさしく厠《かわや》である。昔、川の上に小屋を掛けたことから川屋《かわや》と呼ばれた。杉皮張りの板戸が十戸並ぶ。素通しの上半分に、使用中の女たちの顔が陽気に揺れている。金髪碧眼《へきがん》のリンダは颯爽として、その振舞いは女たちを惚れ惚れとさせた。ためらいなく彼女は、顔の見えない板戸の一つを開けた。方形の板囲いに、一段上げた板敷きの殺風景な便所である。中央の板が抜けていて、真下にはV字形の薬研堀《やげんぼり》が通る。石積みをセメントで塗り固めた堅牢な造りである。リンダは、トイレ?と自問した。糞便の悪臭がない、銀蝿の翅音《はおと》もしない。

女たちを真似て、彼女は、板戸を向いてしゃがんだ。この国の用便の坐り方は、すでに体験済みだった。幾組みもの女たちが、リンダの所作を注視している。明けっ広げで、プライバシーなどお構いなしだ。板戸越しに手を振ると、彼女らは、囃《はや》し立てながら逃げ去った。

ふと水音に下を覗くと、プールの方角から勾配《こうばい》のある側壁を打ちながら、幾人もの排泄《はいせつ》物《ぶつ》を巻き込んだ赤い水が、彼女の真下を流れ過ぎた。一陣の風圧が、剥き出しの尻に吹き上げた。彼女は、ハンマーで一撃された思いだった。「水洗トイレね!」

プールの水が、板樋から薬研堀に放流されて汚物を洗い流す。汚濁水は、長屋の反対側の流し口から争って吐き出され、外にある貯水槽に騒然と落下する。貯水槽は、土中深く掘った大きな肥溜《こえだ》めである。ここの屎尿《しにょう》を肥桶《こえおけ》に担いで、村人たちは、山腹にひらいた切畑に撒く。むろん、人糞肥料はリンダの知る所ではない。

帰り道、彼女は、白昼夢を見たような心地であった。女たちは、邪気なく口々に自慢した。三年ほど前に造られたらしい。山の斜面を下る用水路から水飲み場、洗濯場、水洗便所へと、巧みに造営された上下水道である。山の清水を最大限に活用した、衛生的で利便な共同施設─リンダは心底、感嘆した。ロンドンの有名な下水道は、汚水に溢れ悪臭が漂い溝鼠《どぶねずみ》の巣になっていた。当時、黒死病と恐れられたペストは、この溝鼠に寄生する蚤の媒介《ばいかい》するペスト菌が元凶、とは誰も知らない。小規模な下水道だが、ここには小鼠一匹いない。

十二

手拭を首に巻いて、男たちが、三々五々お辞儀をしいしい擦れ違う。年寄りと子供が殆んどだ。「リンダサン、リンダサン」袖で鼻水を拭いながら、サブが小躍りしている。女たちと交代して、今度は男たちが広場を使う時刻なのだ。

御主人が見当らず、ジローは、軒先をウロウロしていた。顔を火照らせながら、どこへ行ってたのか?と、小砂利を蹴立てて走り寄ってきた。彼女を守るのが役目だ─その責任感は一途だ。構わずリンダは、顔を洗う仕草をして広場の方角を指した。用意万端、彼は、桶を手に首には手拭を巻いている。

腹に滲みる朝餉の匂いが漂う。

台所の土間にしつらえた大小二つの竈《かまど》に、鉄釜をかけて煮炊きする。かつては、火打ち石だったが、今では黄燐《おうりん》マッチでたやすく発火する。火吹き竹で薪を熾すので、煤の混ざった煙たい烟《けむり》が立ちこめる。焼物は、軒下に七輪（土製の焜炉《こんろ》）を出して焼く。煮炊には、水場で汲んだ水瓶《かめ》の水を大切に使う。炊事はもっぱら女の役目なので、サキ、ギン、コトが独楽《こま》鼠のように飛び回る。土間は、凹凸に踏み固められていて歩きにくい。今朝は、十人分を賄わなければならない。

午前七時頃。この国の人々は規律正しい。イングランドは時間にルーズだ。昨夜の大男は囲炉裏の席には居ない。献立は、豆腐、浅葱《あさつき》の味噌和え、沢庵、串刺しの煮干し、玄米飯と代り映えしない。朝餐《ちょうさん》のミルク、バター、チーズの味は、はるか遠い彼方《かなた》であった。それを苦にするリンダではないが、イングランドの食卓が瞼を横切る。甘味が足りない…。

午前八時になると、ゴンやサキたちは、早々と仕事にでる。コトが笊《ざる》をかぶせた箱膳を囲炉裏卓に置く。泊り客も出立する時刻なのに、大男は二階から下りてこない、リンダには気掛りな同宿人だ。二日酔いなのか、ジローは、畳に転《うた》た寝している。彼女は、コトに手真似で子供たちの居所を尋ねた。二人は、もう以心伝心の仲である。

下駄を鳴らしながら、広場を通り過ぎる。

しばらく歩くと、村の東側の端に手習所が見えた。「…あれがスクールね」茅葺き家の一階が、児童の教場である。開け放った縁側越しに、彼らのささめきが洩れてくる。部屋の壁一面に習字の墨書が貼ってある。木製の長椅子が十列ほど、子供たちは、男女に分けて背丈の順に座る。まだ足が床に届かない子もいる。「男と女は、別々なのね…」

指し棒を握って、あの僧侶が、黒板にチョークで大きく仮名書きする。一心に手習いをする子、壁に掛けた日本地図に見入る子、慣れない手付で算盤を弾く子、折り手本の「いろは」を復唱する子、往来物（教科書）の文章を黙読する子、縁側を往復しながら論語を暗唱する子は、サブだ。彼は十二歳の最年長らしく、兄貴分の顔ばせが見える。年齢が様々なので一見雑然としているが皆、天真一心である。厳格な教師の目配りが、万端に行き届いている。エディの告げた日本人の識字率が、リンダの腑に落ちた。

下駄の歯を忍ばせて、彼女は、その場を離れた。帰りの広場には、朝方と違う顔ぶれが相寄っていた。日陰の下に老爺二人が、根株の腰掛に坐って将棋《しょうぎ》を指す。彼らの肩越しに数人が、手垢に染みた将棋盤を眺める。薄い白い髪、深い皺を刻んだ顔、丸く曲った腰、目はしろそこひ（白内障）、耳は遠く鈍く、歯は抜け落ち、皆、老残の身である。労は重く、病いは深く、老いは早い。

江戸の時代、武家は四十歳で家督を譲って隠居した。四十歳は初老、七十歳は古来稀れであったから、数少ないが五十、六十はもはや恍惚の世代であった。リンダが覗いても、放心の態で駒の上を夢遊している。「…この国のチェスね」と呟きながら、静かにその場を離れた。

リンダは、水飲み場の冷たい水で喉を潤した。その足元に幼子が、覚束ない足取りで寄ってきた。広場の四方に、ヨチヨチ歩きやトタトタと歩む子が四、五人散っている。そのあとを子守り役の老婆が、両手を差し伸べながらホイホイと追っていく。三、四歳になると、勝手気儘に洗濯場で水遊びに興じる。日陰に敷いた蓙《ござ》には、孕《はら》んだ腹を抱えて妊婦が二人、大儀そうに坐り込む。傍らに赤子を抱いた老女が、頬摺りしいしいあやしている。泣いて乳を欲しがれば、乳の張る産婦に貰い乳する。「…ベビーシッターね」

この時間帯の広場は、幼児や老爺の遊び場、老婆や妊婦の憩いの場となる。ここには悠々閑々とした時間が、陽炎《かげろう》のように揺らめいている。

誘われるままにリンダは、蓙の隅に坐った。年嵩の妊婦が、ケラケラと彼女に五本指を張って見せた。五人産んだというのだ。一人目を産んで片耳が難聴になった。二人目では爪が紫色になった。三人目は歯が抜け落ちた。その後は変わらないよ、と底抜けに明るい。「六人目、多産系なのね」彼女は、サラ、と名乗った。サラ…幼くして猩紅熱《しょうこうねつ》で亡くしたリンダの妹と同じ名前であった。いとおしく、思わずサラを抱擁《ほうよう》した。

傍らに、少女のような初々しい妊婦がいる。幾つ?と手真似ると、彼女ユキは、羞じらいながら五指を三回ひろげた。「オー、十五歳!」と、リンダは一驚した。「早婚なのねえ」むろん初産で、もう産み月に入っているらしい。母体の胎内に宿るのは、およそ十カ月である。古来、十月十日《とつきとおか》と十日間を余分に数える。出産にゆとりを持たせた古人の知恵である。

モーニング・シックネスは?と、リンダは口をおおう仕草をした。〝朝のむかつき〟とは洒落た表現だ。「ツワリ、ツワリ」と、若いユキに教える。サラは毎度、悪阻《おそ》(つわり)が重く、身ごもると数ヶ月は倒れ伏していた。その苦しさが蘇ったのか、彼女は、ユキの太り肉《じし》の腿をつねった。初産なのにつわりが軽い、とやっかむ。ユキは叱られたように顔を伏せた。彼女の大きな腹を擦りながら、リンダの頬に笑みが零れた。「ユキさん。元気なべイビーを産んでね」

この藤野村は、イングランドにはない平穏で和合な共同体であった。はるばる訪れたこの地に、リンダは現世の楽園を見た。「ここはアルカディア?」と、彼女は自問した。Arcadiaは、この世の桃源郷を意味する。バードは、山形県の米沢を〝東洋のアルカディア〟と絶賛した。ここ藤野もまた、紛れもなく、この世のアルカディアであった。

十三

ジローが、宿の二階の窓に濡れた手拭を干す。下駄に痛む土踏まずを揉みながら、リンダは、廊下の椅子に座った。高い木立の斜面を滑って、春の陽が燦々と山路に射す。米や酒を満載した息絶え絶えの駄馬の列、籠に積んだ養蚕《ようさん》用の桑の葉を運ぶ農夫、両肩に食い込む荷を背負う行商人たちが、途切れ途切れに東西を行き交う。関東から東北へつながる街道なので、人の往来は絶えない。軽やかに走り過ぎる黒い制服は、郵便屋である。郵便事業は一八七一年(明治四年)に始まったが、まだ全国津々浦々とはいかない。

折しも、あの大男が、階段を踏み鳴らして下りてきた。振り向いてリンダは、ハーイと会釈する。彼は不遜《ふそん》にも無視した。ラシャのチョッキのポケットから、おもむろに銀鎖に垂らした懐中時計を取り出す。寝惚けて大男に見えたが、彼女より十センチも低かった。囲炉裏卓の笊を跳ね除けると、大きな握り飯を鷲掴みに頬張った。沢庵を添えて、コトが調えた朝飯である。人力車の道中、リンダは、笹折に包んだ握り飯に舌鼓を打った。勝手知ったる宿らしく、彼は、我が物顔に台所を出入りする。

ふと、馬寄せの縁台に五、六人の男女が座っていた。いずれも行儀よく、肩を落として悄気《しょげ》込んでいる。心細気に手拭で頬を押さえた女もいる。宿の内外が、にわかに忙しくなった。酒壷を傾けて茶碗に注ぐと、男は、順繰りに彼らに濁酒を呷《あお》らせた。飲み慣れずに噎せる女もいるが、野太い声に縮み上がって否応もない。

台所からコトが、湯気の立つ銀色のアルミケースを捧げてきた。矩型《くけい》のケースの無数の小穴から、勢いよく熱湯が滴り落ちる。思わず、リンダは目を奪われた。「煮沸消毒ね！」

縁台脇の根株椅子に置かれたケース。男はその蓋をピンと撥ねた。外科用の器具セットだ。見慣れない形もあったが、鉄製の鉗子《かんし》や真鍮《しんちゅう》製の挺子《ていし》が並ぶ。どれも、歯を抜く器具だった。ジローに問うまでもなく、男はデンティストと分かった。いや、正規の歯科医師ではない。「ジロー。この人はシャーラタンね」

むろん、ジローに通じる言葉ではない。Charlatanとは、十九世紀末までヨーロッパの街々で渡世していた香具師《やし》や藪医者である。その代表格が、歯抜師であった。男は、従来家と呼ばれる江戸以来の入歯・歯抜・口中療治者である。彼らは、前々年の一八八五年（明治十八年）の取締規則により特例の鑑札を得た。施術と地域を限定して、細々と営業を許された。彼は、栃木県内を旅まわる巡回歯抜師であった。

馬寄せが、仮の歯抜療治所となった。歯抜師は、端に座った四十路《よそじ》の女の奥歯をピンセットで一本一本揺らした。動揺度を診て彼女に、抜かなければならない歯の数を告げたらしい。彼の後ろからジローが、三本指を立てた。奥歯を一度に三本も抜くのか。「麻酔はしないのよね…」と、リンダの声が萎《しぼ》んだ。

アルコールでへべれけに酔わせて、手術の痛みを紛らわす。イングランドでも、ウイスキーをガブ飲みさせてから、四肢を抑えつけて容赦なくメスを入れた。手術室は阿鼻叫喚《あびきょうかん》の地獄と化し、執刀する外科医は鬼畜扱いされた。それまでしても、殺菌消毒法が開発されるまでは、患者の大半は術後の感染症で死亡した。

実は、吸入により中枢神経系を麻痺させる全身麻酔法は、すでに一八四〇年代に米国ボストンのH・ウェルズとW・T・G・モートンが開発していた。一方、薬剤により末梢神経系を麻痺させる局所麻酔法は、一八八四年（明治十七年）まで待たねばならなかった。リンダの出国する頃、ウィーンから伝わったコカインによる局麻に、ロンドン中の病院が沸いていた。この新法が、速やかに日本に伝来する日を祈る他ない。

麻酔なしで抜歯する—息をひそめてリンダは、歯抜師のパフォーマンスに目を凝らす。チリ紙に酒を濡らすと、彼は上顎《あご》と下顎の腫れた患部を幾度も拭った。後ろ手に、ペンチ型の厳《いか》つい抜歯鉗子を握っている。片手で女の顎を抑えると、次の瞬間、上顎の大臼歯をねじ切るように引き抜いた。痛イ！と、叫ぶ間もない鮮やかな手並みだった。彼女の両目から紅涙がほとばしった。

血塗れた歯を椀に放ると、下顎の小臼歯二本をスポンスポンと抜去した。泣くのも忘れて呆然とする患者―もう荒療治は終わっていた。口内の血を吐き出させたあと、彼は、患部に血止め用の蓬《よもぎ》の葉を噛ませた。彼の腕前にリンダは、拳を握って感嘆していた。

隣の枯木のような男は、前歯は無く、耐えがたい口臭を吐く。息遣いは荒いが、抜歯経験はあるらしい。血餅と歯垢を混ぜた歯石の塊が、上下の歯茎をビッシリ埋めている。歯周病の末期の歯槽膿漏である。へばりついた歯石は、ピンセットで手際よく剥がされていく。その下には、根まで露出した歯が四、五本、血膿の中に揺れていた。歯抜師は悠々と、細い鉗子で次々に抜歯した。そのあと、スプーン状の鋭匙《えいひ》で丁寧に抜けた穴の血膿を掻き出す。

次いで、抜歯窩《か》に酒を滲み込ませた丸い和紙を詰めた。脱脂綿代わりだ。彼は、傷口の化膿を防ぐ消毒を心得ている。術後の感染は、患者を重篤に陥れる二次的な病変である。英国グラスゴーのJ・リスターが、一八六七年（慶応三年）に石炭酸による殺菌法を開発した。イングランドでは、外科手術には石炭酸水を塗布して殺菌消毒する。

次の老女は、天から青ざめていた。アルコールに強いのか、痛みを紛らわす酒も効いていない。彼女の後ろに寄ってリンダは、震える薄い背を優しく撫でた。風体に似合わずシャイなのか、歯抜師は、彼女のお節介を知らん振りしている。抜歯中、老女は悲鳴もあげず、ただ呆然としていた。

集まった老若男女八人の治術を終えるのに、さほど時間は要しなかった。日差しを避けて、宿の土間の框にズラリと坐らせた。皆、頬を押さえたまま消沈している。持ち運んだ根株椅子に腰掛けて、歯抜師は術後の様子見をする。

しきりに、ジローが気を揉んでいる。男はデンティストではない、と知らせたいのだ。リンダのほうは、まだ興奮醒めやらぬ面持ちである。「ジロー。誰ひとり、泣き叫ばなかったのよ。一人もよ！」彼の技倆は抜群だ、消毒の知識も心得ている。彼女には、シャーラタンでも抵抗はなかった。肝心なのはライセンスより、目の前の苦しむ病人を救う力量が有るか否かなのだ。

半時ほど、順繰りに口内の蓬の葉を取り除いて、歯抜師は、患部の止血を見届ける。四十路の女には、腫れたら塩水で嗽し水で冷やせと教えた。八人を帰すと、鉗子についた血膿を湯洗いし、和紙で入念に拭う。定席の椅子に戻って、リンダは、さり気なく彼を注視していた。拭った鉗子を一本、一本丁寧に木製ケースに納める。偏屈で傍若無人だが、案外に所作は几帳面で理に適っている。その仕事ぶりに、彼女は惚れ惚れしていた。

それから歯抜師は酒瓢箪《ひょうたん》を肩に、コトの手渡す笹折を牛革バンドに吊るした。彼女に見送られて、遂にリンダには見向きもせずに西方へ去った。

この思いがけない一場の出来事に、彼女は気抜けしていた。ある疑問が泡のように浮かんだ。ひとたび歯を失えば、誰もが柘榴《ざくろ》の割れた無残な口内を晒す。すでに、硬化したゴムを用いた義歯が、一八五五年（安政二年）に米国で開発されていた。イングランドでは、この蒸和ゴム床義歯は、歯の欠損を補って患者の窮状を救っていた。

日本では、従来家の入歯師は、黄楊《つげ》を彫刻した精巧な木床入歯を作った。しかし、咀嚼と審美の回復に浴するのは、一握りの富裕層に限られていた。ゴム床義歯は〝西洋入歯〟として明治八年頃に上陸するが、蒸民に広まるのは大正時代になる。「ジロー。義歯を入れるデンティストは来るの？」彼は、ノーと一笑した。たしかエディは、歯科医師は全国で一五〇人足らずと数えていた。それでは、歯科の医療は皆無に等しい。

「ジロー。抜歯した患者さんには、義歯が必要なのよ」彼女は、椅子のアームを叩いて悲憤した。「あの人たちは、これからずっと歯抜けでいるの⁉」憤懣《ふんまん》やるかたないリンダ。他人のことなのに、なぜ、そんなに心を痛めるのか—ジローには理解しがたい。「ジロー。義歯のシャーラタンが来るんじゃないの？」目を閉じたまま、ジローはノーと繰り返した。

そこへコトが、湯気の立つ小さな笊を差し出した。茹でた莢豌豆《さやえんどう》を一つ摘むと、豆を剥く食べ方を実演してみせた。「コトさん。サンキュー」とリンダは器用に真似た。初めて味わう素朴な風味に舌が痺れた。おかげで気息は治まったが、彼女の気性は易々とは引き下がらない。この小さな山村にも、薬売りが来た、歯抜師が来た。次は、入歯師が来るに違いない。「ジロー。わたしは、義歯のシャーラタンが来ると信じるわ」

ジローの朴直は三度、ノーと否定した。リンダの乾いた声が飛ぶ。「それじゃあ、だれが来るの?」苦しまぎれに、彼の口から意想外の言葉が跳ね返った。「…こうのとりデス」

ストーン・ブリッジ・ジローが、ジョークを言った!。オーッと椅子を蹴立てて、リンダは、彼のにきび面に音をたてて接吻した。

十四

夕餉のあと、にわかにゴンが、両袖を抜いて肌脱ぎになった。リンダの前でも羞恥も非礼もない。彼の浅黒い背に彼女はギョッとした。背骨の両側に四つずつ、異様な傷跡が並んでいた。明らかに丸く焦げた火傷《やけど》の痕である。畳にうつ伏せると、サキが、八つの痕に丸めた綿状の屑を置いていく。実に慣れた手つきだ。蓬《よもぎ》の葉毛を乾した艾《もぐさ》である。その円錐状の艾に、線香の火を順々に付けていった。

青い目を点にして、リンダは、ジローを振り向いた。どうやら漢方の医術らしいと、興趣は尽きない。何なの?と問うているのに、彼の舌は、もどかしく空を噛む。そういえばイザベラは、中世ヨーロッパの瀉血《しゃけつ》療法になぞらえて、日本の焼灼《しょうしゃく》療法を記述していた。moxa で皮膚を加熱して、身体のツボを刺激する。イザベラが奇習と嫌忌し、エディが説明に窮した温灸《おんきゅう》療法であった。漢方の焼灼療法と半解しつつ、リンダは、漢方医は来ないの?と質した。灸を放ってサキは、台所で洗い物をしている。素人が療治して過ちはないのか―リンダの疑問を察して、ジローは、オーケーオーケーと答えた。

「…これが灸ね」ゴンに擦り寄ると、彼女はしげしげと観察した。八つの艾から微かな煙が背中を這い、肌の焦げる臭いが鼻を衝く。畳に顎を立てて彼は、両拳を握りしめ固く目蓋を閉じたままだ。艾の芯に赤い炎が仄めく。思わずリンダは、「熱くないの?」と愚問を発していた。額に吹き出した汗が、黒い眉毛からポタポタと畳に滴り落ちる。歯を食いしばってゴンは、ひたすら身を焦す熱さに耐える。半ば呆れつつも苦行を見届けられず、リンダは早々に退散した。

十五

先刻から、遠く幽かに梟《ふくろう》が鳴いている。

ロンドンでは聞かない裏悲しい声…。上半身が熱っぽい、苛々してたまらない。胸から顔へジンジンと伝う灼熱感…痒《かゆ》い。なんとか身体を起こして、行灯のマッチを擦る。燈下に、腕回わりの皮膚一面に粒状の出来物が吹き出ていた。思わず身震いして、リンダは、ジンマシンと自己診断した。

漆《うるし》負けではない、昨日の漢方薬ウルユスでもない…たぶん、夕餉にでた焼いた干鯖《さば》に当たったのだろう。焼魚は、サキの得意とする一品だった。当時はアレルギーの概念はないが、蕁麻疹《じんましん》は漆や刺草《いらくさ》のかぶれ、魚肉や薬の毒中《あた》りと知っていた。乳房まで粟立つような気色悪い鮫肌《さめはだ》…彼女は、爪を立てて掻きむしった。

襖越しに聞こえる寝息を揺り起こす。「ジロー。コトさんを呼んで！」今夜は酒盛りはなかったらしく、彼は、うろたえて暗い階段を伝い下りた。入れ代わりにコトが、寝惚け眼を擦りながら障子を開けた。居たたまれない痒みに身を震わせ、リンダは、「ミルクを持ってきて！」と叫んだ。「ミルクよ！」

コトの背中越しに、「牛乳ハアリマセン」とジローのか細い声がした。ミルクはないの⁉︎、と、リンダの金切声。牛乳をがぶ飲みして、毒を中和したかったのだ。コトは殊の外に落ち着いていて、オーケーオーケーと彼女を宥めた。一階の床柱の薬袋を探ると、小走りに駈け戻る。彼女に言われてジローは、台所の水甕の水を手桶に汲んだ。薄暗い灯りに、薬袋から「紫雪」とある常備薬を取り出す。手探りに竹の水椀に粉ぐすりを注いだ。粉末を指先で混ぜてから、コトは、腕伝いに椀をリンダの手に握らせる。ヒイヒイと首筋を掻きながら、一気に椀の薬水を飲み干した。もはや、コトの漢方薬に縋る他ない。

実は、「紫雪」は食中り専用ではなく、〝百薬の長〟と銘打った効能の知れない万病薬であった。彼女の促すままに、リンダは、次の一杯も喉を鳴らして呷った。三杯、四杯、コトは、蕁麻疹の病症を知っている。五杯目を飲み乾すと、さすがに息が切れた。

ブツブツの発疹の肌触り、掻いても掻いても襲ってくる痛痒《つうよう》。ジンマシンが一過性の皮膚病であることは知っていたが、脂汗に悔し涙が滲んだ。病人のケアにきた自分が…まだ一人も看ていないのに…魚の中毒に倒れてしまった。その不覚が、腹立たしくて情けなくて…リンダには、予期もしない失態だった。突然、肉体を襲う病魔に狼狽し苦悩する哀れな身…それが自分だった。

黙ってコトが、布団の脇に小さな盥《たらい》を置いた。底には和紙が敷き詰めてある。間に合わせの尿瓶《しびん》と知った。リンダは、絶え絶えに目を瞑った。「コトさん。サンキュー」

一階では、二階の騒ぎを余所《よそ》に雑魚寝《ざこね》のまま動かない。ゴンもサキも、火急ならばコトが呼ぶだろうと覚めない。あした働くために眠るのだ。月明りを頼りにジローは、手桶を握って水飲み場を往復する。清水を飲ませ和紙で汗を吸い取り、コトは、甲斐甲斐しく介抱する。病いに抗《あらが》いながら、やがてリンダは、泥のような眠りに落ちた。

辺りは、静謐《せいひつ》に包まれていた。

障子に射す朝日が、霞んだ目に眩しい。ハンモックより畳のほうが心地好い。リンダの病勢は、嘘のように去っていた。昨夜の出来事が、夢幻のごとく浮かんでは消える。

障子が一寸ほど開いて、一息措いてコトの摺り足がした。冷たい水が、唇から喉奥に染み通る。腕や胸元の発疹は消え去り、白い肌に幾筋も赤い爪痕が残っていた。温かい滋味が木匙で唇に運ばれた。白米をクックツに炊いた汁粥である。この国の病人食ね！、リンダの空っぽの胃袋が躍った。イングランドでは、砂糖入りミルクに浸したパンケーキだ。「コトさん。サンキュー」

甘えてリンダは、押入れの洋式浴槽を指した。我が儘だったが、汗塗れの身体が耐えられない。逸早く察して、コトは、オーケーオーケーと承知した。オーケーが、彼女の決まり文句になっていた。裏山側に半刻ほど、コトとジローの作業する物音が断続した。ちょうど皆、出払っている時間帯である。一階の外壁に、雨戸二枚を立てて三角形の囲いが作られた。その中にシャコ貝型のゴム製の浴槽が、立ちのぼる湯気に揺れていた。急ごしらえのバスルームである。「オー・マイゴオシュ！Oh, my gosh!」gosh は、God を転化した驚嘆語である。

狭い湯船の縁から長い両足を垂らして、リンダは、病み上りの身を弓なりに反らした。

杉の木立から、陽光が放射状に降り注ぐ。東京を出立して以来の入浴であり、初めて体験する露天風呂であった。歓喜して両手に垢の浮く湯を掬い、幾度も顔に浴びせて嗚咽《おえつ》した。彼女は、むせび泣く自分に感動していた。雨戸がずれてコトの細い腕が、手桶の追い湯を差し入れた。和製の固い石鹸が、リンダの胸を滑って湯底に沈んだ。陶然として手桶の熱い湯を両肩に注いだ。「コトさん。サンキュー」

サンキューが、彼女の決まり文句になっていた。

湯浴みを終えて、リンダは、布団の上に爪先まで背伸びした。久しぶりに丸い手鏡を覗いた。片手を頬に当てながら、「コトさん。わたし痩せたわね」と呟いた。英国女性の大半は、二十代から肥満体になる。この国の低カロリー食、それに昨夜のジンマシンが減量を加速した。さっき着替えたとき、スカートが振れるので、ベルト代わりに革紐を結んだ。疑いなく鏡の中の素顔は、ホッソリと若やいでいた。「コトさん。わたし十ポンドは痩せたわ!」四・五キログラムの体重減少―思わず、リンダの頬に笑みが零れた。「もっと減ってるかもしれないわ」

昼頃、廊下にサブの声がして障子が開いた。サブの前に、見覚えのある幼女二人が立っていた。皆、洟を拭いてきたらしく揃って鼻下が赤い。恥しがってつつき合いながら、彼女たちは、おずおずと摺り足で近づいてくる。布団に半身を起こして、「なぁに?」と不審顔のリンダ。二人は、彼女の前に小さな花束を差し出した。野に摘んだ濃紫の菫《すみれ》だった。思いもかけない病中見舞に、リンダは、息を呑んで言葉を失った。

十六

翌日、藤野に着いて四日目の朝。

朝餉のあと、慌しい片時だった。路向こう、杉木立の静けさを破って絶叫が木霊《こだま》した。喉を振り絞って助けを求めている。何事か！、ゴンが裸足のまま走りでた。熊笹の茂みを割って、男二人が道端に転げ伏した。両膝をついたまま一人は、肩に老人を背負っていた。もう一人は、後ろからグッタリした彼を支えている。血相を変えて走り寄るゴン。反対にリンダは、椅子を蹴って二階に駈け上がった。「ジロー。怪我人よ！」

障子越しに呼び掛けながら、押入れの革製の往診バッグと黒檀の薬品箱を抱えた。男たちとゴンは、土間に雪崩《なだれ》込んで重なり合って框に倒れた。素早くリンダは、老人の両肩を抱きかかえた。老年の男二人は、崩れるように土間にへたり込んだ。怪我した老人を仰向かせて、畳に寝かせようとした。添えようとするゴンの手を抜けて、左の下腿がカラクリ人形のように鋭角に曲った。そのまま、膝から下がブラブラと振れた。手を貸そうとしたジローが瞬間、凍りついた。

膝下の肉がパックリ裂け、折れた白い骨が槍のように突き出していた。思わず顔を背けるゴン、よろけてジローが土間に吐いた。肺腑《はいふ》をえぐる呻き、老人は、満身をわななかせ引き攣っている。食いしばった口元から泡を吹き、欠けた歯がボロボロと零れ落ちた。

泥足で駈け込んできたサブが、驚怖の余り棒立ちになった。

下腿部は、太い脛骨と細い腓骨が寄り添って並ぶ。その脛骨が膝に近い個所で骨折したと、リンダは診た。斜めに裂けた骨片の鋭い切端が、筋肉と皮膚を突き破った。骨折による開放創だ—露出した骨を元に整復しなければならない。到底､手に負える傷ではないと、ゴンは初手から諦めていた。ところが、リンダが立ち竦むジローを叱咤《しった》する。「ジロー。彼の両肩を抑えなさい。後ろからよ！」ゴンには、右足に乗って抑え込め、と手真似を飛ばす。歯噛みする老人の口に、無理矢理に手拭を噛ませる。血の気を失ったサブには、老人の震える片手を固く握らせた。

畳に両膝をつくと、リンダは、左手で老人の左膝下を支え、右手に左足首を握り締めた。ジローは、必死で彼の両肩を羽交《はが》い締めにする。右腿に馬乗りになったゴン。「いいわね、行くわよ」彼女は、蒼白のジローにウィンクを送った。その瞬間、力を込めて足首を引っ張り、その勢いで曲がった膝下を一気に伸ばした。パチンと、骨のかち合う異様な音が撥ねた。老人は、禿鷹のように叫哭《きょうこく》し悶絶《もんぜつ》した。

ジローは、腰が抜けて後ろに尻餅をついた。ゴンは、右足に跨《また》ったまま動けない。オーケーオーケーと、リンダは、乱れた髪を掻きあげた。遠巻きにしていた人垣に、言葉にならないどよめきが沸いた。村には、こんな荒療治ができる者はいない。リンダさんはお医者さんだったんだと皆、得心した。

往診バッグから彼女は、聴診器を取り出した。イングランドでは、黒檀や金属製のラッパ型の片耳タイプが多い。聖トーマス病院では、Y字型のゴム製チューブをつないだ最新の両耳タイプを用いた。老人の襟元を開いて、削《そ》げた胸に静かに当てた。しばし沈黙…皆、固唾《かたず》を呑んで見守る。両耳のチューブを外しながら、オーケーと独り頷いた。

次に、止血用のゴム包帯を膝上に巻いて、きつく締めた。意外に出血は少ない。傷口は新鮮だった。薬品箱は引出し式に開閉する。ホルマリン瓶を垂らして手指を消毒する。鼻腔を突く刺激臭に噎せた。銅製のトレーにヨードチンキを流すと、歯ブラシの馬毛を浸す。「コトが黙って彼女の横に坐る。歯抜師の見様見真似で、両手には酒消毒の匂いがした。「コトさん。サンキュー」

まだ朦朧《もうろう》たるジローとゴンに、太股と足首を抑え込ませた。鎮痛麻酔をしていないので、いつ暴れ出すか分らない。ためらうことなく身を屈めると、リンダは、馬毛で裂けた創面に溜まった血膿を念入りに洗い流す。外皮に垂れる血膿をガーゼで拭い取るのは、コトの役目だ。辺りにヨードの臭気が漂う。

それから縫合針に絹糸を通し、そのままトレーに浸す。創面の両サイドを圧迫して、離断した創面を接触させる。表層はダメージを受けているので、メスで切除して新鮮な創面を出す。意識を失ったまま、老人は苦痛に足掻き悶える。抑えるゴンもジローも、死物狂いだ。

一息継ぐと、リンダは、半円型の彎針《わんしん》を創縁から皮下に刺す。針が、反対側の創縁を貫いて鋭い尖端を出す。その針先を把針子で把持し、そのまま引いて糸を通した。そこで、両側の糸を創縁に密着させて、弛《ゆる》めに細《こま》結びにする。慣れない手つきだが、彼女は、大胆に次々と縫合していく。一刻も早く縫合を終えたい。塩気の汗が目に滲みるので、コトが手速く彼女の額を拭う。

傷口の両側の針穴をつないで、絹糸の列が無残に並ぶ。その縫合面にヨードを塗り、消毒ガーゼを被せてテープで止める。その上に巻木綿を巻いて包帯した。

「ジロー。終わったわよ」振り向いたリンダの前に、サブの泣き顔があった。「サブのお爺さんね?」と問うと、彼は咳き上げるように号泣した。粗暴な手術に耐えた老人―彼女は、その我慢強さに感服していた。「サブ。お爺さんは強い人よ。ほんとうに強い人よ」

泣きじゃくりながら、彼が数本の細い棒を差し出した。薪を削いだ二〇センチほどの板木である。傷口を塞いで安堵していたリンダは、ハッと虚を衝かれた。四本の板木を受け取り、彼の機転に感嘆した。「サンキュー。サブが作ったのね！」手術の最中に削ったのだろう、骨折した患部を外から固定する副木である。イングランドでは、包帯に浸した石膏粉末を患部に巻くギプス包帯が通常だった。ここでは、添え木を患部に緊縛する副木固定しかできない。この板木なら、そのまま使える。

「これでオーケーよ」と、リンダは彼の手を握った。「サンキュー。サブ」

濡れ手拭でコトは、爺の泥足を拭いていた。彼女は、小さな頼もしいナースだ。ちょうど腰の革紐を外して、リンダはナイフで二本に切断する。客用の座布団に、爺の折れた足をそうッと乗せた。下腿の上下左右に四本の板木を当てがうと、ゴンとジローに把持させた。膝下から足首まで、ちょうど合う長さだ。その板木に、革紐を順繰りに巻きつけていく。合致させた骨折線がずれないように位置を固定し、過不足なく革紐を締めてきつく縛る。

これで、やっと患部の安静が保たれる。

再度、リンダは聴診器を当てる。脈打つ心音は乱れていないが、気安めは言えない。彼女の西洋医術に驚嘆し、ゴンは、爺は治ると幾度もリンダに合掌する。先刻まで彼は、老い先短い年寄りの大怪我は、仏のお迎えと諦観していた。今は、彼女の療治は神の魔術と信じて疑わない。リンダは場数を踏んでいたが、ここはロンドンの病院ではない。薬品は不足、器具も不備、人手はなく、手技も拙い。だが、誰かが危急の事態に立ち向かわねばならない。彼女が居合わせなければ、急場の手当はできなかった。

患者は負傷後、短時間に外科処置を受けた。それは幸運だったが、問題は術後の破傷風である。爺は、破傷風に感染すれば三日は持たない。発症したら、手の施し様のない死病であった。当時、塵や土中の破傷風菌が、傷口からうつる感染症とは誰も知らない。北里柴三郎が破傷風の抗毒素血清を開発するのは、二年後の一八八九年（明治二二年）になる。

リンダは、盥に血塗れた両手を洗いながら思案していた。「ジロー。今市まで運ぶのに半日はかかるわね」ショックを抜けきれず、彼は疲れ果てて框に伏していた。御主人の問いには、シャキッと姿勢を正した。否応なしに修羅場に叩き込まれて、彼は、初めてリンダの正体を知った。ほんとうに、エゲレスから病人を助けるために来たのだ—彼女に疑念を抱いた生半可な自分を悔やんだ。御主人に仕える身の不実を恥じた。

医者が往診に来たことはないが、ゴンは、急病人を担架で運んだ経験はあるという。だが、大怪我の爺には黙って首を振った。「馬ハ駄目、戸板モ駄目デス」どちらも道中揺られて大出血してしまう。東方の若松は、さらに遠い。リンダを支援したいという衝動に駆られるが、ジローには手立ては浮かばない。「運ブノハ無理デス」彼女にも妙案はない。「そうね」と、リンダの声は掠れていた。彼女が現実とみたアルカディアは、砂上の楼閣《ろうかく》のように脆くも崩れた。

リンダは暗然と呟いた。「…ここは、陸の孤島ね」

十七

孤立無援―リンダは腹を据えた。ここで、できる限りやる他ない。頭の芯が痺れて足取りは重い。押入れから、羊皮表紙の分厚いノートを取り出す。真っさらの看護日誌である。羽根ペンにインキ壷は厄介なので、ロンドンから鉛筆数本を持参した。彼女は、第一ページに濃い字で書き記す。

「患者　デン、男、六〇歳、サブの祖父。伐採《ばっさい》中に転落して、左下腿の脛骨上部の開放骨折」日付と場所も忘れない。症状と処置を簡潔に列挙し、大まかに患部の状態を図示した。「破傷風に感染する恐れあり」と、厳しい見通しを記す。

リンダ・シンプソンの日本人患者第一号である。

鉛筆を挟むと、彼女は餓《かつ》えてチョコの指にしゃぶりついた。舌に蕩ける甘さに、しばし陶然となる。休む間もなく、階下からコトが呼ぶ声…デンが意識を回復したらしい。ジローが呻き暴れる彼を必死に抑えていた。爺ィ、爺ィと泣きながらサブも副木を支える。麻酔のほかには、この激痛を和らげる手立てはない。

膝上を締めた止血帯を弛める。傷口からの出血は止まっていた。ひとまず安堵して、リンダはコトに手真似した。小さいナースは察しがよい。階段箪笥《たんす》をあけて、幾本もの腰紐を手にした。ゴンの両膝の間に、薄い座布団を折り挟んで両足を合わせる。首からマフラーを外して両足首をグルグル巻きにし、両太股も腰紐で幾重にも縛った。ようように両手を離して、ジローとサブは畳に倒れ伏した。棒縛りになったまま、デンの肢体の烈しい震えは止まない。

サブを抱き寄せながら、リンダは、彼の後ろにうずくまっている女に気づいた。打ちひしがれて半身が畳に埋っていた。奥さん?と問うと、ジローは、慌ててデンの嫁と返す。思わず彼女は、ソーリーと唸った。老けていて、とてもサブの母親の年には見えない。嫁ギンは、舅の大怪我に呆然自失として微動もしない。

彼女の夫を呼ぶように、ジローに伝える。ギンに代わってゴンが事情を説明した。東京にいるが、盆と正月しか戻らない。呼びに行っても三日はかかる。それでは間に合わないとは言えず、リンダは唇を噛んだ。このままショック死するか、破傷風に感染するか。「爺ィハ死ヌノ?」と、サブが彼女を仰ぎ見た。幾人もの死に遇っていたが、十二歳には過酷な生き死にだった。「リンダサン…爺ィヲ助ケテ」と、彼は泣いて縋る。黙ってリンダは、彼の強《こわ》い黒髪を幾度も撫でた。

昼餉は皆、立ったまま中腰のまま、小鰯《こいわし》の丸干しをかじり握り飯を頬張った。誰もが、骨の髄に響く呻き声に耐えていた。耳を塞いで逃げ出す者はいない。いつの間にかサブとジローは、爺の傍に眠り込んでいた。リンダも椅子に眠りこける。

不意に、デンが鎌首をもたげて見回した。何事か、うわ言のように繰り返す。両肩を押えて、懸命に宥めるジロー。「家ニ帰ル、家ニ帰ル」と訴えるのだ。リンダは、老爺の気力に一驚した。熱がでているので、往診ケースから体温計を取り出す。口にくわえた手拭を外すと、前歯が砕けて口内は血だらけだ。白木の箸を添えて麻糸で体温計を巻くと、用心しながら口角から頬の裏側に差し込んだ。このとき初めて、デンは西洋婦人に気づいたらしい。西洋の女医者にも体温計にも、うろたえて血走った目を剥いた。

熱は、一〇〇度を切っていた。ガラス筒の水銀の検温器である。温度目盛は華氏度（°F）で、筒に八〇—一一〇°Fまで刻む。イングランドでは、平均体温は九八・六°Fで、一〇〇°Fを越えると治療を要した。メートル法の摂氏度（℃）に切り換わるのは、一九六〇年（昭和三五年）代後半になる。「熱は高いわよ」と言いながら、リンダは、思ったより発熱は低いと安んじていた。

家に帰りたいと、デンの哀訴は止まない。彼には、他家に寝ているのが理不尽極まるのだ。奇体な西洋女からも逃げたいらしい。彼の家は広場の前という。「近いのね」と彼女は渋々頷いた。早速、ゴンが雨戸一枚を外してきた。一見、鈍なようだが万事に手堅い。リンダの指示で皆、一斉にデンの老痩を即製の担架に移す。男たちが四方を支え持って、そろそろと路へでた。近所の村人たちが、すすんで助勢の手を差し伸べた。物々しい一群に、通りすがりの旅人が急いで路傍に身を寄せた。

両手を振ってサブが担架を誘導する。一眠りして、もう元気に溢れている。低い生け垣を入ると、辺りに黒褐色の大蝿がブンブン飛び交う。不潔！と、リンダは顔をしかめた。担架は柱を避けながら土間に運ばれ、そのまま昼暗い部屋に下ろされた。短い距離だったが皆、肩で息を継いでいる。それから呼吸を合わせて、十本余の腕がデンの身体を煎餅布団に移した。両足首を縛った白い絹のマフラーが、手垢に塗れた。

「爺ィ」家に帰ってきたと、サブが呼び掛ける。呻き呻きながらデンは喉笛をあげた。すぐにリンダは、胸骨の間に聴診器を押し当てた。皆、シーと静まり返った。頼もしい鼓動だ。「丈夫なのねえ」と、彼女はつくづく彼の強健に感服した。デンの唇に水に浸したガーゼを絞る。西洋女を忘れて、彼は喉を鳴らして啜った。あとは、ガーゼをサブの手に委ねる。

土間の隅に、ギンが両脇に三人の子を抱き寄せたまま震えている。「子供は幾人?」病人のケアには、まず家族構成を知らねばならない。ガーゼを絞るサブが、黙って四本指を挙げた。彼は幼くして母を失ったので、ギンは継母《ままはは》で弟妹たちは腹違いだった。

十八

瞳が慣れてきて、ふと、デンの向こう奥に人の気配がした。誰か、薄い毛布に芋虫のように伏せている。「婆ァ」と、サブが口ごもった。彼の祖母でデンの妻トラ。どうやら、重い病いに臥っているようだ。「病気長イ、長イ」と言いかけて、ジローはたじろいだ。小さな毛布の下から、夜鳥のような悲鳴が彼を突き刺したのだ。

看てもいい?と手真似するが、ギンの目は虚ろだ。リンダの手を引いて、サブが、婆を助けてほしいと指した。「トラさん」と声掛けながら、彼女は毛布の端をめくった。老婆が裂かれるように身悶えた。毛布の擦れに電流の痛みが走ったらしい。痩せ細った身体が、海老《えび》のように曲っている。湿って饐《す》えた体臭が漂う。胸元に寄せた両手の指が、鶏の足のごとくに屈曲していた。リンダは、関節リウマチ、と診断は迷わなかった。

多発性に進行する慢性の関節炎で、疼痛と炎症が次々に波及し、長引くと関節を変形し軟骨を溶かす。当時、原因不明で治療法はなかった。「毎日痛イ、痛イ」と、ジローは声を潜める。ずいぶんと長い間、寝た切りで痛苦に呻吟していたのだろう。トラには、隣の亭主が骨折したのも分らない。病魔に取り憑かれた婆に、老骨の怪我人が床を並べる羽目になった。姑の看病に疲れ果てた嫁ギンが、喪心したのも無理はない。しかし病人の前では、リンダは同情も私情も挟まない。

手は触れられず、脈も取れない。衰弱しきっている…長くないと診た。彼女の所作を窺っていたサブは、彼なりに婆の行く末を覚った。土間に下りると、リンダは、ギンを框に誘《いざな》った。近しい女たちが、子供三人を手習所に戻らせる。横に坐るとリンダは、彼女の細った肩を優しく抱きしめた。ギンは、彫像のように固まっている。病人は家族が自宅で看病する―エディの言葉通りだった。家族に重く伸し掛かる負担は、想像を絶する。リンダの豊満な抱擁…蒼白いギンの肌に、ゆるゆると生色が蘇っていく。

馬の蹄が騒がしい。爺の水やりを終えて、サブは、台所の長簾《すだれ》を撥ねた。絡まり揺れる太い簾から、馬蠅が一斉に翅音をたてて乱れ飛んだ。台所に馬屋が隣接していて仕切りもない。横木に繋がれた雌の駄馬が一頭、鼻を鳴らし干草を蹴る。駄馬を養って荷継ぎ用に売るのである。飼葉桶《かいばおけ》を馬の鼻先に差し出すと、彼は慣れた手つきで干し草を食わせた。馬の背腹には馬蠅がたかり、糞尿が異臭を放つ。

その不衛生にリンダは慄然とした。両手の埃を叩きながら、サブが戻ってきた。「オー。サブ、サブ」慌てて彼を制し、手桶の水で手洗いを手真似した。このまま患者に触られてはたまらない。石炭酸液を薄めて、リンダは彼の汚れた手指を浸けた。彼女の命には素直なサブ、消毒の石炭酸臭に得意顔だ。

鈍い所作ながら、ギンは、嫁の顔を取り戻して台所に立っていた。炊けていたトロトロの粥汁を二椀に装った。一椀はデンで、飢えていたらしくサブの差し出す木匙にしゃぶりついた。リンダは、彼の強靭《きょうじん》な生命力に舌を巻いた。一方、トラは一匙《さじ》を啜らせるにも難儀する。鼻水の混った粥汁を少しずつ舌先に垂らす。姑の介抱は、ギンには永劫《えいごう》につづく業苦であった。

ひとまず、リンダとジローは「まるや」に引き上げた。デンの流した血が拭い落とせないらしく、畳の上に茣《ご》が敷いてある。彼女は、ゴンにトラの厳しい病状を伝えた。彼は、長患いだから…と伏し目がちに口ごもった。若いジローは、冷えた玄米飯を掻き込む。食欲はなかったが、リンダも茶漬にして胃袋を満たした。

看護日誌の二ページ目。

「患者　トラ、女、五八歳、デンの妻・サブの祖母。関節リウマチ。約八年前より両手の指関節の炎症と疼痛。次第に手首、膝、肢、足首に罹患。全身の衰弱著しく、心音弱く脈は不整」

リウマチの婆、骨折の爺、出稼ぎの倅、看病疲れの嫁、十二歳を頭《かしら》に四人の子供たち、馬と暮す一家…たった一軒の家内を一見しただけで、リンダは、アルカディア藤野が錯覚であったと実感する。夢みるアルカディアの裏側には、貧しさと病いがあった。看護日誌を閉じると、彼女は、鬱した気分をリセットした。

「そう！　ここが、わたしを必要としていた所なのよ」

リンダに代わってジローが、デン宅を行き来する。彼ら一家には、神頼みしかない。今や彼女が救いの女神であった。そのリンダも、ひたすら神に祈るのみ…。実に、病魔との闘いは始まったばかりであった。

十九

夕刻、喘ぎ喘ぎデンは、孫の粥汁を啜った。一椀では足りなげだった。体温計を差し出すと、口をへの字にして拒んだ。リンダは察して、「治療代はいらないのよ」と伝えた。呻きつつデンは彼女を睨《ね》めた。施こしは受けない、という目だった。プライドの高い老人だ。彼女は障りなく、「誰でもフリーなのよ」と諭す。free は自由としか訳せないジロー。

「デンさん。皆さんノーマネーよ」誰もが無料と知ると、彼は、ようやく固い口を開けた。

検温は、一〇〇°F（三七・七℃）を越えていた。やはり、体温は上昇している。ジローを向かいの広場に走らせる。一昨夜の往復よりよっぽど近い。デンの両脇下に手桶に絞った冷い手拭を挟み込んだ。左太股の付根を冷やすように、サブに教える。ジローが額は？と手を当てたが、彼女は素気なく退けた。

「まるや」を除いて、村の家々は茅葺きの平屋である。デンの家は、土間を挟んで東側の台所の裏に小部屋が二つあり、山側にトラとデンが伏せる。路側に寝るギンは一晩中、ヒイヒイという泣哭と骨を削る呻吟にうなされることになる。土間の西側は、路側が馬屋で山側に細長い中部屋がある。子供たちは薄い壁越しに、馬の蹄と鼻息を子守歌代わりに雑魚寝する。

五時すぎ、リンダは、あの清々しい竹箒の音に覚める。夜中に叩き起こされることなく、眠り込んでしまった。デンの病状に急変はなかったようだ。顔を拭いてからデンの家に出向いた。絞った手拭を握ったまま、サブとジローがギンの横に眠りこける。一晩中、交代で冷湿布していたのだろう。呻きは止まないが、デンの顔容はだいぶ安らいでいる。そっと首筋に触れると、熱は引いていた。

リンダは、ピンセットで患部のガーゼの一端を捲る。信じがたいことに、傷口は化膿せずに癒着している。幸運にも、破傷風はデンの老体を襲わなかった。傷口にヨードを塗り、ガーゼを取り替える。ジローがモソモソと寝惚けている。オーケーオーケーと、リンダは彼を労《いたわ》った。…爺は、助かる。

朝餉のあと、リンダはジローに説く。骨折は治るのに三ヵ月はかかる。その間、安静にしていないと一生歩けなくなる。深く頷くと、彼は、御主人の指示を復唱した。彼女に随行して半月余、ジローの英会話は格段に上達していた。今やリンダは、通訳に不自由していなかった。一見、鈍に見えたが、彼は、呑み込みが早く学習は巧みだ。

リンダサン！、サブが泥足で駈け込んできた。爺が急変か、彼女は土間の下駄に飛び下りた。「お婆さんです！」とジローが追った。サブの手をつないで走る。下駄を放って枕元に走り込むと、トラは、異形の両拳を挙げて仰向いたままだ。薄暗い布団の陰に顔面蒼白、死相が迫っていた。顔を寄せて鼻先に手を当てるリンダ…。短い吸気を幽かに数度繰り返し、そのあと、スーと鼻腔を撫でる長い吐息がした。そうして気管を抜けて、穏やかに気息が絶えた。

目蓋を開くが、暗くて瞳孔は見えない。鼻口の呼気も、手首の脈も触れない。片方の手で眉を被って目蓋を閉じると、リンダは胸に十字を切った。

それを見て傍のサブが、両腕で顔を擦って啜り泣く。布団の端にへたり込んだまま、茫然とギン…。平成の世のように緩和ケアも、ターミナル（終末）ケアもない。古来、病人は苦しんで苦しんで、苦しみの果てに絶命した。トラは、もう痛みはない、苦しみもない、安らかな死顔であった。隣に黙していたデンが、天井を仰いだまま痛哭した。四二年間連れ添った女房である。

翌朝、死体は腐敗するので早々に埋葬する。検屍の医師は呼べず、村長格のゴンが事後に報告する。近所の人たちは心得ていて、葬儀の手配は抜かりない。女たちが、北枕にした婆の身体を清拭し、白い死装束《しにしょうぞく》を着せる。額に白い三角巾を巻いた。「ジロー。あれは？」と囁くと、「悪魔除《よ》けです」と難問を囁き返す。忙しく出入りする黒羽織に煽られて、死枕の抹香が部屋から土間へ漂う。

十時頃、茅屋内に陰々たる読経がつづく。それが止むと、ザワザワと出棺へ移る。右往左往しているようだが、作業は滞りなく運ぶ。木の香匂う荒削りの早桶の座棺である。寝棺しか知らないリンダには、死者の両膝を折り曲げる納棺は想像を絶していた。

彼女に釘を刺されて、デンは、寝たまま冥土へ向かう連れ合いを見送る。やっと痛苦から解放されたトラの成仏《じょうぶつ》を悦び、胸に両指を組んで、ひたすら女房の極楽浄土《ごくらくじょうど》を願う。ゴンの合図で、桶に結んだ太い縄に長柄《ながえ》が通される。男たちが腰を屈めて前後を担いだ。重い桶が一揺れして、縄がギシギシと軋る。

敲《たた》き鉦《かね》を打ち鳴らしながら、僧侶が棺の後を随伴する。なんと、あの手習所の先生だ。数珠を握ったギンが、僧侶のあとに付き従う。長患《ながわずら》いの姑を看取って、心成《こころな》しか足取りは軽い。土間を出る棺に、デンが堰《せき》を切って慟哭《どうこく》した。「トラ！　楽ニナッタナア…楽ニナッタナア」

広場にいた女たちが、道端に並んでこもごも合掌する。一段と膨らんだ腹を抱えて、ユキも神妙に見送っている。木陰の莚に坐ったまま、サラは遠く手を合わせる。白昼、広場に生と死が幽明境なく交差する。陽炎のように揺れながら、数十人の葬列が、乾いた一本道を村外れの共同墓地へ連なる。

二〇

椅子に足を組んで、リンダは、両足の指にヨーチンを塗る。鼻緒で擦りむけて痛い。往診用バッグと薬品箱は、手元に置いている。リンダサーン！と、路上に悲鳴が爆《は》ぜた。真っ先に飛び出したのは、ジローだ。若い母親が、両手に下半身剥きだしの幼児を吊している。縁先に彼を下ろすと、涙を散らしてワァワァと訴える。「尻です！尻です！」ジローの指す小さな尻の間に、生白いみみずが垂れている。その気色悪さに、さすがのコトも後退りした。オーケーオーケーと、リンダは怯える母親を宥める。幾つ?。「四歳です」青白く痩せているのに、腹部だけが異様に膨らんでいる。身の異変も分らず彼は無邪気に笑う。尻の穴から害虫が出てきたのだ。か細い首筋を押えると、リンダは、手にした和紙で害虫を鷲掴みにする。後ろから静かに引っ張りだすが、ズルズルと細長くて途切れない。さすがに虫酸《むしず》が走って、思わず力を込めた。引く手が地面に触れた瞬間、スポンと鳴って鉤《かぎ》状に曲った尾の先端が抜けた。優に三〇センチはある黄色い腹の虫が、和紙の手にヌルリと垂れ下がっていた。母親が悲鳴をあげて飛び退った。男児は火が付いたように泣き出し、反射的に彼女は我が子にむしゃぶりついた。

人の腸内に寄生する回虫である。衰えていて少しも抗わない。和紙ごと捨てると、ジローが憎々しげに下駄の歯で踏み潰した。この大きな害虫が、小さな腹の中に巣くっていたのだ。虫腹《むしばら》(腹痛)に苛まれて眠れず、癇強く引付けを起こし、さぞ親を悩ませたことだろう。彼の泣きやむのを待って、リンダは、砂糖水に溶かして回虫駆除剤サントニンを一口飲ませた。甘い液に男児は、喉を鳴らして二口、三口とせがんだ。「ジロー。虫下しよ。虫はまだお腹にいると思うから、便のときに注意して見るようにね」訥々とジローは、泣き腫らした母親クメに説き聞かせる。「あした、また薬をあげるから来てね」

二

西洋の魔術をつかう女医者――リンダの噂は、たちまち村中に伝わった。

翌朝、ジローがおずおずと、ある娘が労咳《ろうがい》で伏っていると告げる。労咳という言葉が通じなかったが、リンダは胸と咳の手真似にピーンときた。薬品箱を抱えたジローのあと、往診バッグを持って下駄を鳴らす。村の西側の端の門口に、女が米搗きバッタのように低頭している。病人の母親らしい。

薄暗い部屋の奥、閉じられた押入れの板戸。その隙間越しに微かに咳が洩れる。母親キイが開けると、ひとり娘が横臥していた。饐えて湿気った万年床に細い足が仄白い。青白い幼な顔が無邪気に振り向いた。動作が、いかにもけだるそうだ。覗き込む西洋婦人に驚く瞳は、妖しく潤んでいる。幾つ?。「十六です」押入れに両肩を入れて、リンダは、娘マツの額にほつれた髪を撫でた。

まず、全身状態を診て、問診、視診、触診、打診をする。聴診器を聞き、体温を測るが、当時、病いは症状から判断するしかなかった。昨年来、夕方になると微熱がでる。時々、乾いた咳をする。今も微熱があるが、聴診では異常音はない。リンダは肺結核と見立てたが、まだ軽症と安堵した。

結核菌によって発病する慢性伝染病である。ドイツのR・コッホが、五年前の一八八二年（明治十五年）に結核菌を発見していた。しかし、抗生物質ストレプトマイシンによる治療は、まだ遠い先のことになる。ロンドンでも、数え切れないほど結核患者を看た。

病原菌の存在は知る由もないが、キイたちは、労咳が伝染する死の病いと知っていた。だから、泣く泣く娘を押入れに閉じ込めて家族と隔離した。「ジロー。肺結核よ。でも軽いから、かならず治るわ」彼の通訳に、キイはバネのように跳ねた。半身を屈めてリンダは、鶴のようなマツを抱きあげた。ジローに、万年床を運び出すように指示する。畳に寝かせると、震える彼女の長い髪を指で幾度も梳いた。「お母さん。温かいタオルで、身体を拭いてあげてね」

それからリンダは、玉椿の生垣の上に万年床の布団を広げて干した。「ジロー。布団は敷き放しでは駄目よ。毎日、陽に当てて乾かすの。乾いたら埃を叩く。ねッ、清潔よ。清潔！。それから栄養、栄養よ！」結核患者には、静養と栄養が一番と心得ている。「お母さん。マツさんに毎日いっぱい食べさせてね。美味しいものを一杯食べるの」

ここで、リンダのエンジンが始動する。「ジロー。鶏の卵はない？」一軒だけ、鶏を飼っている家があった。下駄を突っ掛けて彼を急かす。路から外れた家の軒先に、大きな丸い竹籠がある。痩せた鶏が五、六羽、竹囲いに羽毛を散らして跳ねている。日々、内職に鶏卵を茹でて旅人に売る。茹玉子は珍食なので常連に限られていた。彼女は生卵二個を注文した。それも毎朝と聞いて、同家の女房は呆気に取られる。「ジロー。なぜ鶏を放し飼いにしないの？」折角の鶏の運動不足が不満だった。籠から放すと野狐に襲われるのだという。リンダは、「キツネが出るのね」と納得した。

帰りがけ、向かいの家につづく小道が、両側から雑草に埋まっている。奥の家の戸口は、長い竹で筋交いに結ばれていた。「住んでいないのね」と呟きながら、リンダは、急ぎ足でマツの所に戻る。キイを手招くと、鉄鍋に水を注して、手にした生卵二個を浮かせた。言われるままに彼女は、竈に火を入れる。ジローは、もうリンダの突飛な行動には驚かない。鼻歌まじりに彼女は、湯が煮えたぎるのを待つ。イングランドでは生卵は食さない。「ジロー。茹ですぎてはいけないのよ」頃合よく熱湯を土鍋に移すと、卵を冷やす。それから慣れた手つきで殻を割った。椀の底に半熟の白身がプルプルと揺れる。「半熟にするのよ。黄身が固まらないようにね」湯気をたてて震える半熟玉子は、ジローには気色悪い。イングランドでは、朝食に欠かせない大切な滋養食であった。

マツにも半熟は気味悪い。食欲もなかったが、目を瞑って素直に白身に覆われた黄身を啜った。素っ頓狂にオイシイと幼な声を弾ませる。喜色がリンダの瞳を輝かせた。「マツさん。おいしいでしょ。これから毎日、朝と晩に食べるのよ」彼女は、マツの小さな両手を握り締めた。「病気は、かならず良くなるからね」

キイの掌に夕食の分の卵を握らせた。昼には埃を叩いて布団を取り込むように、念を押す。「まるや」に戻ったのは、十時を回っていた。男児を抱いてクメが、漏斗《じょうご》のように泣き濡れている。土間に両膝をついて手を合わせる。朝方、便に混じって三寸ほどの回虫が五、六匹でた。癇癪《かんしゃく》は消え快活に走り、偏食だったのに今朝は何でも食べた。彼女は、リンダの療治を神の魔術と信じて疑わない。

「あの回虫が悪さをしていたのね」母子を抱き寄せて「よかったねえ」と、はにかむ男児の頬を撫でた。もう一回分、サントニンを飲ませる。甘い味を忘れず彼は、コクコクと喉を鳴らした。

リンダの志気は衰えをしらない。「ジロー。ミルクが欲しいのよ」毎日、牛乳を届けるよう運送会社に手配を指示する。「ミルクは高いです」と、彼は二の足を踏んだ。「大丈夫、お金はあるわ」と歯牙にも掛けない。マツに飲ませる高額な牛乳を、彼女が自前で負担するのだ。なぜ?、ジローの思慮分別を越えていた。リンダの思い込みは止めようがない。彼女は、ジローの不服を軽妙に受け流した。「ジロー。わたしも飲みたいのよ」

渋々ゴンに伝えると、今度はハムが欲しいと言いだす。豚肉を燻製にした食品だが、ジローは知らない。hamと走り書きして、リンダは図を画いてみせた。首を振り振りゴンは、すぐに注文すると約した。「高い、幾ら？」と、ジローは精一杯に突っ張る。やはり、彼が目を剥くような値段だ。

この国にも〝身銭を切る〟という言葉がある。しかし、いくらエゲレスの金持ちでも、療治代を取らず、病人食まで持ち出しとは…。異国の他人に、なぜ、そこまでしなければならないのか？。彼女は、藤野村の病人を看る責任も義務もない。意を決してジローが、初めて見せた抵抗であった。框に坐ってコトが、二人のやりとりを見詰めている。ジローの不可解なわだかまりは、彼女も同感だった。けれどマツは、一緒に手習いに通った幼馴染みだ。

「ハムの注文は、十日に一回でいいのよ」顔を赤くして「高いです」と、ジローは抗弁する。シャイで無口な彼の成長は嬉しかったが、さすがにリンダは彼を持て余した。ロンドンでも藤野村でも、何処でも病人は同じなのだ。「ジロー。マツさんは栄養を取れば治るのよ」仕方なくリンダは彼の気勢を制した。「…マツさんに、元気になってほしいのよ」元気は、病気の勢いが減弱する〝減気〟に由来するという。ジローは二の句もなく口を噤んだ。

そのとき、家の裏に悲鳴がした。

兄チャン！、コトが裾をからげて土間を走りでた。二の腕を抱えてタロが蹲っている。

ハチ！と彼女は、兄の辺りを血眼で捜す。オイオイと彼は泣きじゃくる。手荒に腕を退かして、コトは、肩下の赤い刺し傷に吸いついた。唇で毒を吸い出すと、バッと唾を地面に吐いた。「ジローサン。雀蜂ヨ！」ジローは、空に両手を振り回して雀蜂を払う。焦茶色の勇猛な大毒蜂だ。唇を鳴らしてコトは、幾度も吐き捨てた。

小皿に重曹を溶いて、リンダは待っていた。腫れた傷口に液を塗り付ける。はしたなく痛がるので、塗らしたガーゼを湿布する。父親の手伝いをサボって、タロは、裏山で独り遊んでいたらしい。畳に寝かせてもジクジクと泣きやまない。コトは、知恵遅れの兄の大きな背を優しく擦る。兄に溺れもしないし、兄を見離しもしない。「コトさん。オーケーオーケー」目を細めてリンダは、彼女の機敏な手当を褒めた。

精神薄弱なのか、後天性の脳炎なのか。「コトさん。タロさんは生まれつきなの？」利発な児だったが、原因不明のまま五、六歳頃から鈍化していったという。家族の手厚い庇護の下にあったのだろう、リンダは、胸奥が熱くなった。「…よくここまで育ったわ」

オーイと胴着姿のゴンが、息を弾ませて入ってきた。「タロハ、イルカイ？」

二二

翌朝のこと。

軒下の縁台に置いてあったと、コトが、真白い大根三本を差し出した。取り立てらしく黒い土が、根や葉に塗れている。「大きいわねえ」と返すと、回虫の坊やの母親が届けたという。「お礼です」と、ジローが口を添えた。オーマイ・ゴオシュ!、思わずリンダは両頬を押えた。治療費代わりの素朴な謝礼であった。彼女には、思いも寄らない心のこもった謝意である。この国では、礼物《れいもつ》は通常のことだ。涙ぐむリンダを横目にして、コトは、今夕の馳走を台所へ運ぶ。

リンダの下駄の音が、マツの門口に響く。生垣に家中の布団と毛布が並べて干してある。彼らは律儀で、几帳面だ。リンダが勢いよく下駄を脱ぐので、あとからジローがキチンと揃える。急に半身を起したので、マツは立ち暗みした。両肩を支えて寝かせながら、「マツさん。ゆっくりね」と諭す。半熟玉子は、言われた通り食したようだ。「こんどミルクを持ってくるから、飲んでね」

牛の乳と聞いて、キイは渋面を隠せない。古来、この国では四つ足は不浄のものであった。

今や東京では、ミルク・スタンドやすきやき屋が流行《はや》る御時世である。そのバタ臭い珍味の波は、藤野村までは打ち寄せていない。「マッさん。ミルクは栄養があるの。美味しいのよ」土間を出ようとして、リンダは、揃えてある下駄に目を止めた。黙って、鼻緒に足指を突っ掛ける。向かいの空き家が、シンと静寂に沈んでいる。妙に気になる佇まいだ。「ジロー。この家には、だれも住んでいないのねえ」

皆出払っていて、デンは、ひとり身を持て余していた。傷口を診て、ガーゼを取り替える。「デンさん。治りは早いわ」と励まし、「でも、まだ足を動かしてはダメよ」と釘を刺す。馬の蹄が騒がしい。馬屋のほうが気掛かりで、彼はジローの通訳も上の空だ。飼い葉は、昼にサブが手習所から戻るまでお預けである。土間にブンブン飛び交う馬蝿の翅音と気配がする。「不衛生ねえ」とリンダは、露骨に顔をしかめた。ジローは、聞こえない振りを装う。

昼下がり、コトが、痩せた胡瓜《きゅうり》を持ってきた。お八つは食欲をそそる。リンダは喜々として、赤味噌をつけてバリバリ齧《かじ》る。鬱々としてジローが、聞き込んだ情報を伝える。あのマッの向かいの空き家は、三年前に一家離散したという。出稼ぎにでた亭主が、労銀が入ると街の廓《くるわ》に遊んだ。じきに、花柳病《かりゅうびょう》といわれる淋病《りんびょう》（淋疾）に罹った。性病のうち、もっとも凶悪な瘡毒《そうどく》（梅毒）である。三ヵ月後に帰村する頃には、肌に暗い薔薇《ばら》色の発疹がでた。久しぶりに女房と交わるうちに、黴菌《ばいきん》が皮膚や粘膜の傷から彼女の肉体にうつる。

彼らには、伝染病の知識も感染の認識もない。

ジローのいう和名は通じないので、リンダは、シフィリス?と繰り返した。syphilisと走り書きしても、医学用語は分らない。彼がもどかしく説く症状は、業病シフィリスと一致する…リンダの皮膚の下が泡立った。

ロンドンでも、梅毒患者は淫侵《いんしん》し蔓延していた。病原菌の感染と知らず、罹患した男女の性交により鼠算式にひろがる。梅毒専門病院には夥しい患者が溢れ、身の毛もよだつ様相を呈した。病人を見捨てはしないが、リンダには為す術もなく、悶死する患者を看取るのは耐えがたい。

英国スコットランドのA・フレミングは一九二八年（昭和二年）、青カビからペニシリウムを発見する。梅毒の病原菌は、スピロヘータパリダであった。この菌を叩く抗生物質ペニシリンが製産されるのは、半世紀後の一九四三年（昭和十八年）以降になる。

明治政府は、維新後も江戸の公娼《こうしょう》制度を引き継いだ。一八七四年（明治七年）には、新吉原（浅草の一大遊廓）で検梅した娼妓《しょうぎ》百二十人中、即日入院が八十人を越えた。明治二十年初めの某郡の徴兵検査では、三分の二が梅毒で不合格になった。或る村では村人の半数が罹病し、患者のいない家はなく数人いる所もあった。一九一二年（明治四五年）になっても、浅草で強制検梅した私娼二百余人のうち、百四十余人が冒されており、末期患者も少なくなかった。

実はリンダは、この村にはシフィリスの患者が見当たらないと、不審に思っていた。彼女が耳にした、初めての梅毒情報であった。「ジロー。他にもシフィリスに罹った人はいるの？」ノーと弱々しく首を振り、彼は苦渋の表情を伏せた。彼の育った港町新潟にも、公許の大きな遊廓があった。ジローは子供心に、梅毒のおぞましさは知っていた。

ここでは患者がでると、村人が皆で入院費用を出し合って、半ば強制的に東京の梅毒病院に送った。拠出金は、いわば村人の手切金であった。梅毒病院には行かず、彷徨《さまよ》って行き倒れた者もいた。ジローはリンダとはいえ異人に、この国の恥を晒したくなかった。しかし彼女には、この村のタブーも告げねばならない。空き家の夫婦は、その病院行きを拒んで、村八分にあって裏山で首吊り心中した。その宙吊りの足元には、手切金がバラ蒔かれていた。

二三

夜半、裏の樹木が波打つようにざざめく。

「…雨だわ」と、耳立つ藪蚊を叩いた。エディに譲られた簡易蚊帳を引っ張りだす。椅円に曲げた細い竹に麻布を張った、折り畳み式の覆《おお》い籠《かご》である。その繭《まゆ》のような蚊帳を被ると、喧しい翅音が消える。窮屈だがリンダは、思いのほか気に入った。

雨に酒盛りを追われたジローの忍び足…激しく板戸を叩く音が遠い。にわかに階下が騒がしくなった。リンダを呼ぶコトの声は、遠慮しない。障子を蹴破るように、大きな子供を抱いた女が倒れ込んできた。うつ伏せた子供の喉が、ヒューヒューと笛のように鳴る。気道が狭まって呼吸ができない喘鳴《ぜいめい》だ。ずぶ濡れの母親が、半狂乱になってリンダに縋りついた。母親を突き離すと、子供を起して前屈みにさせた。とにかく、呼吸が楽な姿勢にする。小さな爪が彼女の腕に食い込んでいた。

幾つ?。七歳の男児。ゼイゼイと息を吐くが、息を吸えない。今にも窒息しそうな切迫した病状…小児の気管支喘息《ぜんそく》と診た。気道が炎症し狭窄《きょうさく》しているのだ。「お母さん。大丈夫よ。息苦しいけど心配ないわよ」気管支喘息は発作性の呼吸困難で、これで死亡することは稀だ。小児では殆んどがアトピー性なのだが、アレルギーの概念は一九〇六年（明治三九年）になるまで提唱されない。

いつ運んだのか、コトが木椀を差し出した。「コトさん。サンキュー」硬直した男児の顎を押え、木椀の水をゆっくり流し込む。噎せて咳を飛ばす。ジローが、薬品箱の蓋を開けた。急いでクロロデミンの薬瓶を選ぶ。薬用の小匙で溶液を、彼の舌の奥に垂らし込んだ。前歯が小匙を鋭く噛むが、軟らかいアルミ製なので歯は欠けない。

クロロデミンは、イングランドでは咳や喘息の治療に用いた。「お母さん。この薬は、よく効くから心配ないですよ」子供の気道狭窄《きょうさく》は、危急感を免れない。母親カヨは、息子の波打つ背を必死に摩りつづける。発作はいつからか?、母子とも、とても問診のできる状態ではない。

皆が見守るうちに、次第に喘鳴は消え呼吸が和らいでいく。男児ケイは、母親の腕に弱々しく凭《もた》れかかった。か細い喉が精一杯に息を吸い、青ざめた唇に赤味が差してきた。…気道は広がっている。手首の脈を取ると、ケイの透き通った声がリンダに話しかけた。「コンナヒドイノハ、初メテデス。…トキドキ、軽イノハアリマシタ」落ち着いて、彼女が尋ねたい病歴を伝える。「クスリ、アリガトウ」と、金髪の女医者に感謝を忘れない。苦しかったろうに…「しっかりした子ねえ」

薄暗い部屋は、突風が過ぎたようだった。ジローもコトも、ペタンと畳に坐り込んでいる。彼らは、西洋薬は効く!と驚嘆していた。リンダは名医だ—ジローもコトも、彼女の神通力を信奉してやまない。リンダは、西洋薬に慣れない分この国の人々には著効する、と実感した。カヨは、息子を抱きしめたまま離さない。「お母さん。この病気は大きくなると、自然に治るからね」

二四

翌朝、リンダは寝坊した。階段を下りると、嬉しそうにコトが軒下を指した。縁台にほうれん草が二束、時折、風に煽られる小糠雨《こぬかあめ》に青々と濡れていた。彼女は、マツの母親の御礼、と手真似した。あの肺結核の「マツさんの…」と、リンダは神妙だった。他人からプレゼントされるのには、慣れていない。

コトの足元に、大きな乳飲み子がまとわりついている。「あれ、どうしたの赤ちゃん?」すると、台所から旅姿の母親が小走りり、框に両手をつき畳に額を擦りつけた。東方の隣村の五十里から二時間、赤子をおぶってきたという。じきに三歳になるのに、息子カズはまだ歩けないと訴える。たしかに、赤ん坊とはいえない幼な子だ。リンダを仰ぐと、彼は、畳に両手と尻をバタつかせていざり寄ってくる。キャアキャアと、言葉にならない奇声を発する。言葉も遅く身体も小さいが、動作は活発だ。

「お母さん。這い這いはしたことないの?」母親テルは、同い年の近所の子は外を走り回っている、と悔し泣きする。リンダは、彼の足を優しく揉みながら触診した。彼はくすぐったがって、キャッキャャと暴れる。骨は曲がっていないし、筋肉も萎えていない。股関節も膝や足首も正常だ。抱きあげると、両足がもつれて畳を踏めない。後ろから抱えて這わせようとしても、ペタンとうつ伏してしまう。離すと、独楽《こま》のように威勢よくいざり回る。「伝え歩きもしないのねえ…」リンダは内心、困惑していた。「ご飯は食べるの？」乳離れは遅かったが、ふつうに食はある。乳幼児の成長には個人差があるが、それにしても度外れている。「骨も筋肉も大丈夫だし…」と、リンダは口を濁した。

「お母さん。悪い所は見当たらないわねえ」テルの両頬に、安堵と失望が交差して何かが一挙に萎んだ。リンダの噂は一瀉千里だった。藤野村に金髪の女医者がいる―秘術と妙薬をつかって難病を治す。その口伝えが山を越え谷を渡るうちに、医術の女神が舞い降りたと喧伝される。病人を抱えた肉親は、藁をも縋る思いだ。その風聞を頼りに、ひたすら病人を負って山道を駈け枝道を這う。その先着がテルとカズ親子だった。

リンダは、そんな成り行きは知らない。それでも母親の意気消沈は察した。ここで母子を帰すつもりはない。ホイホイあやしながら、はしゃぐカズをコトに渡した。彼女は、妹たちの世話をしてきたので扱い慣れている。「カズちゃん。ここで遊んでいなさいね」

二五

今日は、デンの骨折から七日目、足の抜糸をする日だ。山雨は気紛れなので、珍しそうにリンダは、ジローの差しだす菅《すげ》の蓑を着込んだ。「レインコートね！」雨合羽《あまがっぱ》のジローは、桐油《とうゆ》紙に包んだ薬品箱を胸に抱える。すっかり養生所《ようじょうしょ》（療治所）の書生の振舞いだ。そぼ濡れながら二人は寄り添って歩く。

框に腰を下ろすと、リンダは、脱いだ下駄をスイと逆向きにして揃えた。そ知らぬふりをしながら、ジローは、学習するボスに教化された。

「デンさん。すこし痛いですよ」ピンセットで糸の結び目を抓《つま》みながら、リンダは、合掌する彼を安んずる。皮膚に埋った糸を鋏で切ると、そのままスーと引き抜いた。傷口は一筋に癒着し、糸の跡も化膿していない。ラッキー！と、彼女は小躍りする思いだった。大怪我を受容してひたすら耐え忍び、生を渇望して気力を振り絞り、あの痛みを生き延びた患者である。抜いた糸を数えてから、患部をガーゼで覆った。「デンさん。あなたはグレートよ。グレートよ」

アリガトと繰り返す言葉は、リンダにも分かる。「デンさん」―彼女は、このチャンスを逃さない。「ひとつだけ、お願いがあるんだけれど」仰天してデンは、首が折れんばかりに頷いた。オーケーねオーケーねと、念を押すリンダ。「デンさん。わたし、蝿が大嫌いなのね。馬の臭いも嫌なの。だから、馬屋を仕切ってほしいの」デンの目玉が裏返った。彼らには馬は家族同然で、終日、部屋や土間から馬を眺め馬の世話を焼く。あんまりに滅相な！と、デンは、吃って口角泡を飛ばした。ギンは、おろおろするばかりだ。クスッと笑うと、ジローは、御主人の後ろから彼に引導を渡した。「デンサン。命ノ恩人ノオ願イデスヨ」

夜来の雨は上がっていた。

片手に濡れた蓑を抱え、リンダは上機嫌である。抜糸は上首尾だったたし、頑固なデンを承服させた。愛しい馬と割かれる彼の悲傷より、当然、デン一家の衛生環境のほうが優先する。高い杉木立から、雨粒が煌《きら》めきながら滴り落ちる。その涼風が頬に心地よい。

コトが軒下で両手を振っている。リンダの蓑を受け取ると、ミルク！ミルク！と彼女の手を引いた。囲炉裏の傍にブリキ罐《かん》が置いてある。注文して三日目、西方の今市から牛乳が届いたのだ。長い取手をつけた逆四角形の専用容器だ。ジローが固く締まった螺子蓋《ねじぶた》を開けると、乳臭が溢れて乳白色の液が滑らかに揺れた。「ミルク！」と、一斉に熱い溜め息が洩れた。

彼らは、にわかに忙しくなった。「ジロー。マッさんよ」牛乳罐が重すぎて、見兼ねてリンダが手を貸す。両側から取手を握り、二人は、ぬかるみを避けながら歩いた。「ジロー」と、彼女はさり気なく問うた。「いいの?」。わたしと一緒に来なくてもいいのよ」ギクッと彼の足が止まって、黙ってリンダを仰いだ。御主人から解雇を言い渡された、と思ったのだ。彼女は、胸の奥にあった気掛りを口にした。「肺結核はうつるの。あなたは、ここまでしてくれなくてもいいのよ。これは契約外の仕事よね」

ジローは、向きになって反問した。「肺結核は、リンダさんにだってうつります」「そうね。わたしにも、うつる危険性はあるわ」彼は、勝ち誇ったように胸を張った。「それなら、リンダさんもボクも同じです。ボクもマッさんのとこへ行きます」牛乳罐の手を持ち直しながら、リンダは、長い睫《まつ》毛をしばたたいた。「ジロー。そうね、皆にうつる訳ではないから。神がちょっと横を向いたとき、不運な人にうつるのよ」

同行を許されて、ジローは、ウワァ!と叫び声をあげた。「首になるのかと思った…」リンダには、そんな彼が弟のように映った。

二六

「キイさん。キイさん」リンダは、台所に駈け込んだ。呆気に取られる彼女を尻目に、竈に鍋を掛けて牛乳罐を傾ける。「熱すぎないほどにね。沸騰させてはダメよ」ジローを向くと、「生のままだと下痢するのよ」と声を潜めた。

台所の騒ぎに縮こまるマツ。「マツさん。飲んでね」と、温かい椀を彼女の唇に触れる。恐る恐る一口飲んで、マツは、美味しいと声をあげコクコクと干した。リンダの待ち望んだ強壮剤である。豊潤な滋養分が、病いに冒された彼女の肉体に滲みわたっていく。

踵を返して「まるや」に戻る。

「ジロー。デンさんに朝昼晩の三回分を届けてね」牛乳の配達係はジローだ。「回虫の坊やと喘息のケイくんには、コップ一杯でいいわ」

そこまで手配すると、リンダは、ようやく一息ついた。部屋の隅にテルと幼児が、向かい合って握り飯を頬張っている。忘れてたあ、とリンダ。急いで、コトに牛乳を沸かすように頼む。「コトさん。蜂蜜ある?」直接コトに話しかけても、肩越しにジローの口訳が飛ぶので、皆には十分に通じている。「蜂蜜をとかして甘くしてね」

蜂蜜入りミルク椀を母親に見せると、カズを抱き寄せる。「テルさん。よく効くお薬よ」椀を一口、カズの瞼がパチンと撥ねた。彼が、生まれて初めて味わう甘さだった。夢中で椀に両手を伸ばして、ミルクをせがむ。

「カズちゃん。もうすぐ歩けるようになるからね」テルには、リンダのミルクは西洋の妙薬に映った。カズは、ゲップして喉元に白い泡を吹いた。「テルさん。もうしばらくしたら、かならず歩けるようになるからね」さり気なくリンダは、母親に暗示をかける。なによりも、彼女に希望を与えねばならない。「今夜と明日の朝に飲ませてあげてね」コトが差し出す竹水筒を握りしめ、テルは、幾重にも畳に額を打った。

昼過ぎて、軒先でジローが、見知らぬ女とひそひそ話をしている。病人、とリンダは察した。金髪の女医者は畏れ多くて、まず村人はジローに相談する。どうやら深刻な病気らしい。彼女キンの舅《しゅうと》が、二年前に中風《ちゅうぶう》に倒れて寝た切りという。中風は中気ともいい、脳出血などにより半身不随や手足の麻痺を遺す。ジローの説明は要を得ているが、リンダには未だ中風という病名が掴めない。

とにかく、往診に出かける。広場を過ぎると、木蔭に寝そべったまま、ユキがヒラヒラと手を振る。「ユキさん。歩いた方がいいわ。すこし運動しなくてはダメよ」薬品箱を抱えたまま、ジローが、ユキに彼女の言付けを伝える。

往診は、東側の端の家だった。老人は、生きた木乃伊《ミイラ》のように仰臥していた。身体の左側の手足が麻痺し、ウォウォと言葉にならない呻きを洩らす。脳卒中と診た。脳出血や脳梗塞により、脳が急激な血液循環障害を起こす。半年以上も経ってしまっては、もう不随も硬直も治らない。右手首を紐で縛って柱に繋いでいる。リンダの声音が上擦っていた。「どうして縛っているの?」ジローを通してキンは、「ヒドク暴レルノデ…」と消え入るように答えた。痴呆もでているようだ。

胸をあけて聴診し、手足から背中の麻痺を念入りに触診する。寝巻や布団はこざっぱりとし、体は垢や汚れもなく、長患いなのに背や腰にただれがない。思わずリンダは、「床擦れがないわ」と呟いた。「だれが看病しているの?」

その問いは、引き裂くような怒声に掻き消された。髪を振り乱した老女が、血相変えて部屋に駆け込んできた。その剣幕にリンダは、壁際に後退りしていた。病人の枕元に仁王立ちになって、老女は、真黒い歯を剥き出して罵声を浴びせる。慌ててジローは、立ちはだかってリンダを守る。「勝手ナコトスルナ!」と、女房クマは、両手に草履を掴んだままわめき散らす。

キンは、裸足で土間の隅に逃れていた。「ダレガ呼ンダ!」クマは、西洋女を呼んだ嫁に片方の草履を投げつけた。「ソーリーソーリー」裸足のまま土間に飛び下り、リンダは、震えあがるキンを庇う。「奥さん。わたし、すぐ帰りますよ」彼女は、鬼面の女房を必死に宥めた。「…あなたのケアは素晴しい。グレートです」心ならずも、亭主は自分が看る、というクマの意地を傷つけてしまったのだ。下駄を抱えてリンダは、戸口へ後退りしながら哀願する。「奥さん。わたしがいけなかったの。お嫁さんを叱らないでね」

クマの釣り上がった両眼は、リンダとジローを右に左に睨んだ。このときやっと、若者が異人言葉を矢継《やつ》ぎ早《ばや》に通訳していると気づく。西洋女の言葉と知ると、彼女は、憑きものが落ちたように鎮まった。キチンと看病している—その自負がクマの気丈を支えていた。だから、亭主を誰の手にも触れさせたくなかったのだ。だが、介護を労《いたわ》るリンダに絆《ほだ》されて、もう一方の草履を離した。

二人は、ほうほうの態で退散した。

「ジロー。よけいなお世話だったのね」珍しくリンダは愚痴を零した。舅夫婦を気遣う嫁の求めに軽々に応じた、とジローも悔んでいた。「でも、乞われれば看るのが、わたしの役目なのよ」クヨクヨせず、彼女は恬淡と言った。「ジロー。ミルクは持っていってあげようね」一瞬、呆れて、リンダを見上げた彼の目に涙が滲んだ。

二七

途中、気分晴らしに広場に立ち寄った。ここは、リンダの好きな憩いの場である。

蓙の上にユキの太鼓腹が揺れている。横に坐ると気配に醒めた。「ユキさん。大きいねえ」と微笑むリンダ。羞じらむ面《おもて》に一筋の翳が過った。初産の怯えか、オーケーね？と窺う。ためらいながらユキは、横腹に二本指を当てた。リンダは、「予定日まで、あと二日？」と問い返す。するとユキは、思い切って二本指を立てた。

「エェッ。ツインヅなの！」思わずリンダは、素頓狂な声を上げていた。頷く彼女の両手を握って、ワンダフル！と連発した。「ユキさん。一遍に双子のベイビーなんて、神の思し召しよ」十字を切って喜ぶ彼女は、妊婦の憂色に気づかない。

診ていい？と悪戯っぽくねだった。彼女の腹部に聴診器を当て、臍《へそ》周りから静かに移動させる。胎児の足が、内から張り切った腹を次々に蹴る。「元気ねえ」紛れもなく彼らの心音が、別々の方向から聞こえる。か細いが、途切れることのない鼓動…。遠くに母親の重たい搏動が波打つ。大小三つの心音は、三方から呼び合うように響いている。その精妙なリズムに、リンダは陶然と聞き入った。図らずも、母体の奏でる三重の音色は、彼女をしばし神秘の胎内に誘った。「ユキさん。ほんとに双子ね。素晴しいわ」

水飲み場から、ジローが手招く。そのしかめっ面に、どうしたの？と問う。

実は、この国では、双子の誕生は決して愛《め》でたいことではなかった。古来、二子や三つ子は獣腹《けものばら》と称し、不吉で不浄なものと嫌忌された。産後すぐに間引くか、内々に貰い子に出され、片方は闇から闇へ葬られた。それは貧困ゆえ、口減らしの口実でもあった。ケモノのおなか…リンダは、棒を呑んだように黙り込んだ。あの可愛い赤ん坊を抹殺する…吐き気を催し、彼女は、初めてこの国の因習を嫌悪した。

ジローは、御主人のうけたショックにうろたえた。いえ、現在では嬰児の間引きはないと、彼は懸命に弁明する。過去のこととはいえ、日本人のイメージを穢す情報だった。もう間引きはないが双子は喜ばれない、と伝えたかったのだ。彼の拙ない言い訳は、リンダには理解不能だ。悲憤を抑え切れぬまま、彼女は、莚のユキを小暗い遠方に見た。

ジローは、命に鈍感に育ってきた。人の死は日常茶飯であったから、繊細や軟弱では生きられない。比してリンダは、命に鋭いほど敏感であった。「ユキさん」莚に戻ると、つとめて朗らかに話しかけた。「ベイビーは二人とも元気よ。…お産のときは知らせてね」

彼女は、双子の命を見守るつもりだ——ジローはリンダの思惑を察した。果して監視が必要なのか否か、実のところ彼にも分らない。江戸と明治の逆巻く時世、生まれでた双生児がどう扱われるのか。「かならず呼んでね」掌《てのひら》で腹を愛でつつ、ユキは深々と頷いた。

二八

朝餉、塩揉みした茄子《なす》を食した。朝方、縁台に置いてあった取り立ての小茄子だ。誰からの謝礼か、コトは、もう一々言わない。それほど毎朝、縁台の賑わいは絶えない。

両脇に簾《すだれ》を抱えて、ゴンが二階に上がってきた。日差しが強くなってきたので、日除け用の葦《よし》を編み列ねた垂れ簾を抱えている。彼は、手際よく窓一面に掛け垂らす。葦の香を漂わせた風が、簾の隙間を波のように吹き抜けていく。「ウワォ!」

階下から、「患者さんです」とジローが呼ぶ。主人に断わりもなく、「まるや」はリンダの仮診療所になっていた。誰も不思議に思わない。

乳離れして間もない二歳のケイ、昨夜、急に高熱を発した。若い母親フミの両腕にぐづる。潤んだ目、熱い吐息、額や頬も熱っぽい。喉を診るが、風邪か?。体温計はくわえられないので、ジローに脇の下を押さえさせる。彼は、もう欠かせない看護助手だ。検温の間もケイは、母親の膝に太い両足をバタつかせる。一〇〇°Fを越しているが、グッタリしていない。「風邪じゃあないわね…突発性発疹?」リンダは、急かずに自問自答した。

胸元を開けて、熱冷ましのバジリコン軟膏を塗った。くすぐったがって、ケイはキャッキャと笑いこける。「お母さん。冷たい手拭で脇の下を冷やしてね」彼の両足首を握ると、「ケイちゃん。ちゃんとおネンネしてね」とあやす。夕方に往診すると、母親を安心させる。江戸の昔から、離乳の頃にでる原因不明の発熱は、知恵熱と称された。発育に伴う熱なので、大事には至らないとされていた。高熱がでる割には元気で、三日ほどで急に熱が下がって、薄い小さな発疹がでる。イングランドでは、突発性発疹と事後に診断した。

昼前、妙な荷物が届いたと、コトが不審そうに告げる。麻布を重ねて巻いた太い袋だ。解いていく布から匂い立つ燻《いぶ》した肉の香り。「ロースハムよ！」と、リンダは小躍りした。すっかり忘れていたハムだった。注文して四日目に東京から配達された。この国でロースハムが生産されるのは、一九二一年（大正一〇年）なので、まだ希少な輸入品であった。

固紐でグルグルに縛った三〇センチほどの筒状の肉の塊―気味悪がるジローとコト。鼻歌まじりにリンダは、野菜包丁で肉塊を端から切り分けていく。「ハムは、豚肉を燻製にしたものよ。イングランドでは毎日、食べてるわ」〝燻製〟が訳せないでいるジローの口に、薄い一切を押し込んだ。思わず噎せて彼は、肉片を噛み締めた。生臭い匂いのあと、豊潤な生粋の味わいが口内を満たした。たしかに、彼らは肉食人種だ―ジローは、西洋人の正体を思い知った。鼻紙で包丁の脂を拭いながら、リンダはご満悦だ。

「リンダさんは、食べないのですか?」彼女は、ジローの勧めをサラリと受け流した。「これは病人食よ」

「マツさんね」リンダの切るハムを、ジローが三切れずつ笹の葉にくるむ。「これはデンさんね」念のためジローは、クマさんの夫はどうするのかと尋ねた。「あァ。あのおっかない奥さんね」と、彼女はしばし思案した。「彼女の名は、熊なんです」と、ジローは微苦笑した。「Bear?。ほんとうなの?」〝コウノトリ〟につづくジローの冗句と、彼女は勘違いした。「そう、熊さんでもハムはねえ」半身不随の病人に食べさせるには、難儀な食物だ。

彼らは、足取り軽く病家を巡る。母親キイは、舶来の滋養食に涙ぐむ。恐る恐るマツは、丸いハムの切れ端を噛み締めた。よっぽど不味かったらしく、目を白黒させて呑み込んだ。デンは、所在なげに壁にもたれていた。リンダの差し出す一切をホクホクと食べる。舌なめずりをしながら、彼は、おもむろに台所を指した。振り向くと、新しい板壁が見えた。ウワォ!と、リンダは歓声をあげた。馬屋の入口に新木の板材が張られ、四隅まで仕切られていた。木こり仲間に手伝ってもらったのだろう、馬蝿の翅音は消え馬糞の臭いも薄れている。「早いわねえ。デンさん。ありがとう」

デンさんが約束を守った！、ジローは感奮した。「デンさん。グレート・マンよ！」リンダに褒められて、彼は、剥製のように壁に張り付いた。だが、これからは昼も夜も一々、外を回って反対側の戸口から出入りしなければならない。飼主と離されて、馬も寂しがって騒ぐ。

クマの家には、ジロー独りでミルクと卵を届けた。バツが悪そうだが、彼女は、亭主が好むと素直に受け取った。五分刈りに伸びた孫のようなジローには、逆らわない。台所の奥で、キンが幾度も合掌する。

二九

他愛ないお喋りをしながら、二人は姉弟のように笑う。

「まるや」に戻ると、旅装の男女が畏《かしこ》まって畳に平伏した。紺のブレザーに同系統のズボンと、地味なブラウスに厚地のスカート。夫婦とも、バタ臭い洋装が極まっていた。彼らの後ろに、ビロードの膝掛をした少年が臥っている。初老の父親ダイは、折り目正しく正坐して来意を捲《まく》し立てた。「ジローー。イントネーションが違うわねえ」彼らは、若松を発って馬を乗り継いだ。抑揚が栃木とは異なる福島弁である。江戸の昔、〃訛りは国の手形〟といわれた。ジローは、「福島のローカル言葉です」と囁く。

ダイは、元郷士（農民上がりの武士）の出であったが、事業を興して武家の商法なのに財を成した。独り子のジュンが、一ヵ月前から元気がなく、病院で脚気《かっけ》と診断された。若松には脚気が流行し、入院患者はバタバタと死んでいる。原因不明で治療法もないと、医者に匙を投げられた。藤野村の金髪の女医者の評判を耳にし、矢も盾もたまらず三日をかけて来たという。

一気に語り終えると、彼は、畳に片手を滑らせて厚手の袱紗《ふくさ》を差し出した。リンダは事もなげに、「ジュン君が治ったら、もらいます」と断った。見当していたらしく、ダイは、滑るように袱紗を取り下げた。やっぱり治療代は貰わないんだと、ジローは、得心する一方で勿体ないと気落ちした。当然の労賃なのに、彼女は見返りを求めない。

少年は、骨が抜けたように畳に伏せている。「幾つ？」と問うと、傍の母親シズが十四歳と五ヵ月と答えた。旅疲れも重なって、蒼白い繊弱な面立ちが痛々しい。「ジュン君」と舌圧子を寄せると、素直に舌を出す。指先でトロンとした目蓋を捲った。とにかく膝から下がだるい、と脇からダイが重ねて訴える。ズボンの裾をあげて、ふくら脛《はぎ》を押すと、ボタン大に白く窪んだ。浮腫《むくみ》が見られる…実のところ、リンダには脚気という病気が掴めない。「ジロー。カッケって何なの？」新潟でも風聞は耳にしたが、彼には英訳は分からない。

江戸の時代、江戸表へ入った武家や商人は、まもなく脚気を患い千辛万苦した。帰途、箱根山を越えると平癒したことから、〝江戸煩《わずら》い〟と称した。同じく上方では〝大阪腫れ〟と呼ばれ、大きな都市に必発する奇病であった。

彼女を注視していたダイが、ジローに診察法が足りないと抗議する。訝しがるリンダに苛立って、彼は、息子の右膝を左膝の上に組ませた。それから、おもむろに手刀で膝の凹みを叩いた。足は組んだままで反応はない。なに?と、彼女は眉をひそめた。憤然としてダイは、ジローに同じ姿勢を取らせる。軽く手刀を打つと、彼の片足は反射的にビクンと撥ねた。まるで、宙を蹴るような勢いだった。

「ホラ!」脚気の診察法も知らないのかと、彼は、腹立たしさを隠さない。リンダは手刀を真似たが、たしかにジュンの足はピクリともしない。ジローを打つと、バネのように揺れた。…これがカッケの症状。要するに、膝の皿状の膝蓋骨《しつがいこつ》の腱《けん》を叩くと、膝関節が反射的に伸びる。この膝蓋腱反射は、末梢神経を冒された脚気患者には見られない。いわば、脚気診断のポイントであった。

両親の過大な期待は、一挙に萎んだ。一縷の望みも消えて、シズは深い落胆を隠せない。診療中、患者家族の信頼を失うことは少なくない。だが、リンダは、彼らの不信に怯んではいられない。「ジロー。二階で休ませてね。ミルクをあげてね」

先刻からリンダは、忘れかけていたエディの医療情報を手繰《たぐ》っていた。この国には、ベリベリという風土病が多発している。マラリアと同じく一種の病毒による伝染病で、インドから東南アジアの米を主食とする地方に蔓延《はびこ》る。症状までは分からないが、彼女は、今更ながらエディの才智に深謝した。イングランドにはない病気だが、ベリベリが彼らのいうカッケではないか?。ジローに、beriberi とメモを記しても通じない。

すでに、一八七八年（明治十一年）に、東京本郷に脚気病院が開院していた。その年の五ヶ月間に脚気患者は一〇九六名、入院患者一九九名のうち三一名、十五・六パーセントが死亡した。明治時代を通じて、患者は百万人を下ることはなかった。死亡率は一～二パーセントだったので、累《るい》年一～二万人、乳児脚気を加えれば三万人は亡くなった。優に、肺結核による死亡数を超えていた。

実際、脚気は都会に多く田舎には稀で、兵士や書生に多く貧乏人や僧侶には稀だった。子供も罹ったが、急死するのは十人中九人は、多血強健で体格雄偉の若者であった。心臓を冒され、旬日にして死亡するケースも少なくなかった。この脚気衝心《しょうしん》は、迅速《じんそく》で激甚《げきじん》と恐れられた。

そんな知識はなかったし、リンダは、藤野村では脚気患者を一人も診ていなかった。東京や若松には多発するのに、なぜ、ここの村人には発病しないのか?……どうにも解《げ》せない。彼女の脳裡に、素朴な疑問が染みのように広がっていく。

夕方。難問に挑みながら、リンダは、突発性発疹のケイの往診を忘れない。熱は引かないが、布団に寝そべったまま相変らずキャッキャと暴れている。「ケイちゃん。元気ねえ」彼の乳臭い腹をくすぐりながら、彼女は、母親に見通しを告げた。「フミさん。あさって頃には、熱が下がって小さな吹き出物がでますよ。でも、じきに消えてしまうから、心配ありません」リンダのご託宣《たくせん》!。両手を舞いあげると、フミは、そのまま畳に平伏《ひれふ》した。ふつう突発性発疹は、三日ほどで発疹がでて治癒するので、決して神の予言ではない。彼女を鎮めようと、リンダは念を押した。「ミルクはあげてね。十分に水分を与えてね」

階段箪笥の下で若松の夫妻は、黙々と夕餉の膳を前にしていた。彼らは明朝、若松に戻る馬の手配を済ませた。コトが、シズのまえに盆を差し出した。ミルク、ハム、半熟玉子、沢庵、五分搗きの玄米粥、と豪勢なジュンの夕食だ。病人に精がつく食餌である。一瞥してダイが、吐き捨てるようにコトを叱責した。「息子ハ黒米ハ食ベナイ」

ブラック・ライス?と、リンダはジローに目を遣る。黒米《くろごめ》に当てた漢字が玄米《げんまい》なので同義語であったが、彼女はブラック・ライスを蔑称と解した。英語では、玄米はブラウン・ライスと呼んでいた。

「ジュン君は、白米だけ食べます」ジローは、白米しか食べないと言い直した。玄米を精白した精米を白米という。「白米ハアリマセン」と、コトが、怖じずに父親の強要を断わった。さすがに、声を荒げたことを恥じて、ダイは目蓋を伏せた。

そのとき、リンダに神の啓示が閃いた。

本来、裕福な家庭に育つジュンが、栄養失調になる筈がない。しかし、食欲はなく体力が落ちてだるくて疲れる。食欲減退、慢性疲労、全身倦怠感という症状だ。何かが不足していると、彼女は焦慮した。東京や若松では日々、玄米を精製した白米を飽食し、藤野では五分搗きした玄米を常食する。東京では大工や左官など職人は、一日に五合（約一キログラム）の白米を馬食した。商家の奉公人や書生は、その半分を主食とした。軍隊では三度々々、銀シャリを食べられる。この国の食習慣は知り様もないが、リンダは、彼らの主食のちょっとした違いに刮目《かつもく》した。その些細な差異が、天国と地獄に分けるのではないか。

階段の後ろからリンダは、盆を両手にしたシズを急かす。「お母さん。時間かけてもいいから、御飯ぜんぶ食べさせてね。まず栄養ですよ」シズを追うコトの肩を止めると、「コトさん。夜中に、もう一食だしてね」と耳打ちした。そして、目を見張る彼女に追い打ちを掛けた。「ブラック・ライスをそのまま炊いてください」

思わずコトは、ジローに助けを求めた。「黒米ハマズイデスヨ」リンダは、にべもなかった。

「まずいのは仕方ないわ」優先順位は、味より滋養だ。米穀の知識はなかったが、彼女の第六感は白米と隔たった黒米を選択した。

夜風に遊ばれて酒盛りのざわめきが、窓の簾から吹き寄せる。ホロ酔い半分にゴンとジローが、ダイの誤解を諭している。囃しながら宴の常連が、リンダを金髪の観世音菩薩《かんぜのんぼさつ》と慕い崇《あが》める。体裁振りながらダイは、しきりに酔眼を泳がせた。

リンダの横にシズの布団が敷いてある。彼女は、隣りの男部屋の息子に寄り添う。言葉は分らないが、駄々をこねるジュン、宥めるシズの声が洩れてくる。イングランドでは子育ては厳しい。この国の親は甘すぎると、リンダは不機嫌だ。ダイとジローが、縺れながら階段を上がってくる。シズが音もなくリンダの隣に伏せた。天井から闇が静々と畳まで下りてきた。

一刻も経たないうちに、コトの忍び足がした。ジュンの夜食である。目ざとくシズが、静かに布団を抜けた。リンダは眠っている。愚図るジュンを宥め宥め、シズとコトは、少しずつ深夜の食事を摂らせる。ダイとジローは、傍らで白川夜船だ。食欲が不振のうえ、ジュンは夕餉で腹は十分に満たされていた。仄暗い行灯のもと、夜食は遅々として進まない。

ようよう夜食を終える。半眠りのままジュンは、うわ言を口走り両足をバタつかせる。

下腿のだるさ、かったるさ、重み、痺れ…シズとコトは、代わる代わる浮腫んだふくら脛《はぎ》を擦り揉む。息子の苦悶に耐え切れず、シズは、ウロウロと廊下を這う。コトは健気に両手を休めない。明け方になる頃、ジュンはようやく眠りに沈んだ。

朝方、リンダは、階段の踊り場に頬杖をつく。階下の草箒と柏手の音を聞くのが、朝の日課になっていた。寝不足に目を腫らしたコトが、ジュンの早い朝餉を運ぶ。途中リンダに碗を覗かせて、ニコッとした。初めて目にする黒い艶やかな粥であった。彼女は、「これがブラック・ライスね」と呟いた。果して、この黒米がベリベリに効くのか―確信はなかったので、自信と不安が交錯した。

実に、脚気はたわいのない病いであった。病因は、過剰の白米と貧粗な副食にあった。だから、白米を減らし副食を増やせばよかった。一八八四年（明治十七年）、高木兼寛が海軍に脚気予防の兵食改良を断行し、水兵の脚気を激減させた。彼は、脚気の伝染病説を否定し、食物原因説を立証して、米食と脚気の因果関係を突き止めたのだ。しかし、体外摂取する微量な必須の栄養素―ビタミンは未だ発見されていない。一九一〇年（明治四三年）と翌年に相次いで、米糠《こめぬか》から抽出されたビタミンB_1が発見された。このときまで脚気が、ビタミンB_1欠乏症であることは解明されない。

美味を求めて玄米を精白し、折角の米糠に含まれたビタミンB_1を除去していた。玄米の一〇〇グラム中のビタミンB_1含有量は、〇・三六ミリグラムであった。それを精白米にすると、〇・〇九ミリグラムに減った。リンダは、食事に玄米、牛乳、鶏卵、ハムを推したが、おのおのの効能は知る由もない。含有量は、牛乳は〇・〇三ミリグラムに過ぎず、鶏卵も〇・一ミリグラムと少ない。豚肉のハムが〇・四―〇・六ミリグラムで、もっとも多かった。

つまり、玄米とハムがジュンの肉体に、欠乏したビタミンB_1を洪水のように補給することになる。まさに、干天の慈雨であった。さらにリンダは、闇雲に一日四食に増やして、ビタミンB_1の大量投与を試みたのだ。

二階の男部屋に上がったきり、コトは下りてこない。シズとともに、懸命に嫌がるジュンの口に木匙を与えている。

三〇

縁側から手を伸ばして、リンダは、縁台の枝に実をつけた苺《いちご》を摘んだ。紅葉《もみじ》苺という橙《だいだい》色の食用苺である。誰の礼物か知らないが、まだ小粒ながら甘い舌触りだ。

路向うに、怪鳥のような叫びがした。また、急患だ。

女に肩を支えられて、白髪の男―よろめきながら裸足を引き摺っている。着物がはだけて、解けた褌《ふんどし》が地べたに尾を引く。外傷はないようだ。やにわに、わめきながら道端に向きだしの男根を突き出した。小便がしたかったのだ。下腹を掻きむしり地団太《じだんだ》を踏むが、一滴もでない。「ジロー。尿がでないのね?」女房タメが、無理矢理に連れてきたらしい。「ハイ。おしっこがでません」亭主テツはリンダに猪突し、框に立つ彼女の足にむしゃぶりついた。その馬鹿力によろけて、ジローに支えられた。「イバリガ出ナイ!、出ナイ」畳に寝かせても、ワァワァと手足を激しくバタつかせる。「苦シイ!、助ケテクレ!」

ジローとゴンが、手際よく四肢を抑えつける。臍下がボールのように脹《ふく》れている。尿道が詰まって尿が膀胱に溜り、パンパンに膨張しているのだ。「尿はいつから出ないの?」オロオロしながらもタメは、昨日の夜から出なくなったと言う。「それまでは良く出ていたの?、チョロチョロだった?」亭主のイバリのことなど分らないと、彼女は口をへの字に曲げた。

むんずとリンダは、彼の縮まった男根を握った。ヒャアと叫ぶテツ—構わずに指先で押しながら、尿道に石があるのか感触を探る。尿道結石ではないようだ。彼はヒイヒイとわななき、リンダの手を払おうとする。「イバリガ出ル!、イバリガ出ル!」小便をさせろと訴えるのだが、リンダはすげない。頻々と激しい尿意を催すが、尿道が閉塞《へいそく》しているので排尿できないのだ。急性尿閉…このままではショック死してしまう。尿は刻々と膀胱を脹らませる。尿袋が破裂する前に、排尿させねばならない。

七転八倒する男は、二人では抑え切れない。若松の夫妻が、階段の途中に固唾を呑んでいた。「ダイさん。手伝って！」リンダに呼ばれて、ダイは転がり下りる。「コトさん。なにか油はある？」往診バッグの止め金を撥ねる。コトの差し出す盆に、十二インチ（三〇センチメートル）の細いビニール製のチューブと銀製の細いワイヤーを浸した。盆の菜種油に指が滑る。ワイヤーを軟かい薄いチューブ管に通して、先端に丸い銀の頭を出す。

「抑えていてね。ジェントルメン」彼らに合図すると、彼女は男根を掌中にした。剥きだしの尿道口に、油に塗れたビニール管をソロソロと挿入する。銀の頭が真直ぐに尿道を押し広げながら、静かに柔らかに奥へ進んでいく。「男性の尿道は長いのよね」とリンダ。冗談とも本気ともつかない声音だ。幸い、結石には当たらない。「石はないようね…」

チューブ管が三分の二ほど挿入したあたりで、止まった。固く閉塞されていて、押しても進まない。前立腺が肥大して尿道と膀胱を圧迫し、排尿困難にしているのだ。彼女には、前立腺肥大症の医学知識はない。注意深く銀の頭を押しながら、狭窄した尿路を四方に広げていく。道管を傷つけては感染を招くので、手加減しながら徐々に奥へ進入する。

不意に、スポと指の圧が軽くなった。膀胱内へ抜けた！…銀頭を押す指に抵抗がない。「お爺さん。すぐに楽になるわよ」チューブを膀胱内に深々と差し込むと、管内のワイヤーを静かに引き抜いた。これで、膀胱と尿道口が管《くだ》で繋がった。リンダの処置は果敢《かかん》だ。患者の股下に小さな盥を置くと、尿道口から突きでた管の先端を口に含む。テツを抑え込んだまま三人は、彼女の行為を信じがたい思いで凝視した。一息、大きく管を吸引するなり、手早く導尿するチューブを盥に垂らした。空気圧で吸い出された膀胱内の尿が、管の口からほとばしり、乾いた盥にブルブルと飛び散った。みるみる赤黄色い尿が、湯気を放ちながら盥の底に渦巻く。

ウワァ！とテツは絶叫し、そのまま腑抜けたように全身が弛んだ。その拍子に三人は、のけ反って尻餅をついた。管内を尿が疾走し、魂が消失するような唸りが続く。辺りに、小便の臭いがムンムン漂う。仰向いたままテツは、喉を震わせて狂喜した。洗濯板のような胸と腹が波打ち、じきに臍下がペチャンと元の皺腹に凹んだ。

次の瞬間、身を翻して彼は、畳に板のように這いつくばった。窪んだ眼窩から赤涙を飛ばし、平蜘蛛《ひらぐも》のように平身低頭する。「アリガトウゴゼエマス！、アリガトウゴゼエマス！」この国の人のお辞儀には慣れたが、さすがにリンダも閉口した。そのあとテツは、着物の両裾を握ると、男根から管を垂らしたまま、祭のように踊り踊り出ていった。その滑稽さよりも、わずか数分の豹変に皆、呆気に取られていた。と、小便の盥を抱え込むや、タメが、「洗ッテ返スネ！」と一目散に亭主を追った。無様《ぶざま》に恥を晒して、彼らは居たたまれなかったのだ。「お爺さん…名前も聞いてなかったわ」と、リンダは苦笑いした。

ジローは、付け放しのチューブの始末を問う。「また出なくなるけど…垂れ流しだから、あとで外しにいきましょう」

先刻から若松の夫妻が、階段下に平伏している。昨夜来の無礼に恐懼《きょうく》し、リンダの医術を目の当りにして心底畏《おそ》れ入っていた。

三一

とんだ急患で、デンの往診が遅くなった。両手を払いながら、サブが、馬屋の反対側から歩いてくる。手習所の昼休みに、干草を与えにきたのだ。「遠イ。馬遠イヨ」と、悪戯っぽくリンダに不平を鳴らす。「サブちゃん。ちゃんと手洗うのよ」とリンダ。「オーケーオーケー」と、コトの口真似をする。

山仕事にでたくて、デンはムズムズしていた。「デンさん。じきに杖ついて歩けるわ」壁を背に彼は、後ろ手にもぞもぞと落着かない。面白がってサブが茶化した。「爺ィガリンダサンニ、プレゼントダッテサ」彼は時々、英単語を混ぜる。やんちゃな孫を叱りながら、デンは、おずおずと片手を差し出した。一目、香りの匂う桐の下駄だ。原木を削り、太い鼻緒を結んだ手作りのサンダルである。思いも掛けない老人の贈り物に、彼女は動転した。年に似ずデンは照れて、薄い髪を掻きむしった。

桐下駄を指して、サブが笑いこける。「ジロー。分かるわよ」と、リンダは泣き笑いした。「でっかい下駄だって、言ってるんでしょ」たしかに、一二インチ弱（三〇センチメートル）はある。江戸歌舞伎にでる武蔵坊弁慶《むさしぼうべんけい》の下駄だ。恐る恐る彼女は、新調の大下駄に太い指を通した。歩きやすいように下駄の歯は低くしてある。「軽いわねえ。履きやすいわあ」

派手な縞模様の丈夫な鼻緒が目立つ。「エゲレスノ国旗ノ色ダヨ」と、サブが得意げに教える。「エェッ。ユニオン・ジャックなの！」片足をあげて鼻緒を見るリンダ。「ほんとうねえ。赤と青ね」という彼女の声は潤んでいた。エへと鼻を擦ると、サブは、「爺ィニ教エテアゲタ」と自慢する。桐下駄を鳴らしてリンダは、彼の額に大きな音をたてて接吻した。「サブちゃん。サンキュー」

三二

両肩を落として、コトが階段を下りてきた。小さな唇を噛み締めている。ジュンが、不味《まず》いと玄米粥を食べない。半熟玉子もハムも、飽きたと寄せ付けない。「聞き分けのない子ねえ」とリンダは舌打ちした。慌ててコトが、ミルクは飲むと庇い立てする。彼の命の糧だからと、リンダは一歩も引かない。「とにかく食べさせてね」

しばらくしてコトは、台所から両手に椀を捧げてきた。温い味噌汁椀と底に一掴みほどの米糠を入れた椀だった。むろんリンダは、米を搗く様など知らない。円筒の重い石を重ねた挽臼の間に玄米を流し入れて、臼を回して搗く。それで、玄米の外皮が取れて精白され、搗かれた外皮は粉になる——これが米糠である。米俵一俵六〇キログラムから、およそ一割の六キロの米糠が取れる。滓《かす》だが、肥料や漬物の糠漬けに使うので、農家では調法する。

珍しそうにリンダは、黄白色の細かい粉に触れた。「コトさん。これが黒米についているライス・ブランなのね」rice bran は米糠をいう。するとコトが、思わせ振りに椀底の米糠を味噌汁椀に降り注いだ。一瞬、キョトンとするリンダ。「あァ。食べやすいわね」と頷く。だがコトは、空の椀を振って真剣に問うた。「ノー・ブラック・ライス?、ノー・ホワイト・ライス?」

あッ!と、リンダは一喝された。玄米と白米の違いは、米糠がついているか否かである。主体は米ではなく、米糠のほうなのだ。だからコトは、玄米の米も白米の米もいらない?と指摘しているのだ。このとき、栄養素の源は米糠!と、リンダは確信した。もう二度も三度も無理強いして、米を食べさせることはない。米糠の粉末を溶かせば、たやすく滋養分だけ摂取できる。彼女は、コトの発案に舞い上がった。
「コトさん。米糠入り味噌汁は、最高よ！」

三三

興奮冷めやらずリンダは階段を上がる。段々を鳴らして、下りてきたコトと鉢合わせした。不味くて飽腹な玄米粥は止めると聞いて、ジュンは咽び泣いた。よっぽど我慢して、呑み込んでいたのだろう。米糠入り味噌汁を喜んで啜り、米糠が入って味の変わった、ミルクと茶も飲み干した。もう無理強いすることはないと、コトは涙ぐんでいた。

襖越しに男部屋の母子の気配を耳にして、リンダは、行灯の蝋燭に火を付けた。その途端、開け放した窓から黒衣の怪鳥が飛び込み、歯軋りをたてて彼女の耳元を掠めた。「キャー」、悲鳴をあげて崩れるリンダ。畳の角に霜降りの両翼をひろげて、爛《らん》々たる怪鳥がカァと赤い口を剥きだす。障子の開く音に重ねて摺り足が走った。シズが、片手で茶褐色の怪鳥の背中をむんずと掴んだ。暴れるままに、外れ落ちた簾の隙間から闇の向うに放り投げた。簾を元に掛けると、彼女は、ふたたび摺り足で退出した。

腰が抜けたまま、リンダは、シズの鮮やかな手並みに呆然としていた。夜に飛翔する山蝙蝠《こうもり》が、蝋燭の明りに迷い込んだのだ。イングランドでは、コウモリは不吉な使者とされている。あの不気味な体毛を、素手で握る図太さには敵わない。

この国にきて、悲鳴をあげたのは二度目だ。三度目があるかもしれない…。

朝の清々しい響きが、聞き覚えのある少年の叫びに破られた。デンさんが急変?、そんなはずはない。廊下に走りでるジローの足音。息せき切ってサブが、手を切って血が流れていると伝える。彼の斜め向かいの家の女ミツが、怪我をしたらしい。コトの差し出す冷い手拭で、寝惚け顔を一拭いする。カタカタと、桐下駄の乾いた音が路傍に撥ねる。怪我人はグッタリと横臥していた。着物の裾も素足も泥塗れだった。肩越しに白磁のような腕が畳に垂れていた。血止めの手拭が肘の手前に縛ってある。手首に数ヶ所、大小の浅い切傷が見える。明らかに刃物による躊躇《ためら》い傷だ。

傍らに、同年配の女が泣き伏している。明け方、布団が裳《も》抜けの殻なので、裏山を捜したら杉の根元に倒れていた。小包丁で自殺を図ったが、死に切れなかったのだ。リンダは、すぐには手を触れない。横向いたままミツは、蝋人形のように動かない。自害を果せなかった絶望に声は掛けられない。キリスト教では、自死行為は許されざる教戒である。

リンダは奥に回って、手首を視診した。いずれも血は止まっている。目を移して、はだけた胸元に愕然とした。左の乳房が紫陽花《あじさい》色に異様に腫れている。下半分は石榴《ざくろ》のように崩れて、赤黒い腫瘍の塊りが群れていた。思わず彼女は目を逸らした…乳癌。

この国では、乳岩と恐れられた死病である。平成の世では、抗生物質や早期治療により、多くの疾病は病状が進行せずに治癒する。ところが古来、病いは療治法がなく、病状は容赦なく進行して典型的な症状を呈した。典型的な症状とは、末期症状を意味する。ただし、癌腫は初期でも末期でも、どの道、手の施し様はなかった。当時、もとより病人の延命という概念はない。

出稼ぎにでていた夫は三年前、粕壁で懇《ねんご》ろになった女と逐電《ちくでん》した。二十五過ぎても子宝に恵まれず、ミツは、黙って亭主の帰りを待った。兄を恨みながら、小姑《こじゅうとめ》のマサは、気兼ねしつつ嫂《あによめ》と二人で暮していた。一年ほど前から体調を崩したらしいが、ミツは、頑《かたく》なに乳房を隠して見せなかった。若いから進行は早い。彼女は極度の欝状態に陥り、自害の願望に衝き動かされていた。

綿条の傷口にヨードを塗ると、リンダは、裂け目を合わせて絆創膏《ばんそうこう》を貼った。その間、ミツは、能面のように身動ぎもしない。しばらくは、ふたたび死の淵に躙《にじ》る余力はないだろう。リンダはマサを台所に手招いた。彼女の右足は、跛《びっこ》を引いていた。幼い頃に大怪我をし、そのまま不具になった。ミツと同い年だが、嫁の貰い手はなく〝行かず後家《ごけ》〟であった。江戸の時世、ふつう十五、六で嫁に行くので、二〇歳で年増《としま》、三〇過ぎれば大年増といわれた。

リンダは、台所の刃物や目につく縄紐を隠すようにマサに教えた。手持無沙汰だったサブが、はしこく動いて手助けする。「ジロー。また死のうとするから、目は離せないわよ」そうは言ったものの、マサ一人には重過ぎる役目だ。嫂と小姑の蟻地獄のような境涯に、リンダは暗澹となった。

三四

「まるや」の框に、往診バッグを置いて一息ついた。ハッと、幼児を抱いた女が走り寄ってきた。興奮していて舌が回らない。「吹キ出物ガデタ」と、しきりに繰り返す。あの突発性発疹のフミとケイ母子である。顔や首に小さな薄い発疹が表れていた。発熱から三日目、熱は下がっている。「吹き出物がでるの早かったわねえ」リンダは、ケイの小さな腹をくすぐった。母親の腕を両手で叩いて、彼は、キャッキャと笑い転げる。「ケイちゃん。もう大丈夫よ」

子供の病いも治した…土間に膝を折って、ダイが、深々と首《こうべ》を垂れた。彼は、ひとまず若松に帰る。リンダの差し出す手を両手で固く握り締めた。ジュンが、二階から手を振っている。馬上に振り返りながら、ダイは、頑張れと幾度も拳を突き上げた。シズは、軒先から気丈に見送っている。

　昼下がり、リンダは、自殺未遂のミツの所に出向いた。どうにも気掛かりだったのだ。冷え冷えと黙したままだが、朝方より面相は和らいでいた。ミルクは、トクトクと飲んだという。マサも落ち着きを取り戻している。彼女は、病人の足元に湯たんぽを差し入れた。かまぼこ型の陶製の足温器である。「足ヲ温メマス」足が冷えて眠れないらしい。頭寒足熱は古来、この国の健康法とされていた。布団の端から、そっと湯たんぽに触れた。「…お湯が入っているのね」と、リンダは嘆声をあげた。布団まで暖かくなって肌に馴染む。熱湯は徐々に冷めていくので、危なくない。「…温かいわねえ」

　明るい歓声が、陽射しの眩しい広場に飛び交う。

　大きな盥が二つ、母親と老婆たちが赤子や幼児を行水《ぎょうずい》させている。盥の水は朝から日向《ひなた》に置いているので温かい。撥ね散る水が燦々と輝いて、彼らの頭上に降り注ぐ。二つの輪の中には、臨月のユキとサラの姿は見えない。出産が近い…。そのさんざめきは、疲れたリンダの心を奮い立たせた。

　シズが、部屋の片隅で真鍮製の矢立を整えている。墨壷と筆入れを合わせた携帯用の筆記用具である。姿勢を正して彼女は、綴り和紙に墨色鮮やかに日誌を認《したた》める。その日の息子の病状と食養生と、リンダは知っている。その横で彼女も看護日誌をひらく。鉛筆を走らせたページが重なる。新しいページに乳癌のミツを書き込んだ。

昼下がり、椅子に凭れてリンダはご機嫌だった。行商人から買ったのだろう、コトが、珍しいお八つを椀に盛ってきた。彩り鮮やかな金平糖《こんぺいとう》—刺々のある小粒の洋風砂糖菓子である。リンダには、スウィーツ、キャンディ、ハニーが恋しい。糖分が足りないと血糖値が下がる、という知識はない。とにかく甘味に餓えている。一粒、一粒を口中に転がし、滴る甘い唾を喉に飲み込む。金平糖に陶酔しているので、彼女は、戸口の柱に女が張り付いているのに気づかない。ジローは、囲炉裏端で午睡《ひるね》している。とにかくリンダの手伝いは、突発的で、衝撃的で、緊急で、激甚で…疲労困憊《こんぱい》する。

金平糖を五粒ほど残して、鼻紙に包んで胸ポケットに入れた。空の椀を台所に戻そうと、リンダは簀の子を渡る。すると柱の女が、ずるずると框伝いに彼女に迫った。その気配に、「あッ。ベアさん…」と驚くリンダ。あの寝た切りの老人の女房クマである。慌てて言い直そうとするが、邦名が思い出せない。リンダに擦り寄ると、彼女は、ピタと巨体の横に張り付いた。「なぁに?」と、不安げに見下ろす。構わずクマは、片方の拳で彼女の掌をまさぐる。

目を据えたままクマは、大きな手の平になにやら強引に押し込んだ。訝しげにリンダは、

「なぁに？」と無理矢理に握らされた手を開いた。汗に湿って、小さく折り畳んだ紙片である。重なった紙を折り返していくと、十字に畳目のついた横長の紙幣が現われた。水兵を図柄にした薄橙色の壱《いち》円券である。低額紙幣だが、「まるや」一泊の宿賃に当たる。リンダはポカンとして横を見たが、もうクマの姿はない。

思わず両手に壱円券を翳して、「ジ…」と呼び掛け、そのまま絶句した。

三五

早朝、仄暗い二階の廊下に微かな咽び泣きがする。

廊下の板目にうつ伏して、シズが、細波のように背を震わせていた。毎朝、床を脱け出して、彼女は息子の様子を見る。男部屋の障子を一寸開けたとき、ジュンの寝息が耳に触れた…安らかな息遣い。一瞬、総毛立ってシズは、廊下に崩れ折れた。

この一ヶ月、ジュンは一晩中、手足を足掻き暴れて、悶々と寝入ることはなかった。うわ言を繰り返し、うなされて跳ね起きた。脚気の下肢の感覚異常が、若い体を苛んでいたのだ。息子が安眠している…彼女には、信じがたい光景だった。

リンダが覚めて、何事かと鴨居にお辞儀する。その足元にシズが両手で絡み付いた。膝をつくと、リンダは彼女を抱擁した。迫りくる息子の死に、藁をも縋る思いで金髪の女医者を尋ねた。それから僅か寄食四日目の朝であった。食餌は、ちょうど十回を数える。ジュンが穏やかな眠りを恢復《かいふく》した。母親は、彼の肉体から死の影が薄れていくのを目の当たりにした。神仏の加護は色褪せて、彼女には、リンダが菩薩に映った。

思いも及ばない著効に、リンダは夢現《うつつ》であった。やはり、米糠の大量投与が功を奏したのか。不安げに上ってきたコト…シズとリンダが双方から抱え入れる。部屋のジュンは大きく寝返り、ふたたびスースーと穏やかな寝息をたてた。脚気に妨げられた深い、長い、心地好い眠りを充足している。隣でジローが木偶《でく》のように眠りこける。シズとリンダの腕に抱かれて、コトはしゃくりあげていた。大粒の涙が絣の膝にポタポタと滴った。

急き立てられるようにシズは、巻紙に朗報の筆を走らせた。ダイが、待ち侘びる昨日の今日の便りである。毎日、街道を往復する郵便配達人に駄賃を握らせる。

久しぶりに、静かな朝餉のあとだった。ジローは、往診バッグの器具を丁寧に拭く。薬品箱も、ネーム札のついた薬瓶類を拭き、一つ一つガラス蓋を締め直す。御主人が病いと闘う大切な武器だ。「マッさん、良くなってますか?」珍しく、ジローから話し掛けた。「あの肺結核の娘《こ》ね」と、リンダの口は重かった。「彼女はまだまだねえ。三ヶ月、半年かかるわ。毎日少しずつ少しずつ…」

古来、この国には、〝薄紙を剥ぐように〟という言葉がある。病い快癒を表現する金言であったが、彼らは知らない。眉を曇らせてジローは、「でも、顔色は良くなったです」と賛意を求める。「ジロー。あの娘が好きなのね？」と、リンダは目を細めて冷やかした。配達を終えた彼が、縁側にマッと並んで坐っているのを幾度か遠見した。首筋まで朱に染めて、ジローは面を伏せた。この日本人のシャイが、リンダには今もって理解できない。「そんなに恥ずかしがることではないわ」彼女は、ジローの肩をポンポンと叩いた。

「グッド・カップル！　グッド・カップル！」

三六

陽は、簾越しに明るく射し込む。

シズは、ジュンの部屋に入り浸りだ。熟睡から覚醒し、彼は、四肢を伸ばして床に反り返った。そのままボンヤリと天井を見詰める。グッスリと眠ったことが、彼自身信じられなかった。数ヶ月ぶりの伸びやかな目覚めであった。ジュンが起きるまで、コトは朝餉を控えていた。朝餉が済めば、じきに昼餉の時刻だが、食餌の手は抜かない。チョコ瓶を一掻きして、リンダは、指を嘗めまわした。

　そのとき、山側の簾を震わせて、雀が数十羽、はるか杉の梢を抜けて天空に飛び散った。山家《やまが》に住む入内雀《にゅうないすずめ》である。次の瞬間、ドーンとリンダの巨体が突き上げられ、二階全体が浪を弄するように揺れ、天井が吼え柱が軋み床が波打つ。「キャァー！」と悲鳴をあげて、彼女は畳に尻餅をついた。地軸を揺るがす地響きが、西から東へ「まるや」の下を通り過ぎる。

　話には聞いていたが、真実、足元の大地が揺れる――これが地震！。イングランドにはない自然現象だった。大波は去ったが、リンダは、船酔いのように揺れやまない。天井から埃が、粉雪のように舞い散る。腰が抜けたまま、気がつくとチョコ瓶を抱き締めていた。

やはり、三度目の悲鳴があった。立小便、コウモリに次ぐのが、地震とは…。

　手擦りにすがって、ジローが階段を上がってきた。後ろからシズが早口で安んじる。「大きかったけど、もう安心です」余震がガタガタと障子を鳴らす。「もう大きいのは来ませんから」階下はざわめいているが、パニックにはなっていない。神棚の供え物が、畳に散乱している。辺り一面の埃は、まだ床に落ちない。タロの腕を引っ張って、ゴンが、血相を変えて駈け戻ってきた。部屋を一渡り見回すと、「水ヲ見テクル」とアタフタと出て行く。水飲み場は村の命脈だった。

　ゴンと入れ違いに、甲高い叫びが飛び込んできた。聞き慣れたサブだ。「リンダサン。

スズチャン、ヤケドシタ！」「女の子が、火傷《やけど》しました」泣き叫ぶ女児を背に、あの僧侶が、僧衣を翻してリンダに迫った。肩に垂れた細い左腕が、真赤に腫れている。「オーケー」僧侶の背から女児を奪い取るや、彼女は、元の方向へ駈け出した。僧侶とサブが、あわてふためいて後を追う。「ジロー。あなたは一回りしてきてね」振り向きながら、病家の見廻りを命じる。大きな桐下駄が砂利を蹴り、カタカタと路傍に鳴り響く。

下駄音は、大股で広場に駈け込んだ。水飲み場を点検していたゴンが、手早く女児を支える。リンダは、水槽内にザブンとスズの火傷した腕を浸けた。泣き叫ぶのも構わず、掴んだ腕ごと冷たい水中に押え込む。僧侶は歯噛みし、両拳で自分の腹部を乱打した。教え子に怪我をさせたと、自責の念に苛まれている。代わって、サブが状況を説明する。地震で焜炉の鍋が倒れ、近くにいたスズが熱湯を浴びた。先生が悪いのではないと、彼は僧侶を庇う。

「スズちゃん。幾つ？」背後から動かぬように押え付けたまま、リンダは問う。サブが、手習所の最年少の六歳と教える。腕が冷えてくると、暫時水から上げ、ふたたび浸ける。それを繰り返す。その間、スズは、火が付いたように泣き止まない。「大丈夫、大丈夫よ」と、肩越しに頬擦りを繰り返す。リンダの服は、胸から膝下までビショ濡れだ。両袖をたくしあげて、僧侶は、彼女と交代する仕種を見せる。「サブちゃん。三〇分間、水に浸けるのよ」

彼がジローの代役になる。僧侶がリンダと交替する。慕っている先生なので、スズは嫌がらない。「火傷は、まず冷やすの」まず、炎症を鎮めることだ。「冷やすのよ」

　様子見していたゴンが、広場を走り出た。村の情報は「まるや」に寄せられるので、非常時には村長役は八面六臂《はちめんろっぴ》の忙しさだ。スズを抱えたまま、僧侶は、一心に念仏を唱える。リンダの耳には、あの葬式の読経の余韻が残っている。「お祈りね…」

　手習所の子供たちが、水槽を遠巻きにしている。

　両手に薬品箱を持って、コトが控える。彼女もジローの代役だ。「サンキュー。コトさん」でも薬はいらないと、彼女の開けた蓋を閉じた。この頃、漢方では火傷には塗り薬を塗布する。経験則から、リンダは、できるだけ外用軟膏は使わない。彼女は、コトに手真似で説いた。「スズちゃんの火傷は浅いから、十分に冷やして、あとは触らないの。触らないのよ」スズの泣き叫びが、途切れ途切れになった。腕を浸けたまま、僧侶は、彼女を膝に坐らせる。…三〇分は長い。

　汗だくのジローが、両手に水槽の水を叩った。「みんなオーケーです。マツさんも大丈夫です」病家は、いずれも被害はなかったようだ。安堵する一方で、リンダは人使いが荒い。「ジロー。僧侶と交代して」と命ずる。スズは、ジローに懐いている。僧侶は、固まった両腕の筋肉をほぐす。痛みは徐々に引いているらしく、啜り泣きに変わっていた。「スズちゃんは、もう大丈夫よ」

子供たちの輪が、一斉に囀りはじめる。皆、口々に地震の恐さを語る。

スズは、両肩でしゃくり泣きする。小さな片腕は、冷えきっている。指や甲が、白くふやけている。腕の火傷は発赤と赤斑が薄れて、灰褐色に褪色していた。手首の筋に熱湯が留まったのだろう、小さな水膨《ぶく》れが一線に並ぶ。リンダは注意深く炎症の具合を診た。「ここは痛い？」切なさが込み上げて、スズは、オイオイと泪を零した。幸い熱湯は、表皮からその下の真皮の浅い層に止まり、それ以上には浸透していない。

リンダは、悄気きった僧侶の痛心を慰める。「二週間ほどで治ります。傷の跡は残りませんよ」「……」嬉しさに青々した剃頭を染めて、彼は、冷えきった両手を合わせた。無骨で寡黙《かもく》な彼の赤心に触れ、リンダの涙腺が緩んだ。この国にきて涙脆くなった…。

そこへ、スズの母親が駈け込んできた。サブが知らせに走ったらしい。スズが、堰を切って彼女の胸に縋り付いた。オロオロする母親シメに、「お母さん。大丈夫よ。まだ痛むけど、心配ないですよ」と安んじる。ふたたび、泣きじゃくるスズ。「まだピリピリするわねえ」赤みは斑《まだら》に広がっているが、腫れはだいぶ引いていた。「スズちゃん。ここを触ってはダメよ」シメにも釘を刺す。「お母さん。ここを掻いたりしては、ダメですよ。皮膚が剥げてしまうからね」

両手を振って、僧侶は、子供たちに手習所に戻るように促した。リンダは、チャンスを逃さない。「めやにの子がいますね。毎日、ここの水で洗わせてください」僧侶は、痛棒に打たれたように敬礼した。「ハイ。毎日、洗ワセマス！」その格好が可笑しくて、彼女は、「お願いします」と笑いを噛み殺す。さっそくに名指しして、彼は、数人の子を残した。

囲炉裏を囲む夕餉が、妙に賑々しい。肩を寄せ合って、若松の母子が仲間入りしていた。病人食を頬張りながら、ジュンが、向かいのコトと夢中でお喋りしている。彼女の笑窪が笑っている。釣られて皆が、雀のように姦しい。ゴン一家が経験したことのない、花やいだ団欒の一刻だ。ジュンは夕方、皆と一緒に食事すると言い出した。立ち上がる気力さえも失くしていた彼が、一歩一歩、自力で階段を下りた。体力が刻々と蘇って、見違えるように生気を取り戻している。

夕餉を終えても、談笑の輪は止まない。

ジュンがゆっくり立つと、擦り足で横坐りのリンダに歩み寄った。振り向いた彼女に、テレながら小さな袋を差し出した。リンダが手にした袋が、辺りに麝香《じゃこう》の芳香を放った。初めて嗅いだ匂いだが、彼女には東洋の香料と分かった。「パーフュムね！」

頬を染めながら、ジュンが、「リンダサン。サンキュー」と唇を震わせた。支えもなく立つ彼の足元で、シズが、ブラウスの袖に両目を拭う。「ジュンさん。サンキュー」彼の両手を握り、リンダは、優しく少年の両頬に接吻した。麝香の香気が四散し、皆が爆ぜたように囃し立てた。コトは、両手で顔を被うと台所へ小走った。

早暁、慌しくゴンが広場へ駈ける。水飲み場の流水が止まった、とサブが注進したのだ。煉瓦樋が、昨日の地震で外れたのか。起こされてジローも付いていく。広場のまえの路、マサが片足を引き摺りながらうろたえている。ミツの姿が見えない――サブが捜しているうちに、水飲み場の異状に気づいた。隠した刃物類は減っていないという。彼女を宥めながら、ゴンは、ミツと流水を結びつけていた。

樋に沿って山藪を攀《よ》じ登る。じきに…途中の樋から、勢いよく飛沫《しぶき》が吹き零れている。藪を掻き分けて、ジローは、一声呻いて棒立ちになった。ミツが、煉瓦樋に顔を浸けてうつ伏せに倒れていた。長い黒い髪が、流れる清水を塞《せ》き止めている。木立から射し込む旭が、彼女の上に幾つもの淡い紅を掃く。樋の蓋板を外して、流水に顔を沈めて力尽きたのだ。

筵《むしろ》にくるまれて、ミツは無言で帰宅する。

広場には、村の男女が黙して群れていた。皆、いかなる死も受容するしかないと知っている。マサが、筵に突き出た白い裸足に泣き崩れた。死地に赴く余力が、ミツに残っていた…リンダは、自らの油断を悔んだ。夫に捨てられ、乳房を蝕まれ、末期《まつご》の力を振り絞って苦悶を絶った。…彼女は、遂に自害を果たしたのだ。

翌日、陽は高く登っている。

土埃を立てながら、黒い葬列が、村外れの共同墓地へ向かった。リンダは、路傍で胸に十字を切る。藤野村に来て、二人目の野辺《のべ》送りであった。彼女は、もはやアルカディアは幻覚に過ぎないと覚っていた。ここには、至るところに病人がいる、病人がでる。苦しむ者がいる、治る者がいる、死ぬ者がいる。今さらながらリンダは、「ここは、病いの村なのね」と悟った。

三七

馬留めに一頭が、轡を鳴らしている。

馬子が縁台で煙管をくゆらす。子供たちは昼、広場に飽きてリンダのいる「まるや」に集まる。トトトッと前のめりに、幼児がリンダの裾にしがみついた。そのまま、アングリと天高く彼女を見上げる。「…どこかで見た子ねえ」

満面に笑みを浮かべて、見覚えある母親テルが、両頬にツーと涙を流した。「歩いたのねえ！」と、リンダは彼を抱き上げた。五十里から来た歩かない子だった。一週間後の朝、唐突に壁伝いに立ち上がると、トタトタと畳の上を歩き出したという。這い這いもなく、呆気ない二足歩行だったらしい。今では、部屋中を小猿のように飛び回わる。「アノ薬ガ効キマシタ」「そうらしいわねえ」とリンダは恍《とぼ》ける。わざわざ五十里から、リンダに見せにきたのだ。味を忘れないのだろう、幼児がアガアガとせがむ。彼女は、コトに軽くウィンクした。「ミルクをあげてください。蜂蜜も垂らしてね」

昼の囲炉裏端も賑やかである。ジュンが、向かいのコトに快活に喋る。青白かった頬に赤みが射し、十六歳の気勢が漲《みなぎ》る。彼女は喜々と声を弾ませる。ジローは、子供たちとワァワァふざけ合う。彼は、もう「まるや」の一員だ。

昼餉のあと、病家配達人のジローは、リンダに患者の折々を報告する。微かに麝香の香りが漂う。気に入ったらしくリンダは、匂袋をベルトの革紐に吊している。今朝、四、五人を引き連れて、僧侶が、水飲み場で目を洗わせていた。「そォ。約束はちゃんと守るのね」と、リンダはひとり詠嘆した。肺結核のマツは、縁先で日向ぼっこをするようになった。嫌がったハムも、今では大好物だ。亭主がミルクを欲しがると、クマが、ずい分と愛想好くなった。「アハハ。ベアさんね」

手持無沙汰のデンが、膝に前掛を広げて長い棒を削りだした。「杖を作るのね」と、リンダは聡《さと》い。すぐに、鉛筆で和紙にスケッチを画く。「只の棒ではダメよ」と見せたのは、奇妙な絵柄だった。脇の下に挟むY字形の杖である。舶来品だが松葉のような二股から、この国では風雅に松葉杖と名付けられた。彼女は得々と説明するが、ジローはしきりに首をかしげる。「デンさんなら、うまく作れるわよ」彼の腕前は、信用している。和紙を畳むと、ジローは草履を引っ掛けた。即実行は、リンダが率先垂範している。「二本作るのよ。そうしたら、デンさん歩いていいわ」

三八

出合い頭にジローは、母娘連れとぶつかった。娘は嫌がって軒下を動こうとしない。母親が、無理矢理に引っ張ってきたらしい。彼が合図すると、コトが手を添えて框に通した。恥ずかしがって娘は、顔を背けたまま診察を拒む。急かさずリンダは、体温計をくわえさせた。自分の腹を叩いて母親カツが、娘が虫腹だと訴える。痺れを切らして娘の恥じらいを叱責する。

生気はあるが、微熱がある。気を利かしてシズが、彼女を客間用の低い枕屏風《びょうぶ》で囲った。諦めて嫌々仰臥するのを待って、リンダは、上腹部の鳩尾《みずおち》を触れる。圧すると、重苦しいのか吐き気を催した。帯を解いて、臍まわりから下腹へ触手を移す。右の下腹部を軽く押すと、「痛イ」と身を縮めた。「チクチクするの？」と問うが、通訳がいない。手真似すると、カツが、はじめ臍上が痛んだが、昼頃から右下腹が痛みだしたと両手で返す。

娘の左足を折り曲げると、リンダは、伸し掛かるように太股を腹部に押し付けた。腰巻に重ねた蹴出しがはだけて、モモは、か細い悲鳴をあげた。構わずに、今度は右足を折り曲げて押し付けると、羞恥を忘れて「イタイ！」と身をよじった。

「ゴンさんを呼んで」ポーカーフェイスはお手の物だが、リンダの声は、いつになく強ばっていた。コトが、ジローとゴンを呼びに走る。じきに、ジローが駈け戻ってきた。身《み》繕《づくろ》いをして、患者は不安気に正坐していた。モモ十七歳。これまで時々痛むことはあったが、今朝から吐き気がして痛みが出はじめた。「便秘してる？」リンダの問診は容赦ない。「ウンチでるの、出ないの？」目を白黒させてジローが答える。「三日前から出てません」

リンダは内心、困惑していた。ふつう腹症の診断は難しい。右下腹部に痛みを生じる疾患は少なくないが、もっとも多いのは虫垂炎である。盲腸の先端に突出した指状の虫垂が、炎症を起こす。そのまま進行すると、患部が壊死して穿孔し、膿汁や腸液が腹腔内へ流れて腹膜炎を併発する。外科手術をして排膿し、患部を切除する他ない。虫垂炎と診ただけに彼女は焦慮していた。…ここでは手立てはない。

今秋の稲刈り後、モモは、栃木の富裕な農家に嫁ぐ。嫁入り前の大切な身体なのだと、カツが語気を強めた。ゴンがアタフタと戻ってきた。コトがタロの手を引いている。ジローはホッとし、コトに通訳の口添えを頼む。「ゴンさん。モモさんは手術が必要なの。どこか病院へ送らないと…」リンダは口を噤んだ。命が危ない、と言いかけて言葉を呑み込んだのだ。「ここから一番近い病院はどこ?」自信なげにゴンは、栃木と答える。「栃木なら、西洋の病院があります」今市まで歩いて二時間…「背負っていけない?」今市からは人力車に乗せれば、夕方には着く。腕組みをしてゴンは、ジローと二人交代で運べるかを思案する。

察して「そォ!」と、リンダが金切声をあげた。「あの僧侶にお願いして!、三人で運ぶのよ」炎症が広がらないうちに、病院に送らねばならない。コトが脱兎のように手習所に走った。皆、リンダの焦りを肌に感じている。

すぐに彼女は、和紙に胴体図を画いた。右下腹部に×を印し、appendicitis?と病名を記すと、畳んでジローに渡した。「ジロー。なにも食べさせてはダメよ」と、リンダは絶食を厳命する。「絶対にダメよ」押っ取《おっとり》刀で駈けつけた僧侶は、与えられた任務に紅潮していた。幸いにも彼は、モモの嫁ぎ先の農家を知っていた。栃木の町中に白亜の西洋病院があると、土地鑑もある。心強いとリンダは喜ぶ。

カツが、手甲脚絆《てっこうきゃはん》の出で立ちで戻ってきた。娘の身仕舞いを首に結んでいる。「お母さんも行くの?」とリンダは戸惑った。止めても頑として娘から離れないだろう。竹水筒を二本握らせ、帯を下げて娘の患部を指した。そこに濡れ手拭を当てると、「お母さん。ここを冷やしてね」と教える。

周りの慌ただしい動きに、モモは縮み上がっていた。彼女の意思に関わりなく、事態はアレヨアレヨと急転する。薪《たきぎ》を負う背負子《しょいこ》を肩にして、ゴンが框に坐った。一番手は背負い慣れた彼だ。ジローと僧侶が、両方からモモを抱いて、太い木枠の板に坐らせる。彼女は、もう観念して抵抗しない。帯紐で背負子に両肩と両太股を縛る。ヨイショ！と、ゴンは、強力《ごうりき》のように立ち上がった。悲鳴を上げてモモが、背負子の背にのけ反る。「軽イ、軽イ」娘の体重は肩に食い込んだが、彼は精々、軽口を叩いた。リンダは、ジローのポケットに紙幣の束を押し込む。

モモを囲みながら一行は、西方へ陽と影の入り乱れる街道を踏みしめる。急げ急げと、リンダは祈るのみだ。イングランドでの経験から、夜までに手術すれば十分に助かる。遠く見送りながら、彼女は胸に十字を切った。

三九

気抜けしてリンダは、鰑の吸盤の足をしゃぶっていた。ジローやゴンの居なくなった「まるや」は、妙に寂しい。

片袖を肩まで捲ったスズが、母親に連れられてきた。赤味は褪めつつあるが、肌はまだピリピリ痛い。痛みに耐えて彼女は、皮膚を掻かなかったようだ。片手を胸に当てて、感謝を込めて大丈夫という身振りを見せる。「我慢強いのねえ。スズちゃん」赤い目をして母親が、「痛イトキハ、冷ヤシマシタ」と手真似した。頷きながらリンダは、手首の破れた水脹《ぶく》れを消毒する。滲みるのにスズは、健気に我慢して唇を噛む。

夕刻、ひとり少年が戸口からコトを手招いている。

呼び入れられて、彼女の耳元に背伸びした。「リンダサン！」階段下からコトは、「オ産デス」と声を上げた。ドタドタとリンダの足が踊り場を踏む。コトが腹布袋《ぼて》の仕草をすると、「どっちの子？」と甲高い。「ユキさん？」、「サラさん？」、陣痛が始まったと言付けにきたのは、ユキの弟カイだ。彼女はリンダとの約束を忘れていなかった。桐下駄を鳴らしてリンダは飛び出した。その勢いにコトは呆気に取られたが、ジローは、その訳を知っている。

長い腕に引っ張られて、カイもつんのめりながら走った。リンダは、ユキの家を知らなかったのだ。近くて広場の数軒先だった。家内は静穏だ。台所の隅に見知らぬ老婆が、椀の茶漬を掻き込んでいた。一見して家人ではない。背がへの字に曲って、めっかちの薄気味悪いババである。片手で孕《はら》んだ腹を手振りして見せ、二本指を立ててニッと笑った。白濁した隻眼が反転し、黒い口元が洞穴になった。ロンドンにも、魔法使いさながらの老女が徘徊している。

黙ってリンダは、奥の襖障子を静かに開けた。ひとりユキが、腹を抱えて坐っている。心細かったのか、両手を満開にしてリンダを誘い入れた。「ユキさん。はじまったの?」と問うが、通訳が遠慮して近寄らない。

ユキの母親はすでに亡いが、近所の女房数人が忙しく立ち働く。出産の準備は整っているようだ。部屋の真ん中の畳が一枚、外されていた。開いた床板に藁を敷き詰め、その上に蓙を張る。そこが妊婦の指定席だ。ここが急ごしらえの産室になる。彼女の前に、天井から二本の太い綱が垂れている。長い白布をよじって、梁を通して二本にした産綱《うぶづな》である。リンダにも、この綱に掴まって産むと分かった。イングランドでは、U字型をした木製の分娩《ぶんべん》椅子が使われる。洋式トイレと同じに座って産むのだ。産綱に恐々《こわごわ》触りながら、彼女は、妊婦の身を思い遣った。「…どちらが、産みやすいのかしらねえ」

たしかに、陣痛は始まったばかりらしい。痛みが一過すると、ユキはケロリとして戯れている。まだまだ陣痛の間《ま》は長い。一頻り手真似を交わしたあと、ひとまずリンダは引き上げる。腕組みをしたまま、台所の老婆が顎をしゃくった。「ジロー。だれ?」

もう見当はついていたが、用心ぶかく尋ねた。助産をする〝産婆〟を訳せず、彼は、赤子を取り上げるテクニシャンと説く。「ミッドワイフね」と、彼女は力んでいた。イングランドには、出産を手助けする midwife がいた。産科に専従するナースは、maternity nurse 助産看護婦と呼ばれた。

この国では古来、出産は自宅での自然分娩であった。近所のお産を手伝ううちに助産が巧みになり、頼られて内職にする女性が産婆になった。実に、〝取り上げ婆さん〟と賤称されながら、いざ陣痛が近づくと欠かせない存在であった。一見、異様な風体だが、藤野育ちの彼女は、今市で細々と産婆の看板を上げていた。

「ジロー。三人目はコウノトリではなくて、ミッドワイフだったわね」

からかい半分にリンダは、彼の賛同を求めた。ジローは浮かない顔をして応えない。西方から薬売りが来て、東方から歯抜師が来て、次に西方から産婆が来た。助産のベテランがいるなら、双子の初産は安心できる。元々、産科の経験は少なかったので、彼女は、出産に立ち会うつもりはなかった。

路地を出たところ、リンダは、旅装の男と鉢合わせした。

彼は、西洋の大女にギョッとたじろいだ。ユキの夫と、リンダは直感した。見るからに純朴な二〇歳前の若者である。出産の知らせに、出稼ぎ先から急ぎ帰郷したのだろう。ユキの驚喜する顔が浮かび、彼女は、双子の行く末を安堵した。

四〇

夕餉の囲炉裏端は、ゴンとジローが欠けていた。ジュンとシズは、もう「まるや」の一員だ。モモたちは栃木へ着いている頃か、とリンダは推し量っていた。…もう手術をしているかもしれない。サキが丹精した鰊《にしん》の山椒漬《さんしょうづけ》がでた。山椒のピリ辛が病み付きになる。彼女の調理は、リンダの舌を手懐けている。スプーンとフォークはとうに仕舞い、箸に慣れ親しんだ。

早々に、二階に上がって一舐めすると、そのまま布団に沈み込んだ。きょうは疲れた——ガバッと、リンダは跳ね起きた。隣のシズの布団は畳まれている。襖越しにジローの高鼾がする。寝坊した…彼が戻っている…。ジローを起こさず急いで階段を下りた。もう一階は出払っていた。囲炉裏卓に笊が二つ置いてある。朝寝した二人分の朝餉だ。裏口から山支度《したく》をしたゴンが、タロを連れて歩いてくる。「あッ！ ゴンさん」と、思わずリンダはうろたえた。「モモさんは？」彼女を見上げると、ゴンは、「モモサン。オーケーオーケー」と破顔一笑した。そして事無げに、取り付く島もなく出ていった。詳しいことはジローが話す、というのだ。しかし…リンダは、それがもどかしい。

折から、コトが小走ってきた。モモは手術をして無事と手真似し、僧侶も戻ったとゴンの舌足らずを補う。重ねて、「ユキサンガ双子ヲ産ミマシタ」と告げた。早朝、カイが知らせにきたという。「エェ！　ユキさん産まれたの！　ツインヅ」彼女の甲高い声に、コトは、「オーケーオーケー」と双子の無事出産に念を押す。桐下駄を突っ掛けて、リンダはつんのめった。彼女に似合わず、ユキ、僧侶、ジローと、気もそぞろだった。

とにかく僧侶に礼が言いたい――リンダは、広場の先のユキの家を走り過ぎる。ユキには夫が付いている、と安んじていた。村外れの手習所を見遣ると、僧侶が、黒板に白墨で板書している。路から両手を振るリンダ。彼も頭上に丸を作ると、ふたたび黒板を向いた。気勢を削がれて彼女は吐息をついた。ゴンも僧侶もすでに、日常の時間帯に戻っている。モモ救助は村人の相互扶助の一作業であって、殊更に得意顔することでもないらしい。

老婆は、框に坐って悠々と茶漬を啜る。土間を行きつ戻りつ、夫タクは夢遊している。晒し木綿にくるまれて、双子は、畳の上に玩具《おもちゃ》のように並ぶ。ユキは、畳にスースーと安眠している。藁や蓙は取り払われ産綱も外されて、産屋《うぶや》は消えていた。リンダが土間から覗くと、出し抜けに双子がしゃくりあげ、千切れるように泣き声を競い合う。父親はオロオロするばかりで、赤子の抱き方も分からない。リンダの頬に微笑みが洩れた。天から授かったツインヅ――この国の若い世代には、双子への因習は継がれていない。

産婆は、指を丸めて奇妙な手つきをして見せる。二人とも男の子と、リンダに教えた。楽々と次男が産まれ、じきに長男も産まれた。安産だったと、産婆は鼻高々だ。この国では古く、双生児は後から産まれた子を兄・姉とする風習があった。一八七四年（明治七年）に、多胎児の先に産まれた子を第一子とすると定められた。それは徹底されず、一八九八年（明治三一年）になって再度通達が出される。イングランドでは出生順であったが、彼らのどちらが兄か弟かリンダは知らない。

当時、この国では産児の四五人に一人は死亡した。二パーセントの死亡率である。母子ともに助からぬケースも、少なくなかった。「グレート！　グレート！」と、リンダは産婆を褒めそやした。彼女のふてぶてしい面構えが一瞬、仄かに和んだ。

江戸の時世、産婆は、望まれない胎児を堕胎する子堕しを引き受けていた。産後の間引きも、もっぱら彼女らの手に委ねられた。一八九九年（明治三三年）に産婆規則により身分化されたが、陰湿で陰惨なイメージは拭い去れない。幸いリンダは、産婆が赤子を殺す役回りとは知らない。少々気色悪いが、ミッドワイフのテクニシアンと信じて疑わない。

框にチョコンと腰かけたカイを指して、梅干し婆は、「アノ子モ、アタシガ取リ上ゲタ」と自慢をはじめた。ユキ、カズ、タマ、サブ、ケイ、コト、マツ、モモ、タロ、ミツと指折り数える。タク、スズ、ゴロ、ツル、セン、ゲン、イト、ヒデ、イチ、キイも「皆アタシガ取リ上ゲタ」と意気軒昂《けんこう》だ。この村の大半の子は、彼女が取り上げたらしい。それでも出産を終えると、物陰に逆さ箒《ほうき》を立てられて早々に退散させられる。じきに彼女は、苦虫を噛みつぶして黙り込んだ。リンダには、産婆の暗々たる心底は察しられない。

リンダは、指をくわえたカイのイガグリ頭を撫でる。「サンキュー。カイちゃん」彼女の背に指を突き出し、産婆は、「モウ一人イルヨ」と嗄れ声をあげた。リンダは、晴れやかに突き指を返す。「こんどは、サラさんね」

「まるや」前。ジュンとコトが、紙風船を飛ばして笑い興じている。

風船が落ちると、コトが拾いに走る。ジュンは大儀なく楽しげに歩む。リンダは若いカップルに目を細めた。シズが寝布団を干しているのだろう、頭上に埃を叩く音が聞こえる。

リンダは、囲炉裏端に坐って笊を開けた。にわかに空腹に襲われる。さすがに、ジローを叩き起こすのは気が引けた。朝餉を終える頃、ようやく彼が下りてきた。擦り擦り両目が落ち窪んでいる。「サンキュー。ジロー」と謝しながら、リンダは焦《じ》れったかった。コトの熱い味噌汁を啜り啜り、彼は、一部始終を語る。

一行は、三時間かかって日光に着いた。食物は取らず背負子に揺られて、モモは憔悴していたが苦しがってはいない、僧侶の寺から健脚を走らせて、病院の手筈を頼む。人力車にカツがモモを抱いて一路、栃木に向かう。待機していた若い医師が、クロロホルムの全身麻酔をかけて、石炭酸の噴霧消毒して緊急手術をした。ジローは彼女に医師のメモを渡す。「appendicitis, operation OK」と、走り書してあった。間に合った…目頭《めがしら》が熱くなって、リンダは心底から安堵した。

一週間の入院を要するという。預った紙幣はカツに預けたので、入院が長引いても心配ない。カツは病室に付き添う。三人は洋式の待合室で仮眠した。早朝、人力車で今市に出て、そこから山路を歩いて八時頃戻った。僧侶やゴンには尋常だが、ジローの足には強行軍であった。「ゆっくり帰ってくればいいのに…」と、リンダは、彼の疲労困憊に声が詰まった。さすがに、過重な仕事を強いたと詫びる。「ジロー。ごめんね。ごめんね」

ようよう報告を終えて、囲炉裏卓に彼の首が揺れていた。

不意に、リンダは自責の念に襲われた。我を忘れて、モモの手術やユキの出産にのめり込んだ。まるで、家族のように彼らに感情移入していた。藤野の村人は彼女にとって、家族同然になっていたのだ。リンダは自らの不覚に醒めた。ナースは、決して患者に過度の心情を寄せてはならない——ナイチンゲールの厳しい戒めであった。客観性を失っては、ナースとして失格だ。

彼女の戒めは正しい——椅子に凭れてリンダは、苦々しく忌々《いま》しく自省していた。

四一

朝餉のあと、嫁らしい女房に支えられて患者がきた。顎を押えたまま、老人が、アガアガと口から泡を吹いている。病人には慣れて、ゴン一家は取り立てて騒がない。ジローとコトが介助する。大欠伸をした拍子に顎が外れた、と嫁が言う。診ると、両下顎が前方に脱臼したまま元に戻らない。顎が痛い、口が閉じない、声はでない、唾は垂れ流し、涙が止まらない。

両側性の顎関節脱臼であるから、復位すればよい。「大丈夫よ。すぐ治るから大丈夫」ガーゼで両親指を巻きながら、リンダは、老人テツを畳に正坐させた。後ろからジローの胸に頭部を抑えさせる。彼の左右の下顎部に、ガーゼの親指を深く差し入れる。両親指に力を込めて、前方へ突出した下顎をグイと下げ、そのまま奥へ強く押し込んだ。上顎の左右の窪みに両側の下顎頭がかちあって、カクンと元通りにはまった。

途端に、テツは放たれた鵞鳥《がちょう》のように喋りだした。頷きながらリンダは、ニコニコと笑う。言葉は通じないが、彼の随喜は伝わる。ジローもコトも、もう彼女の西洋医術に一々驚かない。ガーゼを解くと、リンダは盥で手を洗った。

昼、僧侶が無言で入ってきた。

何の用向きかと、ジロー。昨夜、帰りがけに遠回りして、栃木の病院に立ち寄ったという。モモは、ベッドで元気に許嫁《いいなずけ》の若者と睦まやかに語らう。笑うと傷口が痛んで、幾度も泣きべそをかいた。カツは、過分なリンダの入院費用の融通に涙ぐむ。病室の場景が瞼《まぶた》に浮かび、「よかったわねえ」とリンダの声は潤んでいた。労を惜しまぬ僧侶の思い遣りに、次の言葉がでなかった。

昼餉のあと、二階へ上がるジュンとシズを呼びとめた。畳に寝かせると、彼は、黙ってズボンを膝上まで上げる。リンダは、左足の膝裏を右足の膝小僧に乗せた。コトもジロー も躙り寄り、これから始まる儀式に固唾を呑む。薬の調合用の金属棒で、リンダは、ジュンの膝下をコンと叩いた。ピクンと、若鹿のような足首が揺れた。「撥ネタア!」と、歓声があがった。あの鈍感だった足が、わずかだが反射的に反応したのだ。一瞬キョトンと、ジュンは剥き出しの足を眺める。喜色に頬を染めて、リンダは、もう一度強めに叩いた。今度は、ビクンとふくら脛まで揺れた。

足を組み代えさせて、右足の膝下を打った。当て所を掴んだので、バウンドするように撥ねて足先が空を蹴った。「ウワァ!」と、拍手が天井を打つ。疑いなく、病状は回復してきている。「ジュンくん。大丈夫ね!」裏返る声を抑えて、リンダは冷静を装った。リンダ療法を始めて八日目であった。仰向いたままジュンは呆然自失としていた。あの鈍く重くだるい愚かな両足が、嘘のように…。彼の肩に両手を寄せて、咽び泣くコト。「ジュンくん。あと少しね。元のとおり元気になるわ」涙を振り切ってシズが、階段にスカートを煽した。一刻も早く、若松のダイに朗報を認めるためだ。黙ってジローは、ジュンのズボンを下ろした。

さすがに、未知の病気快復を目の当りにして、リンダは椅子に凭れ込んだ。痺れた脳が、蕩けていくような気分だった。

そんなところへ、竹馬に乗ったサブが縁側に寄ってきた。どうやら、手習所をサボったらしい。おとついから爺が、図を睨んで杖作りに根を詰めている。松葉杖は一本、ほとんど仕上った。部屋中に削り屑を散らしたデンの風姿が浮かぶ。竹馬を操りながらサブは、二本できたら歩いていいのかと問う。椅子のリンダの前に、彼の顔が右に左に大きく揺れる。爺にせっつかれたらしいが、リンダの思いは、ジュンからデンには切り替わらない。「…そうねえ」とまだ上の空だ。ツーンと、麝香の香りが竹馬まで漂った。

四二

夕刻、サラが女児を産んだと使いがきた。

「アッ。サラさん」、すっかり忘れていたリンダ。女房たちを真似て、小股で桐下駄をカラコロさせる。框に短い両足をブラブラさせて、産婆が、晒し木綿にくるんだ赤子を抱いていた。モモのあと待機していたらしい。陣痛が三日つづいて難産だった。サラは泥のように眠っている。

顎をしゃくると、産婆は産衣の右袖をあげた。小さな小さな指が、固く拳を握りしめている。手首を取って、拳をリンダに向ける。その仕草に戸惑いながら、拳を見る…切ないほどにか細い桃色の指。分からないのかと、産婆は、苛立たしげに拳をリンダに突き出した。丸まった指の並びが、どこか妙だ…彼女は、ギクリと心の臓を突かれた。指の数が多い…六本ある!。

ニヤリと笑って産婆は、声を潜めて「六本ダヨ」と念を押した。ジローは聞き取れず、血の気を失せた御主人の顔を仰いだ。臨床経験豊かなリンダも、初めて見る六本指の先天性奇形である。産衣を被せると、産婆は、「サァ。ドウスル?」と彼女を睨めた。答えに窮してリンダは、閉め切ったサラの部屋に目を逸した。勝ち誇ったように産婆は、どう形をつける?と問い詰める。聖トーマス病院であれば、局所麻酔をして外科的に切除する。ここでは、麻酔なしの切除手術はできない。半年一年待って、栃木の病院で手術するか……それでは、〝六本指の子〟と不具のレッテルを貼られてしまう。

たじろぐリンダを愉快そうに仰ぎながら、産婆は、ぞんざいに赤子を畳に置いた。傍の木椀を引き寄せると、おもむろに酒に浸した短い麻糸を指に抓む。短小だが、骨張った器用そうな指だ。赤子の右袖を捲って、小指側から丸まった拳に親指を差し込む。それから、人差指を縮んだ六本目の指に当てて、そのまま難なく伸ばした。何をするのか?と、リンダは、おぞましげに見詰める。握られた手を小刻みに震わせて、赤子は、か細く窄《つぼ》んだ泣き声をあげた。

それに頓着せず、産婆は、伸ばし切った小指に濡れた麻糸を巻きつける。それを小指の付け根に寄せると、糸をゆっくり締めて、さらに食い込むほど固く締めた。赤子は泣き叫ぶが、構わず糸を幾重にも巻きつけて締める。くびれた指がみるみる赤黒く染まる。リンダの背筋に虫酸《むしず》が走った。巧みな指遣いで、産婆は、付け根の糸の両端をきつく縛った。産児の余分な指を緊縛し、血流を止めて壊死させる。理には適っているが、こんな野蛮な療法で治るのか——リンダは半信半疑だ。

右手を袖で被い隠すと、産婆はニンマリと悦に入る。鈍感なのか赤子は、消え入るように泣き止む。「一日ダヨ」と、彼女は人差指を突き出した。一本指で返しながら、リンダは、一日で治るのか？と懐疑の念を拭えない。

四三

久しぶりに、寝覚めが悪かった。サラは精も根も尽き果てて、まだ眠り込んでいる。我が子の六本指は、まだ知らない。あの荒療治で切除できるのか、リンダの気鬱は、一夜明けても晴れない。

病家を一巡りしてジローが戻ってきた。七分に伸びた髪を拭っている。英語には、〝ご苦労様〟〝お疲れ様〟に当たる適当な労いの言葉はない。「サンキュー。ジロー」通り一遍の声音だが、リンダの心情は篤い。彼女の椅子の横に坐ると、ジローは、いそいそと患者の報告を始める。

にわかに、馬寄せが賑やかになった。西方からきた三頭が、騒がしく轡を鳴らす。先頭に乗った若者が下り掛けて、そのままズルズルと鞍をずれ落ちていく。二頭目の女が、馬上に悲鳴をあげた。慌てて馬子が両腕を差し延べるが、ドサリと土埃をたてて転落した。

土間からジロー、リンダ、コトが駈け寄る。ジローが、肩を叩いて声掛けする。顔面蒼白、泡を吹いて失神している。馬からずり下りて、女が若者に取り縋った。

「なかへ運んで」とリンダ。十本余の腕が若者を掴んで、神輿《みこし》のように一斉に畳に運ぶ。「お姉さんです。栃木病院から来ました。脚気です」姉タケは、医者に聞いた脚気衝心！と恐れ戦《おのの》いている。首筋に片手を当てて、リンダは、彼の鼻先に顔を寄せた。心臓は動いているが、呼吸が止まっている。

「座布団！」と、リンダは、階段箪笥前にある客用の座布団を指した。コトが小走って掴むや、輪を投げるように放った。リンダは受けると、「ジロー。背中に当てるわよ」と合図する。両側からぐったりした体を持ち上げて、二つ折りにした座布団を背中に押し込んだ。弓形《ゆみなり》に反った体…「足を押えて」とリンダ。タケが、弟シゲの足首にしがみつく。もう一方をコトが押える。

患者の頭部に両膝をついて、顎を仰向けにする。長い手を伸ばすと、リンダは、ダラリと垂れた彼の両腕の手首を握る。そのまま力一杯に反り返って、彼の頭部に両腕を挙上させた。その勢いに、弓形の腹部がグウッと膨らんだ。今度は反対に、両腕を彼の両脇に思い切り垂下した。その動作を反復する。肺内に空気を吸入し、次に空気を排出させ、人工的に呼吸運動を回復する人工呼吸である。だが当時、イングランドでも人工呼吸法は確立されていない。人工呼吸で救命できたケースは、半々にも及ばなかった。

両腕の挙上と垂下を繰り返しながら、リンダは、襲いくる不安と懸命に闘っていた。一分間に二十回が目安だ—無意識のうちに、反復動作を数えている。十、十一回…手首を握った両手に力を込め、挫ける気力を奮い立たせる。何を為すべきか、ジローは、横から座布団を押える。十五、十六回…駄目か。

不意に、患者の満面に何か水滴が飛び散った。微かにくしゃみをして、フッと—一瞬、息を吹き返した。リンダは、この瞬間を逃さなかった。

「息を吸って!」若者の両肩をバンバン叩いて、大声で自発呼吸を促した。「息を吸うのよ!」朦朧と首を揺り、彼は、無意識に深呼吸する。「そうよ!、もっと吸って、吐いて」叱咤されて、噎せながら深呼吸を繰り返す。

とっさに、上肢挙上・垂下法を採ったが、実はリンダは、人工呼吸には自信がなかった。呼吸停止に呼気吹込み式人工呼吸、心停止には胸部圧迫心マッサージ—この心肺蘇生法が確立されるのは、今からわずか六〇年前、一九五〇年(昭和二五年)代以降になる。

仮死状態を脱して、じきにシゲの呼吸は安定する。タケが恐れた脚気衝心の発作ではなかった。病軀を馬上に揺られて、疲労の極に達したのだろう。喉を震わせて、彼はしきりに噎せ返る。顔中が濡れて、強烈な麝香の臭いを放っていた。リンダも噎せて、手や服が染みているのに気づく。

「オーマイ・ゴオシュ!」

人工呼吸の最中、ベルトに結んだ香水の小瓶が割れて、麝香水が噴散したのだ。イングランドでも、酸味のある薬品類で気道を刺激する法があった。偶発的に麝香水を浴びて、患者は、鼻腔深く刺激されて一呼吸を促された。ラッキーという他ない――リンダは、思わず神に祈った。弟の足元に泣き崩れるタケ。軒下に棒立ちになった馬子三人。階段途中に坐り込んだジュンとシズ。濡れた匂袋を外すと、リンダは、高々とジュンに振った。香気が部屋中に舞い散る。彼には、贈った香水瓶が壊れたとしか知り様がない。

コトが、シゲの顔の麝香水を拭う。「ドウシタノ?」彼は、意識を失ったという自覚もない。一通り拭き取ると、彼女は忙しく台所に走る。米糠入り番茶を用意するのだ。背中の座布団を抜き出しながら、ジローは五感の震えが止まらない。リンダは、三途《さんず》の川から、また一人、この世に連れ戻した…。

咽び泣くタケを助け起こすと、彼女は、ジローの手を握り締めた。たじろぎながら、彼は、どこかで会った気がしていた。「栃木カラ来マシタ」と、彼女は声を振り絞る。「アッ!」あの時の…と、ジローは目を見張った。モモを入院させた栃木病院の待合室に、途方に暮れた姉弟がいた。二五歳の弟が脚気と診断されたが、治療法はないと病院を追い出されたという。ジローたちは、藤野村のリンダを教えずにはいられなかった。

ジローは、小躍りしてタケの手を握り返した。「来タンデスネエ！」

四四

タケたちの藤野行きに誘われて、近所の脚気を患う三十歳のツルが同行した。「まるや」の二階客間は、ジロー、ジュン、シゲと、リンダ、シズ、タケの三人ずつ、男女とも満室だ。折よく、タロが弁当を置き忘れて、ゴンが連れて帰ってきた。彼に相談すると、しばらく思案してパチンと指を鳴らした。「マサちゃんのとこがいい」あの嫂を亡くした跛の中年増だ。今は、一人住まいだから部屋は空いている。彼女なら病人の面倒もみてくれる。「ゴンさん。ハウス・ヘルパーで雇いますよ」破顔して彼は、我が事のように喜んだ。「マサちゃんも助かるなあ」

早速、ゴンとジローが走った。むろんマサに異存はない。脚気は、足を切り落としたい衝動に駆られるという。ジローが確かめると、嫂の死後も刃物類は隠したままだ。

ジュンも手伝って、板戸でシゲを運ぶ。土間の左右の部屋に、シゲとツルを寝かす。にわかの来客にマサは、浮き浮きはしゃいでいる。寂れた空間が人いきれする賑わいだ。タケが、弟のふくら脛の筋揉みを始める。マサも真似てツルの足揉みをする。まもなく、コトが夕餉の材料を運ぶ。シゲもツルも、あのあと初めてリンダ食を口にした。ミルクと茹玉子は知っていたが、ハムの味には初《うぶ》だった。得体の知れない米糠入り番茶は、妙薬と信じて疑わなかった。コトは、マサに調理のコツを教える。あとは、彼女に任せればよい。ジュンとシズが、三人にリンダ療治を切々と説く。ジュンという実例を前に、彼らは、目を輝かせて聞き入っている。

忙しいなかでも、リンダは案じていた。

夕方、桐下駄を忍ばせて、サラの家の土間を踏む。帰り仕度らしく、産婆は、小さな風呂敷包みを首に巻いている。イヒヒと口元を剥くと、畳に寝る赤子を指した。恐る恐るリンダは、そうっと右袖を捲る。可憐な握り拳…麻糸を縛った六本目の指は、見えない。数えるまでもなく指は五本なので、昨日の異形感はない。拳の側面の柔肌には、五本目の小指が縮まっている。皮膚には傷は見られない。

思わずリンダは、喉深く唸っていた。麻糸が柔軟に付け根を緊縛して血行を遮断し、一日かけて、じわじわと小さな指を壊死させた。生後すぐなので、まだ軟らかい骨もろともポロリと切断され、傷口はたやすく塞がれたのだ。傷口も残さない鮮やかな手並みだ。「グレート！　グレート！」と、リンダは三嘆した。

うしろのジローが、キョトンと彼女の背を見上げる。シーと口先に指を立てると、産婆は、母親のサラも知らないと手真似した。リンダを差す指を折り返して、二人だけの秘密と念を押す。母親にも娘の不具を隠し通す産婆の心配り！。我を忘れてリンダは、小さな彼女を力一杯に抱擁した。

苦しがって踠きながら、産婆は、「麝香ダネ！」と喜声をあげた。

四五

四頭が、馬留めに横腹を寄せて繋がれた。

先頭から飛び下りた男が、その場に棒立ちになった。戸口からジュンが、スタスタと歩き出てきたのだ。五メートル先、迎えにきたダイは、滂沱として立ち尽くした。父の面容にジュンの足が釘付けになる。顔を伏せたまま、シズが息子の背を押し出す。彼の肩を掴むと、ダイは、そのまま伸ばした片腕に顔を埋めた。太い両肩が声もなく震えている。

「なぜ抱き合わないの？」椅子のリンダが、苛立ってジローに訴える。この国の親子の情愛表現、としか言い様がない。彼女には到底、理解しがたいカスタムだった。

あとの馬から、男女三人が下りてきた。男泣きを振り切ると、ダイは、手繰るように彼らを手招いた。満面に笑みを浮かべて、「息子ノジュンデス」と紹介する。三人三様、彼らは驚嘆の声をあげた。「ジュンクン！」とずり寄って、少年が彼の胸に抱きついた。近所の幼友達ワカであった。歓声をあげてジュンは、足元の縺れる彼を抱き寄せた。若松から連れてきた、とジローに告げるダイ。三人ともジュンと同じに、かなり重傷の脚気患者であった。

ジロー、コト、ジュンが寄り添って、マサの家に連れていく。

彼らは、左右の部屋に倒れ伏した。コトがミルクを飲ませる間に、マサは米糠入り番茶を急ぐ。土間の簾の子を往復して、ジローは、「皆サン。三日デ楽ニナルヨ」と大声で励ます。「リンダサンガ、カナラズ治シテクレルカラ」ワカから順に、リンダは聴診器を当てた。やはり三人とも、膝蓋腱反射には木偶《でく》のように反応しない。

患者は五人に増えた。明日も来るかもしれない。マサの家は、にわかに〝藤野村脚気養生所〟になっていた。

「まるや」には、ダイが正坐して待っていた。リンダを見るや、嗚咽を噛み殺して平伏した。来村二週間、元気なジュンと一緒に若松に帰れる。革鞄から例の袱紗を取り出すと、彼は、恐懼しつつリンダに差し出す。ニコッと笑って、彼女は、「サンキュー」と受け取った。そのままジローに手渡しながら、「これで黒米をいっぱい買ってね」とウィンクする。

分厚い包みを両手にして、ジローは内心、小躍りしていた──これで御主人の持ち出しが減る。「ハイ！　たくさん買えます」

いよいよコトは、戸口の柱の陰からジュンを見送る。

彼女の両肩を抱き締めるシズ。息子の快癒は、ひとえにコトの献身的な看病に由る。彼女のジュンへの慕情も、シズには痛いほど分かっていた。おろおろしながら、サキは、震える娘の背を擦りつづける。両袖を握り締めたまま、コトは身動ぎもしない。藤野を出たことのない彼女には、若松は異国のように遠い地だ。忙しくダイは、馬子たちに出立を命じる。その傍らに立ったまま、ジュンは、「まるや」を振り向こうとしない。

「サヨナラはしないの？」と、リンダは、しきりに切ながる。彼女も、ジュンとの別れは、十五歳のコトの初恋の終わりと知っている。両肩を揺すってジローは、沈鬱な溜息をついた。「…もうサヨナラはしました」

四六

翌日、栃木から脚気患者が来た。翌々日には、若松から着いた。マサの病家は一杯になった。手分けして大車輪で挽臼を回すが、玄米の精白は追いつかず米糠が足りない。

「ゴンさん。あの空き家は使えない?」リンダのいうのは、あの夫婦心中した梅毒患者の家だった。御主人が妙に気にしていた空き家と、ジローは合点した。ちょうど良いと、ゴンは、また指を鳴らした。もはや、持ち主のいないあばら家という。同家の凶事を辿って、縁起にこだわる余裕はない。近所の村人を動員して、空き家の大掃除をした。病家が二カ所になるので、志願する女房たちを三交代で雇い入れた。

昼前、サブがセカセカと呼びにきた。壁に立て掛けた二本の真新しい松葉杖。術後三週間、デンは、ウズウズして待っていた。「デンさん。立派な松葉杖ね」と、リンダは、彼の腕前を褒めた。しかめ面をして彼は喜び勇んでいる。

おもむろにリンダは、副木の革紐の結びを一本一本解く。サブが毎日拭いていたので、副木は汚れていない。上下左右の四本が外れると、デンは、フワァーと長い息を吐いた。三週間、肉を締め付けていた足枷《あしかせ》と、おさらばだ。老人の骨折の治りは遅いと、リンダは懸念を抱いていた。彼女は、膝上からふくら脛を満遍なく撫でる。「デンさん。足曲げられる?」両手で膝裏と踵を支えながら、「そうっと、膝を上げてみて」と促す。生唾を飲み込むと、彼は、殊勝にそろそろと片膝を立てる。足首をゆっくり回しながら、生まれついて頑健な体質なのだと感服する。「今度は、足を延ばしてみて…そう、元に戻すのよ」

壁の松葉杖にチラチラ目を遣り、デンは、リンダの顔色を窺う。「サブちゃん。お爺さんの足を揉んであげてね」サブとギンに、ふくら脛マッサージを実演してみせる。「三日間、やってあげてね」萎えて固まった筋肉を慣らすのだ。当時、術後のリハビリという概念はない。松葉杖を一瞥して、リンダは、「そのあとね」とすげなく言い渡した。ジローは、悄気返るデンを慰め様もない。

四七

昼餉のあと、ジローが皆に手紙を披露した。

栃木のモモから、リンダに宛てた平仮名文の書状である。一週間で退院して、許嫁の家に養生しているという。明るい知らせに一斉に拍手が沸いた。リンダには読めないが、イングランドでは味わったことのない心温まる便りだった。

そのとき、ジローが素頓狂な声をあげた。「モモサンノトコニ頼モウ！」リンダやジローたちの差し迫った悩みは、米糠の不足だった。あくまで彼女の当て推量なのだが、リンダは、患者には一回に彼女の持参した銀スプーン一杯の米糠を与えている。一日になると、かなりの量である。もう挽臼で糠落とするのでは間に合わない。といって、米問屋に米糠だけ注文する訳にはいかない。

モモの許嫁の生家は、富裕な農家という。そこに依頼して、糠落としした米糠だけを送ってもらえばよい。「グッド・アイディア！」リンダもゴンも、一も二もなく賛成した。もちろん交渉役は僧侶である。ジローが飛ぶように手習所へ駈けた。

翌朝、僧侶が「まるや」に立ち寄った。大切な嫁の命を救って下さったリンダ様の頼み―同家の主人は、お易い御用と即答した。毎日、搗きたての新鮮な米糠を届ける―第一便は今日の昼に着くという。アレヨアレヨというスピードに、リンダはもう驚かない。

四八

それから、脚気患者は東方から西方からやってきた。ほとんどが重患であった。おのずと、マサの病家は女子、元空き家の病家は男子に分けることになる。女子はマサ、男子はジローが担当し、コトが両病家を出入りする。患者たちは、魚河岸《うおがし》の鮪《まぐろ》のように並んで寝る。恢復の兆しのある者が、重い病人の面倒をみる。ハウス・ヘルパーの女房たちも、独楽鼠のように働く。両病家は、脚気患者の生活共同体になっていた。

リンダの弟子と敬われて、ジローは面映いが、患者の病状や療治には詳しい。ちょくちょく顔を出しては、框に坐って患者たちと雑談する。あのシャイで無口な石橋次郎は、社交性のある逞しい大人に成長していた。不満があるのか、新入りの患者ノブが仏頂面で彼の耳に囁いた。「新潟デころりガ流行シテルラシイヨ」錐で鼓膜を突かれたような痛みが走った。ジローが新潟出身と知ってか、ノブは、死者もでたと得々と喋りだした。会津方面では噂が広がっており、新潟に近い西会津の住民は戦々恐々としているという。

ジローは、逃げるように病家を離れた。脳裡には、悪夢のような記憶が甦っていた。彼が十歳のとき、新潟にコレラ一揆とよばれた騒擾《そうじょう》事件が勃発した。

一八七九年（明治十二年）八月五日、市民がコレラ死亡者を護送する巡査を襲った。たちまち市民は数百人に膨れあがって暴徒化し、米問屋や米屋敷などを散々に打ち壊した。日頃、米価高騰に苦しむ市民が、防疫行政に鬱憤《うっぷん》を募らせ、コレラ流行を引金に暴発したのだ。とりわけ、コレラ患者を強制隔離する避病院は、生きる墓場と恐れられ市民の怨嗟《えんさ》の的となっていた。ころりが恐い、避病院も恐い、暴徒も恐い。

その二日後、暴動はジローの住む沼垂町《ぬったりまち》に飛び火する。七百人の群衆が、次々に商店や医院を襲撃し避病院や検疫所を破壊し、十三名の死者をだした。ジロー一家は、自宅の押入れに隠れて恐怖に打ち震えていた。その恐怖体験が、ジローのトラウマとなっていた。御主人が新潟のコレラ発生を知ったら、どう反応するか恐い──彼は、口が裂けても黙っていると決めた。それでも不吉な予感が、影のように過って消えない。

四九

昼過ぎである。西方から馬蹄を蹴立てて、二頭が馬寄せに駆け込んできた。雌の駄馬とは縁遠い大振りの雄馬である。白い夏制服の警官二人が、鞍から颯と飛び下りた。おもむろに、上着の埃を払い制帽を正す。さすがにサーベルは帯刀していないが、腰の警棒を手にして辺りを睥睨《へいげい》した。

ただならぬ威勢に、思わず、リンダは椅子から立ち上がった。彼らは、この国のポリスと知っていた。年長の警官が軒下に近づくと、縁側の背高い彼女を睨み付ける。いきなり、「オ前ガ、エゲレス人ノシンプソンカ⁉」と一喝した。リンダは、ポカンと二人を見下ろしている。警棒を突き出して若年の警官が、声高に彼女の無礼を叱責した。

戸口からジローが走り出て、彼らの前に深々と低頭した。リンダでは通じないと、二人は彼に詰め寄った。彼らが脚気患者の病家を査察にきたと、リンダも判っていた。エディが日本人のナース観を指摘したが、その不安が的中した。療治所へ案内しろと、彼らはジローに命令する。彼は慌てず、リンダに同行するように合図した。彼女が並ぶと、年長の警官が「デカイ女ダナア」と呆れ返った。この背丈の差だけで、警吏の威信も虚仮威《こけおど》しになってしまう。何気なく彼は、リンダの足元に目を落としてビックリ仰天する。スカートに下駄履きのエゲレス女！

ジローに先導させながら、若年の警官は、警棒で彼の腰を小突きまわす。栃木県警察部に訴えがあったので、遠路はるばる査察にきたと恩着せがましい。エゲレス女は偽医者、療治所もモグリと、無免許と無許可の罪状を暴く。ジローは逆らわずに、元空き家の病家に直行した。マサの病家の方向を指すと、「ナニィ、二軒モアルノカ⁉」と二人は血相を変えた。覚悟していたので、ジローは、焦らず男子病家と女子病家と説明する。憤懣《ふんまん》やるかたなく彼らは聞く耳を持たない。

ジローが簾戸を開けると、両側の部屋に枕を並べる十数人の病人が一望された。寺の宿坊の趣きだったが、青白く浮腫んだ病相の男たちは、警官二人には異様に映った。いきなり年長が、革靴を蹴立てて土間に踏み込んだ。「オ前ラァ。ココデ何ヲヤットルカ！」怒声を浴びて、枕から病弱な顔々が飛び跳ねて次々に警官を凝視した。古く〝鬼面人を驚かす〟というが、虎の威を借る狐が制服を着ていた。この剣幕では、リンダは国外追放になりかねない。

「エゲレス女ハ偽医者ダ！、ココハ無許可営業ナンダゾ！」狭い土間を闊歩しながら、二人は、病人たちを威丈高に叱呵する。「許サン。オ前ラ早クココカラ出テイケ。残ッタ者ハ監獄ニブチ込ム！」紋切型の威し文句だ。

警吏に威喝されて、悲鳴をあげる者、泣き出す者、黙り込む者、溜息をつく者、弱気になっている病人たちは皆、沈痛な面持ちで困惑するばかりだ。完治するまでは石に齧《かじ》り付いても、ここを出る訳にはいかない。リンダは戸口に立ち竦んでいた。御上《おかみ》の権威を笠に着た傲慢不遜《ごうまんふそん》な日本人を初めて目にした。イングランドでも、警吏がサーベルをちゃらつかせて市民を威圧していた。

そのとき、左部屋の奥から錆《さび》のある声が下問した。

「貴様ラハ誰カ?、名乗レ」気勢を削がれて二人は、錆声の主に目を凝らす。病臥していた中年の男が、大儀そうにドッカリと框に腰を下ろした。寝巻の襟を合わせながら、警官たちを左右に睨める。虚勢を張って年長が肩を怒らした。「栃木県警の巡査…」と言いかけて、そのまま、穴のあくほど框の男を見詰める。口を尖らせる若年を制止するや、彼は、卒倒せんばかりにバタンと土間に土下座した。「ケ、警部殿！。失礼シマシタ」若年も狼狽して、警棒を放り捨てて平れ伏した。

病人たちも、リンダもジローも、意想外の主客転倒に唖然としていた。まさか、患者のなかに、栃木県警の〝お偉いさん〟が紛れ込んでいたとは…。

警部が手招くと、肝を潰したまま二人は彼の足元にひざまずいた。脚気に苦しみ抜いて警部は、数日前に身分を明かさず病家に入った。昨日あたりから心持ち楽になり、恢復の兆が見えはじめたという。同部屋の病人仲間も、暦を日めくるように快方している。

「リンダ様ハ看護婦ダヨ」看護婦といわれても、彼らには通じない。容疑者シンプソンを様付けされては、もはや抗う余地はない。警部は彼らを諄々と諭す。彼女はエゲレスの看護婦であり、医者ではないことは知っている。彼女は、ここで看護婦としての仕事をしている。また、この病家は病人を治療する療治所ではなく、病人が滋養・静養する養生所である。「シタガッテ、リンダ様ハ偽医者デハナイコトハ明白デアル。ココハ療治所デハナイカラ許可ハイラナイ」

「ソレデモ貴様ラハ、余ニ出テイケト言ウノカネ」上司の叱責に震え上がって、彼らは、「滅相モゴザイマセン」と平謝りだ。

巧みに言いくるめたあと、警部は、じんわりと彼らに世の習いを説き聞かせる。

戸口を離れると、リンダとジローは、両手を握り合って小躍りした。桐下駄がカタカタと鼓《つづみ》のように地面を打つ。「グッド・タイミング！　グッド・タイミング！」

五〇

昼下がり、ジローはリンダに散歩へ誘われた。

当時、散歩の習慣はなかったので、彼には、take a walk の意味が理解できなかった。御主人と散歩にでるのは初めてだ…どうやら、雲行きが怪しい。

「まるや」の屋根の風見が、風を切って目一杯に回っている。遠く西方の山頂に、稲妻が幾たびも光った。雷鳴はまだ聞こえないが、新暦六月初旬、梅雨入りが迫っている。

広場の手前、頬被りした老人が、スーと踵を返して逃げた。「あのおしっこのお爺さんね」と、リンダはクスクス笑う。照れ臭いのだろう、彼は、妙に動作が滑稽で憎めない。午後の広場は、幼児と老爺の世界である。水飲み場の円い縁石に腰かけると、リンダは、鼻歌まじりに両足をブラブラさせる。ジローも真似るが、もう彼女の思惑は読んでいた。

「新潟にコレラが発生したのね。ジロー」片手で流れる水槽の水を掬いながら、いつもの飾らない口振りだ。病家の患者たちが語る〝コロリ〟を耳にしたらしい。エディが教えたコレラを指す言葉である。彼女が、恐しい伝染病の情報を聞き洩らす筈はなかった。ジローも濁さずに、「えェ。そういう噂です。若松の人から聞きました」と伝える。当時、伝染病の流言蜚語《ひご》は屢々《しば》あった。いまだ風説なので、その信憑性には触れない。八年前の新潟のコレラ一揆は、この国の恥と新潟の汚点と固く口を閉ざす。

樹々の木漏れ日が、舞い散る蝶のようにリンダの白い顔に揺れている。彼女はサラリと言って除《の》けた。「ジロー。わたし、新潟に行こうと思うの」幼児の笑いが広場に弾けた。「ハイ」と、ジローはアッサリ返した。リンダは、彼の同行を前提にしている。御主人には地獄まで付き従うと、とうに腹を据えていた。自分は残って、彼女を見送るなどありえないことだった。彼女は、ジローが行動を共にすると毫《ごう》も疑わない。それが彼には嬉しかった。「新潟まで四日掛かります」

「四日も…掛かるの」と、気落ちするリンダを力づける。「新潟に入ったら、大きな川を下りますから」越後の津川から阿賀川の船道をゆく。そういえば、バードも船下りをして一気に新潟市内に着いた。相変らずリンダの切り替えは早い。「そう、ジローのホームタウンだものね」

それより彼は、両病家の患者の身を案じた。

コト、マサ、ゴンに任せればよいと、リンダは事もなげに言う。根が楽観的なので、彼らに後事を託して少しも気に病まない。思い出し笑いをしながら、「サブちゃんも手伝ってくれるわよ」と屈託ない。五十日足らずの滞在であったが、彼女は、後髪《うしろがみ》を引かれることはない。というより、リンダの心は、すでに新潟に飛んでいるのだ。

藤野村の病人を置いて、命を賭してコレラ流行の地に赴く。むろん、リンダが罹患しないという保証はない。その向う見ずな行動は、火中の栗を拾うに等しい。一体、何が彼女を駆り立てるのか—ジローには未だに解せない。吉凶禍福は巡りくるので、楽観主義だけでは通用しない。単に、通り一遍の勇気や使命感では片付けられない。自分には何かが欠けていると、彼は省みずにはいられない。…世には、自己と他者を天秤《てんびん》に掛けない人間がいる。

「それじゃあ明日の朝、出ようね」話は済んだと、リンダは、縁石からポンと弾み下りた。釣られてジローも腰を滑らせながら、早い！と呟く。揺れる木漏れ日のなかに、彼は一瞬、立ち眩みを覚えた。

「ジロー。わたし、戻ってくるからね」

その声は、鈍い耳鳴りに消されて、先をゆく桐下駄の跫音《あしおと》が、乱れて、前に後に遠く近くに聞こえた。

一茶哀れ

一

「来た！　来た来た来た来た…」

彼は、童《わらべ》のように両袖をふって飛びはねた。春霞《かすみ》にけむる街道の遠くに、人影が二つおぼろに揺れていた。文化十一年（一八一四）四月十一日、鶴首して待ちわびた訪客であった。

北国街道の越後に近い北信濃の宿場、柏原村。ゆるく蛇行する街道沿いに、茅葺きの家々が両肩をよせて立ちならぶ。遅い四月の春風が、狐色に枯れた野面をゆるやかに吹きわたる。はるか妙高、黒姫、戸隠、飯縄、斑尾の北信五岳の山頂は、まだ鋭い白銀に輝いていた。

すりへった下駄を鳴らして、彼は、踏石伝いに内外《うちそと》を忙しく往来する。小肥りの短軀に、薄い白髪をたばねて髻《もとどり》を結ぶ。地黒の丸い顔には、不釣合いに耳たぶが垂れ、額広く頬骨高く目窪み口が大きい。五二歳、すでに老いが処々に寄せていて、肌は染みにくすみ、歯は一本も残りなく、口元は皺を刻んですぼんでいた。生来のせっかちが、吃音《きつおん》となって口元を卑しくふるわせる。

二人連れは、北方の隣村野尻村の北の端、新田赤川から歩いてきた。五〇町（五キロ余）足らずの道のりなので、昼前には柏原村に入った。赤川の上農「こくや」、常田久右衛門の娘菊である。叔父の宮沢徳左衛門に伴われて、彼女は嫁入りにきた。

菊は齢二八、痩せの大柄で、糸瓜《へちま》のように面長く、うらなりと渾名《あだな》されていた。色黒く肌荒れて、世辞にも見目好いとはいえない。当時は十四、五歳で縁付いたので、二〇で年増《としま》、二五越えれば大年増だった。

行きそびれた娘の嫁入りに、久右衛門は随喜の涙をこぼした。婿殿は、なにやら遊び事に惚けているが、中農の土地持ちなので食うには困らないと聞いた。食い扶持《ぶち》よりも、彼女はただただ、兄夫婦と同居する小姑《こじゅうとめ》の身から逃げたかった。

彼のほうも、五十路《いそじ》を過ぎて今さら、色が白いの尻がでかいのと贅沢はいえない。二四も年若い嫁御なら、それだけで申し分なかった。いわば、縁つづきの独居老爺《ろうや》と行かず後家《ごけ》が、たがいに傷をなめあうように娶《めと》り娶られたのだ。

「お出でやす」彼は、小さな髷をゆらして、気忙しく二人を手招きする。誘われて徳左衛門は、路の真中に流れる小さな掘割を一飛びした。菊は、そうもいかず家のまえの渡し板を踏んだ。掘割の山水は、家並みを抜けると田畑の用水路に流れこむ。

婿殿を前にして、菊は、日除けた手拭をはずして愛想なく御辞儀した。人妻の結う丸髷が、艶っぽく漆黒に波打った。彼は、年甲斐もなく甲高く声をはずませた。彼女は、婿殿に会うのは二度目であった。嫁ぎ先を訪れるのは、今日が初めてであった。

彼の家は、村の南寄りの街道（現在の国道十八号線）に面する。間口九間（十六・二メートル余）、奥行四間（七・二メートル）の広い平屋である。踏み石沿いに、菜の花が黄色い四弁を咲かせていた。さすがに婚家の戸口に立つと、菊の足が止まった。パタパタと袖をふって、彼は、ためらう嫁御を招きいれる。「おあがんなして」

彼女は、おずおずと敷居をまたいで、暗い土間に足を踏みいれた。そこで菊は、呆然として立ちすくむ。

襖《ふすま》を開けはなして、奥の寝間まで素通しだった。三方の壁が、畳から高い天井の梁《はり》まで斑《まだら》の書物に埋まっていた。長い木造りの棚に無造作に横積みされた書物は、乱雑に食《は》みだしてだらしなく枝垂《しなだ》れている。歌書、俳書、経書、史書、雑書、写本の類が三百種余り。彼が読み漁り詰めこんだ書物であったが、彼女は、その来歴を知らない。

窓がふさがれているので、奥は昼間でも薄暗い。部屋の真ん中に使い古した文机《ふづくえ》がある。その上には、墨汁をためた大きな硯《すずり》、ひらいた和紙の綴り束が数冊も重なっている。文机の四囲には、円めた紙屑が散乱して足の踏み場もない。畳には雨漏りのようにススけた墨跡が染みて、部屋中に新旧の墨の匂いがふんぷんと漂う。

土間に突ったったまま、菊は、場違いな所にきたと胆をつぶしていた。徳左衛門は、上がり框《かまち》に草鞋《わらじ》を脱ぐと、裾をはらって居間に坐った。中央に鉄鍋を吊した囲炉裏が切られ、手前半分は板の間、奥半分は畳になっている。さすがに、こちらの部屋は小奇麗に片づけられていた。仲人の彼は、そ知らぬ顔して奥のごみ溜めには目もくれない。「いろいろと、お世話さんになりやした」と、如才なく低頭した。

婿殿は俳諧師と教えられていたが、菊は、おびただしい紙幅に恐れおののいていた。並みの農家ではない、得体の知れぬ奇人に嫁いだ──踵《きびす》を返して逃げだしたかったが、両足が棒立ちのまま動かない。

菊の動作に気をもみながら、彼は、満面の恵比須《えびす》顔で灰の冷めた炉端に手招いた。ふッと我にかえって、彼女は、「鏡台はどこ?」と唐突に問うた。数日前に赤川から送った嫁入り道具である。キョトンとする彼に、「箪笥《たんす》は? 長持は?」と畳みかける。バネのように跳ねると、彼は、「くら…蔵に…」と頓狂に唾をとばした。嫁御の大切な荷物…すっかり忘れていた。裏手に通じる土間を指して、「うら…裏…」と心細げな菊の袖をひく。彼女は、黙ってその袖をひきもどした。裏の土蔵に収めてあると知って、安堵した。粗雑に扱われたのではない…。

嫁御の機嫌を損ねたかと、うろたえる彼。それには取りあわず、菊は、ぎこちなく草鞋の紐をとく。三十路をまえに、彼女は、どん詰まりの迷いを吹っ切っていた。

徳左衛門は、隣の敷蓙《ござ》を叩いて菊を坐らせる。それを追って、彼は、嫁御の向いに忙しく正坐した。そわそわとして落着きない。彼のかたわらに、痩せた三毛の老猫が、猫つぐら（丸い藁籠）に丸まっている。彼は、猫好きらしい。在所では、犬猫を飼う者は少ない。徳左衛門と駄弁を弄しながら、彼は、折角迎えた嫁と目をあわせない。彼女のほうも顔を伏せたまま、ときどき上目遣いに白目をむく。向うの書物の壁が今にも崩れ落ちそうで、亀のように首をちぢめた。

菊は、まだ俳句を詠んだことはない。業俳という生業《なりわい》があることも聞かない。彼が一端《いっぱし》の俳諧宗匠であることも知らない。彼、小林弥太郎、俳号小林一茶は、その日の句日記に、

「十一晴　妻来ル　徳左ヱ門泊ル」と記した。

二

昼餉、菊は、実家から持参した生蕎麦《きそば》を馳走した。うど、たらのめ、ふきのとうの天ぷらを添えた。信濃者は三杯目から噛んで食うと、その大食漢を揶揄《やゆ》された。御多分にもれず、一茶は早食い大食いである。「んめ、んめ」と、彼らは、威勢よく盛り蕎麦を啜った。

「お菊は、料理上手でやす」徳左衛門は、そつなく彼女を褒めそやす。大口に頬張りながら、一茶は、仲人口ではないと幾度もうなずいた。古来、料理の不得手な女房は、百年の不作

と貶《おとし》められた。

土間つづきの台所は、意外にこざっぱりと調《ととの》っている。一茶の長い独り暮しの跡に、大年増の侘しさが重なった。彼の哀調にほだされて、菊は、気を利かして燗鍋に徳利一本をつけた。真昼間だが、信濃者は酒好きである。一茶は、ほどよい温燗《ぬるかん》に喜色満面、舌なめずりをして猪口《ちょこ》を啜った。晩酌はいつも手酌であったから、独り夢心地であった。照れ隠しに額を叩きながら、彼は、菊のまえに空の猪口を差しだした。

一茶と徳左衛門は、炉端に膝組みして杯を酌みかわす。たがいに緊張の縒《よ》りがほぐれると、酔いの回りは早い。徳利一本のつもりが、じきにぐい呑みとなり茶碗酒になった。酒壷の底をついても、彼らの酒宴は盛り上がる一方だった。酒屋は、並びの数軒先にあるという。菊は、仕方なく空の酒壷をかかえた。内心、酒をだした粗忽《そこつ》を悔いていた。赤川では、酒肴《しゅこう》を買いにいくのは下男下女の役目だった。

一茶は、変人扱いされて近所付合いも少なかった。けれども、彼は酒屋「桂屋」の得意先だった。主人は、丸髷の使いに面食らって、気もそぞろに酒樽の栓をぬく。酒壷に地酒「黒姫」をそそぐ。むっつりしたまま、菊は、重くなった酒壷をかかえて足早に店をでた。にわかに酒屋の内外は、初見の丸髷に色めきたった。「見ろや！　弥太郎さんは、えれえ若けえ嬶《かかあ》をもらったのう」

その妬《ねた》ましい冷やかしを背に、菊の耳たぶが朱に染まった。まだ契りを結んでいないのに新妻扱い…大年増の僻《ひが》みは、心中から込みあげてくる嬉しさにうろたえていた。道端に花盛る紫の菫《すみれ》を散らして、彼女は、小娘のように駆けもどった。

それから一時《とき》（二時間）ほど経った。

「茶屋さ行こう！」一茶の歯無し声が唾をとばした。酒壷が空になったのだ。「だいぶ刻《とき》がすぎてやす」徳左衛門も、すっかり酩酊している。「もう帰らねば…」とつぶやきながら、身は一茶の肩にもたれかかる。彼の住いは柏原の新田仁之倉なので、目と鼻の先である。「行こう！　お前《め》さん、行こうな」腑ぬけた奇声をあげながら、一茶は、あとずさる菊の前に酔眼を泳がせる。五十男が、初めての嫁御を持てあます体たらくだ。幾度も踏石を踏み外しながら、彼らは、路によろめきでる。

掘割に落ちもせず、南へ一町（百メートル余）足らず、茶屋「与助」に転げこむ。鎮守の森が囲む諏訪神社の脇にある水茶屋（飲食店）である。彼はここの常連で、三日に飽かず飲み食いして、独り身の憂さを晴らした。

柏原村は、中山道（信州）と北陸道《ほくろくどう》（越後）を結ぶ北国街道の中山八宿の一つ、百五十軒、七百人余りの宿場である。旅籠《はたご》屋が十軒、茶屋四軒、酒屋、穀屋、塩屋、小間物屋、鍛冶《かじ》屋があった。穀屋と塩屋は、越後高田と信濃善光寺平を中継する問屋である。茶屋には、葉茶屋（葉茶を売る店）、掛茶屋（道中の休息所）、水茶屋がある。ここには、飯盛女《めしもりおんな》はいるが遊女を置く色茶屋はない。

独り残されて、菊は、所在なく上がり框に坐った。これが思い焦れた嫁入りでやすか、と拍子ぬけていた。父親も大酒食らいだったが、嫁取りの日に深酒する男の性分が解《げ》せない。仲人役を忘れた徳左衛門にも腹がたつ。不意に彼女は、台所の奥に吸いよせられた。壁に草箒《ほうき》が吊るしてあった。菊は、几帳面な質《たち》で、年下の物臭な嫂《あによめ》と衝突が絶えなかった。ためらいもなく、寝間に散らばる紙屑を拾いはじめる。

根が農家の働き手だから、労を厭わない。紙は高価なので、書き捨ての皺をのばして一枚一枚重ねた。かさ張るから、文机の硯石を重しにした。この「一人艸木用」と刻んだ重しが、のちに一茶愛用の由緒ある硯になるとは菊は知る由もない。

墨が染みササくれた畳を丁寧に掃く。襖の陰の一角に、小さな仏壇があった。長男だから先祖の位牌を守るのだろうが、書棚に押しつぶされそうだ。位牌も仏具も一々、隅々まで拭ききよめる。菊は、小林家代々に仲間入りしたような、奇妙な気分に誘われた。まだ、赤川の常田家から乳離れしていない。婿殿が取り憑かれた書物には滅多に触れず、叩《はた》きを掛けるだけにした。部屋中に、煙るように埃が舞いちって沈まない。

一渡り掃除をすませると、菊は、大胆に次の行動にでた。土間を突っきって裏手にぬけた。裏庭には太い猿滑《さるなめり》が、瘤をつけた滑らかな枝を大空にくねらせていた。幼い頃、実家の猿滑を登り下りしたつるつるの感触がよみがえった。

幹の向うに、漆喰に塗った白壁の土蔵が建っていた。間口三間半（六・三メートル）、奥行二間二尺（四・二メートル）の茅葺屋根を置きかぶせた頑丈な造りだ。

さっき、菊は、仏壇の引出しに木札をつけた大きな鍵をみつけた。案の定、蔵の扉は鉄錆《さび》をきしらせて難なく開いた。後ろめたさを払って、梱包のまま置いてある荷物三個をなでまわした。鏡台は部屋に持ちこみたかったが、さすがに図々しすぎると諦めた。鍵は、そっと仏壇にもどしておく。

ふたたび框に坐ると、両足をぶらぶらゆすりながら婿殿を待つ。いつ戻ってくるのか、分らない。居間の障子越しに、耳慣れた越後獅子の鼓《つづみ》の音が聞こえた。小走りでるが、空耳か、道辻に獅子舞親子の姿はない。赤川では輪になって、弾ける鼓にあわせて巧みに宙返る稚児の芸に拍手した。母親の手からお捻《ひね》りの投銭をもらって、地べたの銭籠に放った。

街道筋は、暮色に霞みはじめていた。向う、火の見櫓《やぐら》が高みに薄れている。

ふりむいて、菊は、あらためて〝我が家〟を一眸《ぼう》した。広い家と思ったが、間口が半々に仕切られていた。ひとつ屋根の下、一茶の母屋は北半分の間口四間半（八・一メートル）であった。…隣と壁一重でへだたる近所合壁の家である。この二月、一茶は、長年仲違いしていた十歳下の弟仙六（のち弥兵衛）と、二百坪の敷地に建つ生家を折半にした。親譲りの五石余りの田畑は、農事の一切を小作人に任せた。漂泊三六年を経て、五〇歳にして帰郷し、一茶が、終《つい》の栖《すみか》とも死所《しにどころ》とも定めた住まいであった。菊はまだ、彼の生い立ちを知らない。

小暗い部屋内に宵が迫ってきた。山気が、裸足の足元に冷えびえと這いあがってくる。油がもったいないので精々忍ぶが、火点《とも》し頃である。つのる心細さを振りはらって、菊は、居間の行灯《あんどん》に打ち火をつけた。油皿が燃えると一瞬の間、鬱した心中が仄かに和んだ。酔い覚めの父親の顔が浮かんで、台所のへっつい（竈《かまど》）に火吹竹で楢《なら》の薪を熾《おこ》す。玄米を炊いて、夜食の湯漬を賄うのだ。台所の隅の樽に、野沢菜が漬けてある。婿殿の手並みか、ほどよい塩加減だ。

ビクッと退ると、三毛猫が足首に柔毛を擦りよせている。赤川でも、猫を二匹飼っていた。朝と夕に餌を与えるのは、下女だった。べつに猫好きではないが、ヨシヨシとなでると絶えいるように餌をせがむ。主人に忘れられて餓えて、喉をならして菊のだした残飯を食らう。

陽はとっぷり暮れて、近くの旅籠の淡い灯が仄めいている。手をふきながら炉端に坐ると、今さらながら粗略に扱われた口惜しさに涙がにじんできた。婿の不作法と気分屋は、辛抱する他ないのか。「赤川の久右衛門の娘御とは、弥太郎さんも幸せ者じゃあ」柏原ではもっぱらの噂と、良縁を言祝《ことほ》ぐ仲人口に乗せられた。菊は、両目をすえて爪を噛む。はしたないと、いつも母親に叱られた癖だった。五十路男の偏屈か野暮か気紛れか、兄弟のない彼女には男の性情が見当つかない。…爪は、みるみる鋸《のこぎり》になった。

身ぶるいして、醒めた。いつのまにか、菊は、炉端にもたれて居眠りをむさぼっていた。へっついの火は落ちて、釜も冷えていた。闇路に切れぎれに犬の遠吠えがする。夜更けても、彼らはもどってこない。にわかにひもじさに襲われ、敷莚を蹴たてた。膝から爪のかけらが、パラパラと畳に散った。ふてくされて彼女は、竹箸で冷えた湯漬を喉奥に掻きこんだ。いよいよと腹をすえた女心が、無神経に肩透かしを食らった。もとより心外ではあったが、菊は、はしたなくはだけた袷をあわせて、安んじた…きょうは、初夜はない。彼女は、白い八重歯をむいて、塩辛い野沢菜をバリバリと噛んだ。

三

「捨てたか⁉」

襖を蹴倒して、一茶の怒声がころげでた。乱れた髷、引き攣った形相——まさに怒髪天を衝《つ》いていた。台所の菊は、両手の洗い茶碗を落としかけた。「燃やしたのか⁉」と、彼は、悲痛な叫びを浴びせる。強ばったまま奥をさすと、一茶は、喉笛をならして身をねじった。硯を乗せた紙束にうつ伏し、必死で両腕に抱えこんだ。

寝惚け眼をひらいて、徳左衛門は呆然としている。夜半、彼らは酔い痴れて、そのまま寝間に倒れこんだ。襖をふるわす高鼾に、菊は、居間の窓際で寝苦しい一夜を明かした。

紙束を胸に抱いたまま、さすがに一茶は照れ笑いした。「触らんで下されや」と、もごもごと口ごもった。今しがたの悪鬼の面相は一変、飄逸《ひょういつ》な恵比須顔にもどっていた。菊は、ぎこちなくうなずいた。彼の剣幕を目の当たりにして、婿殿には女房よりも大切なものがある、と思い知らされた。

そのとき菊は、彼は風狂だが根は好人物、と直感した。すると、背筋に冷たい汗が流れた──紙屑を火にくべていたら、その場で離縁されていただろう。赤川をでた菊には、もう帰る所はない。ここ柏原を我が住まいと、居坐る他なかった。その空しさを嘆くより、彼女は、彼の宝物を踏みつけてはならぬと自戒した。

酒気を吐きながら、彼らは、炉端で菊のだした湯漬を掻きこむ。初夜を台無しにしたと、徳左衛門は、ばつが悪くて菊と目をあわせない。小楊枝をくわえたまま、そさくさと草鞋を引っかける。路先まで仲人を見送ると、急いで踵をかえした。

そこで菊は、又々一驚を喫する。一茶は、丸い背を向けて文机に坐っていた。もう書物の壁を睨《ね》めまわしつつ、一心不乱に硯の墨をすっている。もはや没我の境地にひたり、新妻が踏みいる余地はない。菊には、その姿は狐に取り憑かれた行者のように映った。一年中部屋にこもって、気が狂れたように句作とやらに耽る婿殿の姿が重なる。そんな彼の、労農を外れた奇矯な生き様を受容する他ない。彼女は、ひたすら騒がず妨げず家事に勤しめばよい、と自らに言い聞かせた。

実に小林一茶は、生涯に二万余の句を残したという。松尾芭蕉は三千句、与謝蕪村は一千句というから、膨大な濫作である。句作は四〇年におよぶので、習作や改作をふくめて一年で五百余、一月で四〇余、一日一句余を作ったことになる。夥《おびただ》しい句屑もあり、秀句は三百ほどと評される。ともかく、ほとばしりでる情念、あふれる着想、抑えきれない創作意欲、千変万化の技量…文字どおり、江戸後期の俳壇を驀進した異才異能であった。

朝まだき、菊は、近所の女房たちが集うまえに水汲みにでた。隣家の路際に、共同の井戸がある。霞が一面にたちこめて、街道筋は白煙の向うにかすむ。汲みあげる釣瓶《つるべ》の音が霞を吹き乱し、手桶に冷たい飛沫《しぶき》が飛びちる。

掘割の流れ水を杓にくんで、家まわりの草花に水遣りをする。屋根の樋伝いに、雨水が母屋下の天水桶に落ちる。大事な防火用水なので、その溜り具合を見すごすことはない。

夏には、一面に孑孑《ぼうふら》（蚊の幼虫）がわく。

彼女は、そろそろと昼餉の下ごしらえにかかる。まだ呼び名も知らぬ三毛猫が、早々と喉を鳴らしてすりよってくる。もう餌をくれるのは、菊と心得ている。婿殿は句作に没入していて、台所の物音など耳に障らぬようだ。髪をかきむしり、ブツブツと独り言をつぶやき、平手で文机を叩き、筆をふりまわして墨汁をはねる。文机の辺りには、丸めた紙屑が散らばっている。間違いなく狐が乗り移っている―狐憑きが落ちるまで施し様はない。

菊は、ここは下男下女のいない家と、いよいよ腹をすえた。新妻は、女房と下女をあわせた働き手なのだ。まだ本物の女房にはなっていないのに…彼女は複雑な思いだ。裏手に、母屋に立てかけた板葺きの厠《かわや》がある。汲取り式の便壷は、暗くて底がみえない。漂う臭みに耐えながら、汚れた板囲いを掃除する。婿殿の臭い、という面妖な気分を払いのける。

もどると、一茶は、炉端に胡座《あぐら》をかいている。襟に竹の孫の手を突ったてたまま、墨にまみれた両手に延べ打ちの鉈豆煙管《なたまめきせる》をにぎる。雁首と吸口をはずして、羅宇《らう》（銅と竹の管）に布切を巻いた竹通しを出入りさせる。手慣れていて、手際よく脂《やに》を拭いとる。赤川では、皆の煙管掃除は、下男の役目と決まっていた。脂取り作業にのめり込んでいて、彼は、菊の気配に顔をあげない。煙草好きだが、家では、火の用心に堅く炉端でしか吸わない。

「昼飯、上がりやすか？」ほどよい頃を見はからって、菊は、框から恐る恐るたずねた。

蛸《たこ》のように口を突き出して一服、二服、鼻から長い煙を吐きだす。句作のあと紫煙をくゆらすのが、一茶の至福の一刻だった。暫時、句作の発情が落ち潮のように引いていく、菊の問いかけには生返事で、まだ上の空だ。彼女はかまわずに、婿殿のまえに早めの箱膳をだした。

山芋の芋粥と、焼豆腐の味噌田楽《でんがく》。その匂いに誘われて、一茶は、掌《てのひら》をかえすように煙管の雁首を叩いた。吸いかけの刻み煙草が、囲炉裏の灰に落ちた。その食い意地のはった稚気に、菊は、微苦笑をこらえていた。椀を両手に乗せると、彼は、目をほそめて温《ぬく》い粥を一口啜る。忙しなく豆腐田楽の串に食らいつく。にちにち忘我の境から醒めると、飢えて、通いの水茶屋に駈けこんだ。今は、ナント据え膳が置かれている。これからは三度、三度、旨い飯が食える！

「んめ!、んめ。堪《こ》てらんね」一茶は、手放しに喜びはしゃぐ。「お菊は、料理上手でやす」昨日の徳左衛門の口べたを剽軽に口真似し、精一杯おどけてみせる。興に乗じて、「ほんにありがとうござんす」と畏《かしこ》まって両手をあわせた。狐が去ると恵比須が宿る—その変幻は浮世離れしていた。「お前《め》さま。褒めすぎでやす」と袖をふって、菊ははにかんだ。それでも彼は、弁財天を拝むように幾度も合掌する。その神妙で剽逸な仕草に、思わず彼女は、クスッと頬を崩した…あの愛敬なしの菊が笑った。

そのとき、彼女の口元が黒々と艶やかに映えた。一茶は、打たれたようにパチンと両目を瞠った。嫁御が御歯黒をした！　当時、嫁いだ女は、既婚の証しとして歯を黒く染めた。御歯黒用具一式は、欠くことのない嫁入り道具の一つであった。薄霞にかげる土蔵を開けはなして、菊は、齢二八にして初めて御歯黒を染めた。鏡をのぞきながら、房楊枝で五倍子《ふ し》の粉と鉄漿《かね》の液を交互に白い歯面に塗りつける。母親の段取りにならったが、あまりに面倒で一苦労した。

一茶は、脱兎《だっと》のごとく表に飛びだした。掘割の縁に膝をつくと、両手の墨汚れを手荒に洗いおとす。息せき切ってもどると、台所の壁の棚に背伸びする。陶の一升瓶の木栓をぬくと、瓶をかたむけてゴクリと一口呷った。フーという深い吐息は、なにやら怪しい一瓢《いっぴょう》（瓢《ひさご》）の飲だ。のちに、菊がたずねたら、彼は、黄精酒とあっさり白状した。

江戸では、強壮・強精剤ブームが止まず、なかでも黄精酒が持て囃された。黄精酒は、鳴子百合《なるこゆり》の根を刻んで干してから、砂糖をくわえて焼酎に漬けこむ。病後回復の滋養薬、精力減退の妙薬とされ、その効能が喧伝された。赤川の縁談話が持ちあがった頃、一茶は、いそいで江戸から黄精酒を取りよせた。日ごと一服、ひたすら精力増強に励んだ。若い新妻を落胆させ、五十男の衰えを侮蔑されたくなかったのだ。

そのあと一茶は、栗鼠《りす》のように走りまわった。表戸と裏戸に閂《かんぬき》をかけ、三毛猫の丸籠を寝間の襖の陰に移し、炉端の畳に枕屏風《びょうぶ》を立て、表の窓際に薄蒲団を敷き、半開きの障子窓をピシャリと閉めた。その振る舞いは少々荒っぽいが軽妙洒脱、里神楽《さとかぐら》の田舎舞いを念《おも》わせた。

エエッ、こんな真昼間から…その時が出し抜けにきた。今夜と思うておりやした…菊は、もどかしかった婿殿のにわかの発情に生唾を呑んだ。アレヨアレヨという間に、初夜の支度が整えられた…お天道さんが見てさっしゃるよ。

まだ午《ひる》（正午）前である。陽光が、閉めきった障子窓や台所の天井の気抜け窓から容赦なく射しこむ。彼女は白昼、近所の姦しい耳目に気後《きおく》れしていた。とりわけ棟割りの隣りは、厚いとはいえ板壁一枚だ。がさつで無神経、情趣を解さず、秘め事のムードを欠く。夜這いはもとより、夫婦《めおと》の房事は、夜間の営みと信じて疑わなかった菊である。これが初夜なの？…酔狂にも程があると、彼女はただ憮然としていた。

その日の一茶の句日記には、「十二晴」としか記されていない。

「さあ、早うおいでなされ」彼女の不満には頓着せず、一茶は、炉端にすくむ菊を懇《ねんご》ろにうながした。心と裏腹に彼女は、手繰られるように痴《し》れて、ゆらりと前のめりになった。

彼らは、ほろ苦い初婚同士である。生娘とはいえないが、菊は、とにかく身持ちが固く奥手であった。一茶のほうは、長らく宿場女郎や江戸深川の娼妓と遊蕩に耽った。だから玄人筋には遊びなれていたが、素人娘は初物食いだった。

「勿体《もって》ねえ勿体ねえ」

蒲団に正坐するや、一茶は、弁天様の菊殿に両手をあわせて深々と低頭した。その拍子に、背中に差した孫の手が勢いよく襟をはねた。痛たッとあわてて引きぬいて、寝間の暗がりに放りなげる。襖の陰で三毛猫が、ミャアとひしゃげた啼き声をあげた。

それから、彼らは、夜更けまで六交合した。

四

翌日は、朝方から雨であった。村の知り合いが三々五々、婚礼の祝いにきた。一茶は、午前と午後のほとんど、文机にへばりついて離れない。

やむなく愛想なしの菊が、精々応対した。嫁女を見にきた村人たちは、一しきり雀のようにお喋りし、しごく満悦して帰った。夕方までに、祝い金百六文をいただく。昨日の〝初夜〟と寝不足に、今日の気疲れが重なって、菊は疲労困憊《こんぱい》していた。夕餉のさなか、睡魔に襲われて箸を取りおとした。飯を頬ばる一茶は、嫁の疲れには無頓着だ。その夜、彼らは三交合した。

早旦、共寝をぬけるが、五体が無性に重い。炉端に坐ると菊は、力なく剥がれた御歯黒を染めなおした。鉄漿の残り水を捨てようと、裏戸をあけた途端、猛々しい唸りが眼下を走った。猿滑の根元に野良猫が、ばたつく雀を荒々しく食い千切り、またたくまに羽毛を散らして平らげる。彼女は、よろめいて板戸にすがり、喉をふるわせて酸っぱい胃汁を吐いた。惨劇のあとには、雀の砂粒石粒を詰めた小さな砂袋（砂肝）だけが残された。もう一度、空の酸臭を吐く。

薄明、房事のさなか、柱間をふるわす地震が襲う。菊は悲鳴をあげるが、一茶の四肢は彼女の太り肉《じし》を離さない。初花に胡蝶の戯るゝが如しと、彼は、新婚の明け暮れに有頂天であった。ひたすら句作に没頭し、楽々と旨みを食し、五合の晩酌のあと、若い嫁に耽溺する。五十路を過ぎても、飽食、斗酒、好色は疲れを知らず、飽きを知らず、果てしを知らない。

十日ほどのち、菊はひとり里帰りした。母親勝は、嫁婿の塩梅《あんばい》はよいと伝え聞いていた。彼女は、娘のあまりの痩せ様に寒気だった。聞けば、婿殿は好人物で、しごく優しいという。菊は、実家の畳に昏々と眠りこんだ。一茶の夜毎の色情を逃れて、しばし安眠する。房内のことは語らず仕舞いのまま、彼女は、足取り重く婚家へもどった。安息の里帰りは、短く切ない。三日ぶりなので、その夜は五交合した。

菊は、一夜《ひとよ》三交合の営みは、いずれの夫婦も同じと思っていた。だから一茶が、過度で過激とは疑わない。けれど、老境にもかかわらず、実に一茶の房事は奇狂なほど荒淫であった。黄精酒の効用か定かではないが、彼自身、尋常でないと分かっていた。道中の飯盛女や江戸本所の遊女を欲情の捌《は》け口にしたが、情火は抑えられず、揚銭をはずんで三交目、四交目を強要して険しく拒絶され、いつも大喧嘩した。

柏原の五月は皆、農作に忙しい。菊は早速、仁之倉の徳左衛門の手伝いに狩りだされ、隣の義弟仙六の田植えに精を出す。山間の柏原は、火山灰の黒い痩地なので、水田は少なく大半を陸田が占める。そのうえ寒冷なので、畑には栗、稗、蕎麦の類しか育たない。

五月下旬の夕刻、梅雨の走りの白雨。鳴神が雷鳴をひびかせて、地べたに飛沫《しぶき》をあげて降る夕立である。信濃では、〝蚤《のみ》の四月蚊の五月〟というが、白雨の頃には家蝿も飛びはじめる。皆、不快で嫌悪するものの、追っても追っても切りがない。ところが一茶は、花鳥風月はもとより鳥獣虫魚をいとおしみ、森羅万象、生きとし生けるもの蝿や蚊まで詠んだ。

六月二日朝方、一茶の坐臥はふだんと違った。居間の小箪笥をあけて、ひとり身支度をはじめた。裾を絞った袋袴をはき、藍染めの十徳《じっとく》(上衣)を羽織って、おもむろに黒い宗匠頭巾をかぶる。彼が、初めてみせる俳諧宗匠の風格であった。その装いに面食らう菊―

彼女をまじまじと見、一茶は、「睨《にら》めっこじゃ！」と破顔一笑した。一興おどけてみせたあと、「湯田中にいきやす」と一言、片手に脇杖を振りふり飄々とでていく。菊が、雨合羽をもって小走りに追った。並ぶと嫁が婿を見下ろすので、彼らは蚤の夫婦である。

湯田中は、夕方には行きつく北信濃の東方にある夜間瀬川沿いの鄙びた湯治場である。地名は聞くが、菊は知らない所だ。そこには、一茶の門人がいた。江戸帰りの宗匠一茶は、善光寺はじめ北信一帯に門下を広めつつあった。門人には在郷の名士や素封家が多く、一茶を支えるパトロンとなっていた。彼は、馴染みの宿で湯浴みしたあと、門人二人と親しく吟詠した。

早暁、濡れ縁の樹陰に鶯《うぐいす》が喧しくさえずる。谷渡りして、渓谷にこだます美声の主とは思えない。時鳥《ほととぎす》に卵を擦りかえられたのも気づかず、托卵《たくらん》する間ぬけで不憫《ふびん》な鳥と知る。今は図々しくも騒々しい鳴声に、一茶は、蒲団を撥ねのけた。

帰途、渓流沿いに山つつじが紅い花を無数に咲かせる。脇杖をふりながら、その群生を愛《め》でるも、実は一茶は気もそぞろで、飛びはねるように柏原に駆けもどる。菊は、新筍《にいたけ》飯の夕餉を作って待つ。一茶は心身とも、一気に十歳も若返っていた。その夜、彼らは五交合した。

裏の猿滑は老木なので、盛夏にも花を咲かせない。代わりに土蔵の白壁に、太い蔓草《つるくさ》を這わせて、のうぜんかずらの橙花《だいだい》が、爛漫と咲き乱れる。誘うともなく一茶と菊は、団扇《うちわ》片手に縁台に並んで花見をする。橙花は大きな花弁を開ききると、一日で散るという。けれども、今を盛りに次々と花を鮮やかに咲かせるので、儚い炎天花には見えない。

天窓《おつむ》（頭）を扇ぎながら、一茶は、得意目を細めて花を愛で菊を慈しむ。女房も板について、彼女は、いそいそと笊《ざる》にあふれる茹でた枝豆をさしだす。娶り娶られて四ヶ月足らず、夫婦和合し、仲睦まじい夫婦である。実は昼餉の一刻は、一茶から狐が離れているので、彼の情動は穏やかでつつがない。その振幅には慣れたとはいえ、菊は、狐の尾を踏んではならないと、いつも気を張っている。

日盛り、表の窓に垂れた葦《あし》の簾《すだれ》を破って、数匹の油蝉が競いあって猛々しく鳴く。団扇で蝿を払いながら、一茶は、酢で和えた胡瓜《きゅうり》揉みを旨そうに食う。旬がどうの塩加減がどうの小言はいわず、ひたすら「んめ、んめ」を連発する。あとは、おもむろに火打ちして煙管を一服、二服とくゆらす。昼下がり、狐がもどってくると、彼は、両目を釣りあげて奥間へ四つん這う。

それからは、筆先が暗む頃まで籠りきりだ。茹で蛸のように汗をたらし、苛立たしく蝿を追いはらい、首筋を刺す蚊を叩きたたき、ひとり没我の境にいる。菊が、襖向うに蚊遣《かや》りを置いても気づかない。筒形の粗い陶にあけた十数箇の穴から、杉の葉を燻した煙が、幾筋も絡みあいながら立ちのぼる。四季折々、夕闇が迫ると精気が切れて、一茶はよれよれに凋む。眼に悪いと、行灯《あんどん》の下では句作はしない。

とにかく、句作を妨げず、三食と夜の交わりを欠かさねばよい。菊は、彼の好みにあわせて夕餉は、「やたら飯と丸茄子の味噌焼きじゃ」とつぶやく。やたら飯とは、いろんな野菜と味噌漬けを刻んだ北信濃の田舎飯だ。一方、夜の交わりのほうは、夫婦だから淫らとは邪推しないが、彼女は、夜毎の交合にいささか不感症になっていた。宵の口から夜通しの五交は、さすがに辛い。麻痺して疲労して、昼中しばしば、炉端や縁台に伏して死んだように眠りこける。

一茶のひと日は、まことに規則正しい。ある日、その決まり事が出しぬけに破られる。八月四日盛夏、彼は、二ヶ月前と同じに俳諧宗匠の身支度をはじめた。戸惑う菊に、しかつめらしく「お江戸にいきやす」と告げた。彼女は、否応もない一茶の我流に絶句した。江戸ははるか東方にある遠隔地、という風聞しかない。

実際に、江戸は北信濃の名刹《めいさつ》善光寺から六一里（二四一キロメートル）、健脚ならば一日十里（四〇キロ）で五泊六日かかる。一茶は一年前、江戸俳壇を離れて柏原に引きこもったが、腐れ縁は断ちきれない。江戸俳壇への未練と反発、田舎宗匠の自尊と卑屈、柏原の情報不足…複雑な葛藤に苛らだち、取り残される不安と焦りが彼を江戸へ駆りたてる。

一茶の江戸と北信濃の往来の始まりであった。

蜜月の妻ひとり置いて、煩悩《ぼんのう》を脱して心残りはないのか。出がけに一茶は、杓《ひしゃく》で台所の水瓶《かめ》の水を呷ると、フィフィと無邪気に胡瓜《きゅうり》をねだった。菊は黙って、もぎたてを一本わたす。掘割の水で洗うと、彼は、すぼんだ口にくわえて飄々と出立した。菊は、置き忘れた黄楊《つげ》の薬籠《やくろう》（携帯用薬入れ）をもって小走りに追った。掘割際で後姿を見送りながら、菊は、しばらくすれば帰ると高をくくっていた。それより、夜のお勤めから解放される嬉しさに痺れ、命の洗濯ができると有難涙がこぼれた。

だが、菊はまだ一茶の本性を知らなかった。彼が柏原に戻るのは…五ヶ月後になる。

五

八月九日、一茶は、江戸谷中の本行寺に入った。

その頃、府内では、絵師の葛飾北斎が絵手本『北斎漫画』初編を出し、その奔放奇抜な夥しいデッサンは市井の注目をあつめていた。一方、戯作者の滝沢馬琴の『南総里見八犬伝』の初輯《しょしゅう》が評判をとる。二八年間つづく伝奇読本《よみほん》（小説）は、彼の代表作として巷間をにぎわした。一茶も折々に耳にしながら、十一月に板行することになる江戸俳壇引退記念の撰集『三韓人』の準備にかかった。彼の長年の俳友である本行寺の住職、一瓢が掛りきりで手伝う。

一方、菊のほうは、一茶の蚊帳《かや》の外に置かれていた。彼の旅立った日は、早々に宵寝して泥のように寝込み、朝雲《しののめ》もみずに寝坊した。久方ぶりに爽快な目覚めだった。出がけの一茶を真似て、桶にひたした胡瓜に味噌をつけてかぶりつく。冷やっこい汁が口元に飛びちった。

不意に重しが外れると、いかに一茶の勝手気儘に抑えられていたかを知る。今さらながら、その理不尽に遣り場のない悔しさが込みあげる。ふてくされて菊は、騒々しく部屋を掃く。散らかった紙屑は、そのまま花嫁道具の空いた小行李に放りこむ。これなら文句あるまいと、両手をはらって清々した。灰汁《あく》袋で洗濯するが、今日は女ものの洗い物しかない。いちばん楽になったのは、三食の支度が半々減したことだ。好きな時に、好きな物を、好きなだけ食すればよい。それから彼女は、伸び伸びと一人天下を満喫した。

安息の日々がもどると、余計な気掛かりが鎌首をもたげはじめる。この四ヶ月余り、房事が途切れることは殆どなかった。その間、月のもの（月経）は四たびあった。当時、月経と妊娠の関連性は解されていないが、月のもののあとに身籠もる、という世俗の伝承があった。

菊は、天から男女が同体になれば身籠もると信じていた。彼の欲情は男盛りに引けを取らないから、男の精励に女体が反応しないのはいぶかしい。一茶との房事には、子作りという意識も、子を欲する願意もなかった。それでも彼女は、夫の種を宿すのは妻の勤めと信じて疑わなかった。

古くは、子を産めぬ女は石女《うまずめ》（生《う》まず女《め》）と卑しめられ、子を生さぬ女房は三行半《みくだりはん》（離縁状）を突きつけられた。いま菊は、石女ではないかという脅えに襲われていた。ふつう七、八人という子沢山の時代である。赤川の幼馴染みたちは、すでに三、四人の坊主やお下げがいる。母親の足元を走りまわる子供たちが、にぎやかに彼女の瞼をよぎる。実に、生まず女への蔑みは耐えがたいし、離縁されれば路頭をさ迷う…行かず後家の焦心が去ると、次は、石女の身を思いわずらう。

半月経ったが、一茶は帰らない。あれほど耽溺していた新妻に、便り一本よこさない。彼の無音を憤りながらも、留守を守るのが女房の勤めと真当に信じる菊である。だから炊事、洗濯、掃除と家事一切は怠りないが、裏庭の手入れを終えると暇を持てあます。

退屈しのぎに三毛猫をからかうが、物憂げに籠にちぢこまる。一茶は、オイオイとしか呼ばないので、いまだに名は知らないが雄である。仔を産む雌を避けたのだろうが、古く三毛猫の雄は数少ないので、福をもたらすという。彼は世事には疎いが、抜け目ないと邪推する。一茶の天然惚けに騙されてはいけない、と自らに言い聞かせる。

ある日、菊は、隣の仙六・松夫婦に招かれた。昼の陽射しを避けながら、旬の唐きびの甘いもろこし飯を馳走になる。兄とちがって仙六は、根っからの百姓で芯からの好人物だ。兄嫁の一人暮しを気遣いながら、一茶の風狂には触れずに訥《とつ》々と世間話に汗する。その端々から、一茶は江戸深川の本行寺に寄宿していると知る。深川がどこか見当もつかないが、彼の行先を耳にして、菊は、不覚にも胸奥が熱《ほて》った。居所が寺と聞いて、ひそかに安堵する己れがいた。

昼下がり、屋根裏から法師蝉の哀調が時雨《しぐれ》のように降りしきる。息継ぐ間もない狂騒となって、耳内を痺れさせる。お下げの頃、背丈があるのでせがまれて、鳥もちを巻いた竹竿で高みの蝉を捕えた。不意に、へっついの上の天窓から蝉一匹が迷いこんだ。狂おしく部屋を飛びまわるのに、一声も鳴かず羽音が空しく壁を打つ。菊の首筋に粘い汗がしたたった。唖蝉《おし》である…雄々しく鳴くのは雄で、雌の蝉は鳴かない。

一人寝の菊は、欝々と寝返りをうつ。半信半疑ながら、いまだ妊娠の兆しはない。「おら知らね。おらの所為《せい》じゃねえ」。精一杯の腹癒《い》せに、彼女は、五十男の子種なしを責めた。空元気をだすのだが、あぶくのように洩れる独り言がうら寂しい。江戸深川という見知らぬ在所が、夢うつつに回り灯籠《どうろう》のように浮かんでは消える。入鉄砲出女《でおんな》の世なので、女の菊がたやすく往来する手立てはない。

早朝、村の伝馬《てんま》（宿継ぎの馬）は喧しく、荷馬が蹄《ひづめ》を蹴たてて轡《くつわ》を鳴らして通りすぎる。舞いあがった土ぼこりが、堀割の流れに涼やかに吸われていく。

独り味気なく、万事に張り合いなく、夕暮れてボンヤリ炉端に坐る。なつきもしない三毛猫の老いた鼾《いびき》が、侘しく聞こえる。いたずらに男のエゴに振り回されて、菊は打ちひしがれていた。四ヶ月間共寝した仲なのに、あまりに冷たい仕打ち…悄然として彼女は、一茶に抗っても適う相手ではないと覚る。凧《たこ》の糸が切れた俳諧亡者の帰りを、ひたすら待つしかないと思い定める。

乞われて、徳左衛門の稲刈りにでる。猫の手も借りたい九月、菊の手も当てにされる。ふつう稲刈は、出穂をみてから二〇日が刈り頃である。畦《あぜ》に立って、手甲《てっこう》（腕覆い）をした手を陽に翳す。一瞬にして、赤蜻蛉《とんぼ》が五本の指先に止まった。手を揺らしても、張りついたように逃げない。もう片方の手をひろげると、たちまち花飾りのように五指に休み、扇にひらいた両手を秋茜《あかね》に染める。

仙六の田にも出かける。刈った稲は束ねて、畦に植えた榛《はん》の木に渡した横木に掛ける。二股に吊して、熟した稲を乾燥させる稲架《はさ》である。

しめじ、舞茸、椎茸の混ぜ御飯を調え、菊は、仙六・松夫婦に馳走する。彼らは、柏原とはちがう赤川の味に舌鼓を打つ。

夕焼けて蝗《いなご》が群れて、火花のように辺りに跳ね飛ぶ。稲の害虫なので、子供たちは巧みに捕えて、竹筒に縛った布袋に放りこむ。じきに袋は重たくふくらみ、麻布を気色悪く乱れ打つ。炙って食うと甘味で、彼らの空き腹を満たす。蝗の佃煮《つくだに》が姿そのまま膳にでる。村の字《あざ》（一区画）を埋めつくした蝗の羽音が、たちまちのうちに、天空をふるわせて隣の字へ群舞する。

紅葉を迎える江戸。十月十二日、一茶は一瓢を伴なって、深川長慶寺の芭蕉塚に参詣した。ようやく上梓間近かな『三韓人』の功徳《くどく》を祈願する。実は松尾芭蕉は、ここ深川の六間堀の草庵に居を構えていたのだ。没後百二〇年、まだ俳聖と崇められてはいない。一茶と一瓢は帰り道、一膳飯屋で深川めしを食った。歩いたあとなので、浅蜊《あさり》のむき身を炊きこんだどんぶり飯は旨い。一瓢と別れて一茶は、御機嫌で馴染みの廓に遊ぶ。

ひとり菊は、童歌を口すさみながら実家に帰る。途中、背丈はるかに群生する芒《すすき》が穂を垂れ、気紛れな秋風に逆巻くように波打ち波打つ。勝は、娘の好物の栗御飯を山盛りにする。取りたての栗を炊きこんだ飯に、胡麻《ごま》をまぶす。眉を曇らせたまま、勝は、一茶はまだ帰らぬかとは聞かない。しばしば里帰りするので、…婿殿は娘を置き去りにしたままじゃ、と唇を噛む。

はるか山頂に鰯雲を仰ぐ。この鱗状の雲がでると、鰯が大漁になると漁夫が伝える。菊は、藁縄を束ねた束子《たわし》で泥まみれの大根《おおね》を洗う。みるみる真っ白になった根が、堀割の流れに瑞々しく揺れる。裏庭にある架木に吊して干す。渋柿の皮をむいて乾していた干柿が、頃合いになっている。冬籠りに、干した棒鱈《ぼうだら》、身欠き鰊《にしん》、山芋、干し数の子、干し大根、干し菜を買いととのえてある。

炉端に横坐りして、ひとり菊は、ズルズルととろろ飯を啜る。山の芋をすり下ろした汁を麦飯にかける。一茶であれば、両のほっぺたを叩いて歓喜する筈だ。麦とろの粘り気で唇の両端が痒くなり、あわてて水瓶の杓をあおる。唇を拭いながら、彼女は涙脆くなっている自分が情けない。もっと強《したた》かにならなければ、と己を叱咤《しった》する。

初冬の候、寒気は山肌を静かに這い下りて、冷やひやと人里に忍びよる。「いわし召せ〜」幼な子を背負って、越後の女鰯売りが塩漬け鰯の行商に歩く。そのか細い売り声が、辻の寒風に吹き消される。北信濃に厳しい冬が迫っていた。

「いわし召せ〜」

六

陽は、短く侘しい。その静寂を破って、遠く冬空に雷鳴がする。だしぬけに、表戸が乱打された。「菊さん！　菊さん」と破《わ》れ鐘のような声。用心して門を外すと、土埃にまみれた座頭坊（盲目の按摩）が立っていた。振りあげた杖竹を下ろすと、水洟《みずばな》を啜りすすり、一茶の幼馴染みだとひしゃげた声を絞る。そういえば、幼い頃に麻疹《はしか》に罹って失明した竹馬の友がいる、と聞いたことがある。十二月一日に帰る──一茶の言伝てだ。不意打ちを食らって、菊は、棒を呑んだように立ちすくんだ。

なんとか駄賃を握らせ、踏石を叩き叩きする座頭坊を路まで送った。「なんぞ座頭でやすか？」閉じた戸にもたれたまま、菊は一言、血を吐くように呟いた。文箱を抱えた町飛脚は毎日、韋駄天のように往来している。それなのに座頭坊に伝言を託する無神経…なんで文を寄こさねえ！　その腹立ちは、一茶が自分を忘れていなかったという喜悦にたわいなく呑まれた。菊は、彼の初の便りに有頂天になっている自分を叱れない。どんなに意固地になっていても、彼がもどってくれれば、万事帳消しになる。

山襞《ひだ》の秋冷が下がり、木枯しが街道を寒々と吹きぬける。吹きさらしの地べたに座して、ぼろをまとった盲瞽女《ごぜ》が、千々に乱れて三味線の撥《ばち》を掻き鳴らす。そのつぶれた引き歌が切なくて、菊は耳をふさぐ。哀れな辻唄は、寒天に吹き荒れる強風に千切れとぶ。

大気は冷え冷えと透きとおり、下界はしんと静まり、夜のうちに一面に霜が降る。山間の村里に冬籠りがはじまる。追って、冷気が耳鳴りのように響いて、初雪が山並みを淡墨に薄化粧する。家並みは、一様に白雪に覆われる。家の四方を菰《こも》で雪囲いし、窓には板張りし、戸の閂は二重にする。穴蔵になるので、昼間から行灯を灯し囲炉裏の薪を熾す。

菊は、厚い綿入れを着込み、足首をくくった防寒のもんぺ（股引）をはく。七輪の木炭で一人前の食を煮る。価七厘の炭で煮炊きが足りる。ひとり手焙《てあぶ》り（小火鉢）にかじかんだ両手をかざし、ちろちろと燃える炎を黙念と見つめる。煤けるので手や顔が黒ずみ、眉や髪が白っぽく尖る。囲炉裏に埋めた焼栗を、枝木の先で上手に掘りだす。座頭坊の言伝てには半信半疑ながら、指折り数えてその日を待つ。

のちに、一茶は、古里柏原を「下下の下国の信濃も、しなのおくしなの片すみ」と卑称した。十一月中頃には、村里は雪に埋もれる。三、四尺（九〇―一二〇センチメートル）も積もれば、牛馬の往来ははたりと途絶え、街道筋は橇《そり》（雪車）に依らねば通えない。雪に閉じこめられて家々は、春がくるまで長い、暗い、重い、鬱々とした日々を過ごす。家のまえを雪掻きして堀割の流れに落とし、路は雪踏みをして固める。降り積もれば、屋根の雪下ろしを頼む。女一人には、しごく不便で面倒で厄介な作業であった。

十二月一日朝、菊は暗いうちから、いそいそと馳走の支度にかかる。行商は遠のくので、実家から越後の海の幸、鱈《たら》を取りよせた。荷に、寒掘りの長葱《ねぎ》を添えた勝の喜ぶ顔が浮かぶ。春菊、焼豆腐をそろえ、ちり鍋の具を調えた。浮き浮きと、華やいだ気分になる自分を冷やかに見越す己れがいる。

暮れて、屋根を落ちる雪が表の踏石に散った。

案の定、一茶は帰らなかった。座頭坊は真っ当でも、言付けた本人が天から気分屋なのだ。気落ちはしたが、菊は、ひとり気丈に振舞う。鱈ちりの土鍋は箸もつけず、裏の軒下に置き捨てた。

玄冬、土製の行火《あんか》（足温器）を抱えて、早々に冷えた蒲団に潜りこむ。あかぎれに痛む手指を、行火に当てて温める。籠の猫をよぶが、鱈の切身にたらふくになったのか身じろぎもしない。夜半、ピシッと屋根の雪の重みに柱がひび割れる音、菊は蒲団をかぶって打ちふるえる。

このぶんでは、この冬には一茶は帰らない。深雪は五尺（一メートル半）となり、背丈を越える。もはや、犬橇でなければ辿り着けない。そんな難儀を厭わぬ一茶ではない…雪解けてからになるだろう。この半年間、待ち焦がれて菊は、待つ身の辛さに耐えた。もう彼の気紛れには、一喜一憂しない。肌寒い蒲団に海老のように身体を丸め、彼女は、小刻みに震《ふる》えながら我褒めしていた。

昼がもっとも短い冬至である。家内は昼なお暗いので、菊の知覚は相当ににぶっている。妙な静謐《せいひつ》に覚めると、籠に三毛猫が見えない。手をのばして空籠を触ると、冷っこい。あわてて隅々を探すが、どこにも見当たらない。開く所は、台所の煙出しの気抜け窓しかない。麻紐を引いて開けると、小さな氷柱《つらら》が折れてガラス片のように散乱した。詮ないと知りつつ、湿って重たい裏戸を開ける。隙間から荒ぶ雪煙が吹きこんできて、またたく間に土間を純白に染めた。

家猫が消えるとは、ただならぬことだ。猫の失踪にうろたえて、菊の脳裡に一茶の百面相が躍った。猫は死期を覚ると、自ら死に場所に赴くという。思わず彼女は、「おらの所為じゃないでやす」と口走っていた。この守りの言葉を吐いたのは、二度目である。手焙りに火を熾すが、小刻みに震えはとまらない。懐かない猫だったが、情はうつっていた。独りきりになったという孤独感が、菊の胸に迫りよってきた。

一茶句日記「十二月二五日　且ッ雪　晴　帰郷」

昼すぎ、遠く犬の吠え声がした。近づいてくる数匹の激しい息遣い…脱兎のように土間に走り、菊は、二重の閂を外すのももどかしく表戸を開けた。背丈に凍った雪の両壁の向うに、引綱に抗う犬たちが、粉雪を吹きあげて喧しく乱舞している。犬橇から雪まみれの一茶が転がりでて、犬を避けながら素っ頓狂な叫びをあげた。「お菊どの！　お菊どの！」彼は、雪達磨《だるま》のように雪壁の路に転がりこんできた。

「お菊どの！　いま帰りやした」

七

文化十二年（一八一五）四月一日、一茶と菊は、裏庭で遅咲きの梅を愛でた。雲たなびく天空に、幾つもの喧嘩凧が角立って舞っている。

八月十五日、一茶と菊は、路先で山頂はるか仲秋の名月をながめた。縁台のささやかな宴、一茶の酒杯は一段とピッチがあがる。

九月一日、一茶と菊は終日、近くの里山で茸をとり栗をひろう。萱は、もっぱら菊が手際よく刈りあげた。

翌九月二日、一茶は、腰袋に焼栗をさげて早立ちする。江戸行きだが、彼はいつ帰るか言わない、菊も聞かない。

九月四日、庄屋からの帰りがけ、急に吐き気を催し、菊は、鶴のように掘割の流れに吐いた。向い側から古女房が、はばかりなく冷やかした。「菊ちゃん。ややができやしたのう」

弥太郎の嬶《かかあ》の妊娠は、その日のうちに村中にひろまった。初めて身籠ったので、菊は悪阻《おそ》（つわり）には疎い。このところ食欲不振だったが、暑気中《あた》りと気にかけなかった。みずおちがむかつき、込みあげてくる吐き気に台所へ走る。酸っぱい胃液をぬぐいながら、「おらに、ややができやしたか…」とつぶやいた。そのまま、ワナワナと土間にうずくまる。石女ではなかったという安堵…孕み女（妊婦）の万感が、ふつふつと沸きあがってきた。

翌日、隣の松が村の産婆をよんだ。「当たりィ」と、老練な取上げ婆は事もなげに告げた。菊は、一茶に知らせねばならないと焦った。嫁いで一年半にして妊娠、彼女は、夫を子種なしと蔑んだ愚かを悔んでいた。

寄り道して深川の廓に遊んだあと、九月八日、一茶は、何食わぬ顔で本行寺に入った。早飛脚の文は、彼より先に届いていた。不審顔で菊のかな文を読むと、雷に打たれたように棒立ちになった。青天の霹靂《へきれき》—思いもよらない事態、滅相もない我が子。次の瞬間、「お菊。でかした！」と一茶は欣喜雀躍する。文を振りまわして、長い廊下を本堂の一瓢のもとに駆けた。「ややができやした！　ややができやした！」

一気呵成に返書をしたため、一茶は、雲を踏むように飛脚問屋に託す。すぐさま帰郷する気は、更々ない。彼は数日後、下総《しもうさ》（千葉県北部）へ俳諧行脚に出かける。総州各地の門人や同友を巡り、句会を催し吟行する。ほとんど某々（だれだれは知れない）の吟詠だが、宗匠一茶の欠かせない出稼ぎの旅である。

九月十一日、菊は、初めて一茶の書状を読む。「御安静に成さるるや、賀し奉る。其方《そなた》には薄着になりて風でも引かぬやうに心がけ、何も働かずともよろしく候間……」精々、妊娠した妻を労りながらも、はるか江戸の空から彼女の身を案じるのみだ。

もとより菊は、一茶を当てにしていない。流産しやすい頃には、実家にもどって安んじる。十月の戌《いぬ》の日、勝の手をかりて彼女は、安産を祈願して、ふくらんできた腹に白い岩田帯を巻く。

江戸へ発って四ヶ月足らず、大晦日《みそか》の迫った十二月二八日、一茶は雪達磨になって帰宅した。表戸を半開きにしたまま、菊は「お帰りやす」とよそよそしく迎える。四肢を踏んで藁沓《わらぐつ》の雪をおとすと、一茶は、ケロケロと相好をくずした。「大きうなったのう」というほど、まだ腹はふくらんでいない。菊は拗《す》ねたまま、腹に両手を当ててそろりと框に坐った。

文化十三年（一八一六）、春まだ遅い四月十四日、長男の千太郎が生まれた。

産婆は、安産と気休めを言ったが、勝は、赤子の小ささに胸をつかれた。くるまれた産衣に泣く声は、絶え入るようにか細い。陣痛に苦しんだ菊は、これでも安産なのかと恨めしい。今でいえば、未熟児（二五〇〇グラム未満の低出生体重児）で、加温・加湿・酸素投与・感染防禦の管理が必要となる。吟行からもどった一茶は、枕元ににじりより恐る恐る赤子をのぞきこむ。小猿に似たこげ茶の顔があった。五四歳にして授かった子…まだ我が子という実感はない。彼は青ざめた菊を見、神妙な声音で「お菊どの。お疲れさまでやした」と労った。

句日記「四（十四日）晴　上町ニ入ル　菊女生ム男子ヲ」

菊は、産後の肥立ちが悪く伏せていた。乳がでないので、松が知り合いの産婦を連れてきた。その乳母があふれでる乳首をあたえても、赤子はくわえる力もない。いわゆる栄養失調で、日に日に衰弱していった。

五月五日の節句、盥《たらい》の菖蒲湯《しょうぶゆ》を千太郎のか細い手足にかけ、邪気を払う。

五月十一日寅ノ刻（午前四時頃）、千太郎は息絶えた。生後二八日、産衣も替わらぬまま、初子《ういご》を慈しむ間もなく、出生を祝う暇もなく、彼は一瞬にして天空に去った。裏庭によろめきでて、一茶は地べたに伏して慟哭《どうこく》する。

句日記「四月十四日生レシ男子寅ノ刻ニ没ス」

七月八日、一茶は、近郷の浅野の俳友文虎宅でおこりを病む。今にいうマラリアの一種である。一日おきに四たび高熱を発し、ほうほうの態で柏原にたどりつく。

八月二日夕方、洗濯していた菊の姿が忽然《こつぜん》と消えた。日暮れて、一茶はさすがに慌てて、村外れを流れる古間川を捜す。川辺の灌木をはらううち、一茶の両手は、木瓜《ぼけ》の刺に刺されて血だらけになった。どうやら、赤川の実家に隠れたらしい。八日夕暮れ、にわか雨に追われて菊は、泥水を跳ねながら駆けもどった。いまだ一茶には、彼女が行方をくらました訳が分からない。

十月一日、一茶は谷中の本行寺に入る。嫁取り後、三度目の江戸行きである。十一月に入って、数年来の持病であったひぜん（皮癬）を患う。疥癬《かいせん》虫が寄生して発病する厄介な皮膚病である。全身に吹きでるデキモノに七転八倒する。十一月二十日過ぎ、病いをおして下総布川に吟行中、師友夏目成美の訃報を聞き、ひぜんが悪化する。

実は、一茶は、この醜いデキモノを黴《ばい》ではないかと脅えていた。二四文（娼婦）と遊んだ天罰…黴は、今も恐ろしい性病の梅毒である。彼は十二月初め、門人の医者に『黴癘《ばいれい》新書』という医書を求める書状を送った。同書には、専売の嗅ぎ薬が瘡癩《そうらい》（梅毒と癩病）に著効するとあったのだ。だが、書物は届かなかった。

十二月二二日、一茶は、谷中から下総守谷の西林寺に転地し、そこで年を越す。翌年（文化十四年）一月二八日に谷中にもどるが、二月八日に親友一瓢が伊豆三島に転じたので、ふたたび西林寺をたよる。「造作かけるねえ」

三月三日、菊に、切々とひぜんの症状を訴える文を送る。「何を申すも、疥癬といふ人のいやがるものに出来られたる此度の仕合せ（まわり合わせ）、是も前世の業因ならんと、あきらめ申し候」

のちに「ひぜん状」とよばれる書状の文中、彼は、「長々の留守さぞく退屈ならんと察し候へども、病には勝たれず候」と、厚かましく無沙汰の言い訳をする。そのうえ、千太郎たちの命日を忘れぬようにと、墓参りの念をおす図々しさだ。

病いは癒えぬのに、一茶は五月二二日、常陸《ひたち》（茨城県北東）の潮来を訪れ、旧家で芭蕉の遺墨をみる。そのあと、上総《かずさ》（千葉県中部）の鹿島、銚子を転々と巡る。九月末、別れを惜しむように江戸をはなれ、十月四日、九ヶ月ぶりに柏原に帰った。

夏目は逝き、一瓢に去られて、断ち切りがたいが、一茶の江戸行きは止むことになる。

文政元年（一八一八）三月二一日、出産間近か一茶は菊を赤川へ連れていく。四月二五日、菊が男児を産む夢をみる。同二七日、彼女が安産する夢をみ、いよいよ待ち焦がれた出産が迫る。

立夏の五月四日、長女のさとが生まれる。

一茶五六歳は、孫のような娘に狂喜した。竹植える頃、憂き節（辛い悲しいこと）の多い浮世に生まれた娘…一茶は願立てて、聡《さと》かれと祈ってさとと名付けた。

八月三日、西方の霊山戸隠の麓を参詣する。真夏の陽射しをさけながら、菊が三ヶ月の産衣のさとを抱く。一茶は、その足元に忙しく気を配る。さとの健やかを祈願したあと、宿坊で冷えた蕎麦切りを食す。

九月一日、生まれてから百二十日目、さとの箸とり初《ぞ》めである。一茶は、娘のおつぼ口に汁粥を食べ初めさせた。可愛さのあまり、ようやく首のすわったさとの頬をチュッと吸った。その途端、窓格子に百舌《もず》が一声裂けるように鳴いた。思わず菊の笑顔が引いた。百舌は、鋭い嘴《くちばし》で捕えた虫を小枝に串刺しにする。ときには、蛙や小鼠がもがき苦しむ。これを百舌の早贄《はやにえ》という。縁起が悪い、と彼女の芯が冷えていた。

翌年の歳旦（元日）、さとの前にも雑煮膳を据える。生まれて八ヵ月、無邪気に笑顔を振りまいて目出度く越年した。一茶は歓喜して、〈這へ笑へ二ッになるぞけさからは〉と詠んだ。

雪解《ゆきげ》が消える頃、さとの誕生日を祝う。一茶は、真桑瓜《まくわうり》を頬ぺたに当てて笑うさとを夢枕にみた。這えば立てとトタトタ歩む子に、手を打ちうち、天窓てんてん、頭《かぶり》を振りふり、彼は尻餅ついて笑いころげる。我が身の老いを忘れて、すくと育つ娘に目をほそめる一茶。その子煩悩《こぼんのう》ぶりが可笑しくて、菊は、口許をおおって笑いこける。

七夕《たなばた》間近い六月二一日巳《み》ノ刻（午前十時頃）、さとは呆気なく亡くなった。

一茶は、痘《いも》（疱瘡《ほうそう》）の神に取り憑かれたと記したが、彼女は、疱《いも》（麻疹《ましん》）に罹って数日にして逝った。麻疹は、はしかと通称する麻疹ウイルスによる急性感染症で、多く幼児が高熱と特有の発疹を発症する。感染力は強いが今ならば、ワクチン接種や抗生剤による化学療法で治癒する。

一茶が掌中の珠と慈しんだ娘は、一歳二ヶ月の可愛い盛りに儚《はかな》く消えた。冷たくなる娘の死顔を両手でなでで、菊は、菩薩のように咽び泣いた。かたわらの一茶、呆然自失……

句日記「サト女此世ニ居ル事四百日　一茶見親百七十五日　命ナル哉　今巳ノ刻ニ没ス」

初七日を過ぎて七月三日、おこりが再発して一茶は倒れ伏す。

八

文政三年紅葉《もみじ》狩りの十月五日、次男の石太郎が生まれる。

切々と、石のように丈夫に育てと一茶の親心。彼は、〈岩《いわほ》には疾くなれさざれ石太郎〉と詠んだ。

十日ほどのちの十六日、浅野へいく途中に転倒し、一茶は半身不随になる。道駕籠《かご》で私宅に担ぎこまれ、五八歳の老体が小さな赤子と枕を並べる。口がへの字に曲がって喋れない、右手が痺れて動かない。一茶は中風《ちゅうぶう》と記したように、古く風気に中《あた》る風邪の病いと考えられた。

多少、民間療法の知識があった彼は、自ら調合した手合わせの薬を呑んだ。それは、大根おろしのしぼり汁である。そのあと、卒中に効能あるという漢方薬『烏犀圓《うさいえん》』を呑む。どちらが効いてか、彼は、ほどなく快方に向かう。つまりは、脳の急激な血液循環障害による脳卒中の発作で、血栓が一時的に脳動脈を閉塞して血流を妨げたのだ。

病いには勝てず一茶は、泣き泣き陶の尿瓶《しびん》を置いて一の宝とよぶ。石太郎をあやす菊の手をかりて、病臥したまま冷たい尿瓶に泣く泣く放尿する。

文政四年歳旦、病いが快癒したわけではないが、還暦の歳、生きかえった悦びに蘇生坊と号する。

それから十日後の一月十一日、鏡開き。鏡餅を割って汁粉にして祝う。その夕刻、石太郎が卒然と横死した。過労な菊が朝方、ねんねこ半纏《はんてん》（綿入れの羽織）を羽織って、石太郎をおんぶしたまま転《うた》た寝した。背負い帯が食いこんで、三ヵ月の赤子は母の背で窒息した。

一茶は錯乱して「背負ひ殺し！」と、菊の過失を罵倒し糾弾した。

五月頃から、菊は腎虚を煩《わずら》う。腎虚とは、腎気（精力）欠乏による病いを総称する漢方の病名である。俗には、過淫による衰弱症を指す。病いに冒されながら彼女は、必死に四度目の妊娠をする。

次男の死後一年二ヵ月、文政五年三月十日啓蟄《けいちつ》の候、三男の金三郎が生まれる。ふたたび男児—母親の過失で亡くした石太郎の生まれ代わりであった。「弥太郎さんにソックリでやす」婿の機嫌を取り結ぼうと、勝がお愛想をいう。一茶は、相好をくずして幾度もうなずいた。威勢よく群をなす雀が、冬籠りから這いでた虫をくわえて飛び交う。

「按配が悪りィ」産後の肥立ちが悪く、菊は、山里の春が遅いのに綿入れに滲みる汗をかき、不穏な動悸と息切れに悩まされる。

六月十七日、菊は痛風に襲われて、手足の関節に激痛を繰りかえす。八月二九日に善光寺参詣中、一茶は足元がもつれて、石段に転倒し額に手痛い怪我をする。十一月七日、病人夫婦は、八ヵ月の金三郎を大切に抱いて、信濃北東部の湯田中温泉に湯治へいく。

文政六年二月十九日、ついに菊が倒れる。顔面蒼白、目眩《めまい》、動悸、息切れ、倦怠感…心臓に流れる血液量が極度に減少する重い貧血である。一茶は、熊の胆《い》や調合した煎《せん》じ薬を呑ませる。

急いで善光寺から医者を呼びよせる。ふつう、三代つづいた医家でないと信用されない。宗伯家三代目という若い総髪は、落着きなく菊の口をひらいて舌を診た。宗匠一茶を耳にしているので、彼は、丁重に心の臓の虚血と囁いた。脈診も腹診もしない。当時、なによりも舌診を重んじる漢方一派が台頭していた。太鼓医者！と憤って、一茶は、太鼓持ちのように世辞上手な彼を追いかえした。

十数羽の寒雀が、裏の残雪に忙しく餌をついばむ。頃合いをみて、物陰から一茶が鳥網を投げる。数羽を捕えると、猛然と羽根をむしりとる。串焼きにして菊にだすが、彼女は、その臭いに顔をそむける。「お菊。精がつく…」と彼は声を失う。

四月十六日、一茶は、近在の赤渋村の富右衛門に金三郎をあずけ、彼の娘に貰い乳する。翌十七日、痩せほそった菊を駕籠《かご》に乗せて赤川へはこび、勝に看病をたのむ。二七日、金三郎の下痢が止まないとの知らせがある。心ならずも俳句を放って、半里（およそ三キロメートル）先の富右衛門宅に足を引きずる。

五月十二日、驟雨《しゅうう》が、実家の病間の明り障子を刷毛《はけ》のように濡らす。発病三ヵ月足らず、菊は、にわかの心臓発作に襲われて息を引きとった。

三七歳、十年連れ添った嫗である。枕元で一茶は、彼女の袖を引いて児戯のように揺すぶった。「お菊。起きてくだされや…」

句日記「五月十二日　陰《くもり》　時々雨　菊女没」

葬式に金三郎を呼びもどすが、一歳二ヵ月の彼は、腹瀉《くだ》しが止まず骨皮に衰弱している。

野辺送りを終えて夜、赤渋の乳母の乳を呑まず蚊の鳴くように泣く。十四日、彼を近在の中島の乳母にあずける。

八月十五日の盂蘭盆《うらぼん》。表の路に、藁を燃やして火を焚く。菊の新盆《あらぼん》となる魂迎えである。悪性の下痢が癒えきらない金三郎に、一茶は、亡き母の霊がもどってくると説いた。「母《かか》がくる、母がくる」と、金三郎は、小さな両手を叩いてきゃらきゃらと喜ぶ。一茶は、亡妻と形見子を詠み、夕闇に赤々と揺れる迎え火に絶句する。

〈かたみ子や　母が来るとて　手をたたく〉

十二月二一日、母のあとを追うように金三郎は亡くなる。一歳九ヶ月、一茶は、あだし野（火葬場）に小さな棺を焼く。

菊に先立たれて一茶は、身辺の世話する者もなく、穴蔵となった家内に独り閉じこもる。日々、雪は道から軒先まで積もる。見舞に訪れた門人が、雪掻きをして通り路をつくり、厚く張った天水桶の氷を叩き割る。時折、松が差入れにくるほかには、村人は変人には寄りつかない。炉の自在鉤にかけた鉄鍋、彼は、その冷えた芋汁を啜る。もう飽きているが、山芋と干菜で飢えをしのぐ。

文政七年一月六日、男やもめを嘆いて一茶は、越後関川の浄善寺住職で門人の指月に、坊守（後妻）探しを懇願する書状を送る。

早々と、本家柏原の万屋弥市の骨折りが実る。菊の一回忌にあたる五月十二日、一茶は、飯山藩士田中義条の娘雪を娶る。飯山は、斑尾山を越えて東北へ四里ほど（十五キロメートル）の城下町である。後妻は三八歳、武家育ちの女盛りに中風病みの六二歳の老爺では、異様に不釣り合いだ。

八月三日酷暑、犬に鰹節を一本抜きとられたと記し、その日、一茶は雪を離縁する。わずか二ヵ月半の再婚であった。

八月十五日、金三郎の新盆。表に盆提灯を下げ、干藁の爆ぜる迎え火を焚く。死別した一女三男と妻、いずれも逆縁となる供養である。一茶は、去年の菊の新盆に詠んだ追善の句を想い合わせた。あのときは、無邪気に笑う金三郎を抱いていた。

〈亡き子らや　母が行くとて　手をたたく〉

それは、哀切きわまる一句であった。五人とも、一茶とは幽明境を異にする。彼は、棒立ちのまま号泣し、墨跡濃い懐ろ紙をずたずたに破り捨てた。

一ヵ月ほどのち閏八月一日、善光寺の文路宅に逗留中、一茶は中風を再発する。舌がもつれて回らず、言葉が喋れない。横倉の医者で門人雪里を頼り、一ヵ月ほど養生する。二度目の大病に一茶は、蝿の力もなく布子（綿入れ）も重いと痛嘆する。ついで、湯田中の門人希杖宅に這入り、右手の震え痺れ、右足の痺れ硬直を湯治する。体力も気力も衰えて自暴自棄にもなれず、ひたすら曲った唇に途切れなく連句を唱える。老残の身を晒して門人宅を転々とした末、四ヵ月後の十二月四日、凍えた無人の私宅にもどる。

妻帯の温みと利得を知った一茶は、孤独に耐えきれず、逃げるかのように私宅をでる。北信濃の処々に身を引きずり、呂律《ろれつ》の回らぬままに句会を仕切り吟行を重ねた。憑かれたように、彼の奇行は門人たちを辟易《へきえき》させた。

折よく、近所の穀屋小升屋《こますや》に奉公していた下女を見初める。仁之倉の徳左衛門の肝煎《きもい》りで、文政九年八月、越後二股村の小作農、宮下所左衛門の娘やをを娶る。彼女は、二歳の連れ子倉吉をつれて後妻に入った。三二歳、六四歳になった一茶より三二も年下であった。二股村は、柏原から野尻湖の向うへ一走り、国境いの妙高山麓にある小村だ。

「火事だぁ！」

けたたましく半鐘が鳴る。文政十年（一八二七）閏六月一日、柏原村に出火し、折悪しく強風に煽られて延焼、街並み百十三戸のうち九二戸が焼失した。村人の大半が焼け出されて、一面の焼跡は愁嘆場となる。一茶宅も類焼し、辛うじて裏の土蔵が焼け残る。

母屋の一切を失って、一茶たちは数日、屋根の焦げた土蔵に仮住まう。こげ臭い蔵内に筵《むしろ》を敷いて寝泊まりする。一茶は、新妻やをの袖にすがりついて離さない。ほかりほかりと温い土には、無数の蚤が乱れて飛び跳ねる。被災は彼の病勢をむしばむが、このとき、やをは老いた夫の種を宿す。

しばらく火事場を離れて、近在の六川の門人宅に身を寄せる。つぎの湯田中に滞留中、盂蘭盆を迎える。一茶は、我が家に魂棚も祭れず、墓参りも叶わず、寂しい盆を痛嘆する。刻々と仮借なく迫る定命《じょうみょう》にふるえながら、彼は、誘われて菊日和《びより》に菊の節句にでかけ、駕籠で名所旧跡を巡って句作に呻吟する。

霜ふる十一月八日、帰郷して土蔵に入る。土中に掘った地炉（囲炉裏）のかたわらに病軀を臥す。顔貌は土気色だが、念仏のように百吟を唱えながら、添い寝するやをの孕んだ腹をなでる。

十九日の明け方、一茶の五体にわかに悪化し命旦夕《めいたんせき》に迫る。申《さる》ノ刻（午後四時頃）、身重のやをに看取られて没する。行年六五歳、死因は今でいう脳梗塞である。

一茶は、菊との間に三男一女を儲けたが、無慚にも二歳まで生きた子はいない。誰も、五節句の七五三を祝うことはなかった。江戸の時代、乳幼児の死亡率が高く、平均寿命を三〇歳までに引き下げていた。当時、根っから丈夫でなければ生き延びられなかった。ふつう乳呑み子や幼子の多くは、病いで死ぬものだったから、それを補うために多産であったのだ。だから親子の逆縁は通常で、一茶もそれを免れられなかった。

一茶の没後五ヶ月余、翌年の四月、やをは遺腹の子やたを生んだ。第五子の長生を念じて、一茶は、妻に赤子の名前を遺した。母親八百《やを》（数多いこと）に因んで、娘は、八咫《やた》（長いこと）と名づけられた。

一年三ヵ月で夫を失ったのち、後家やをは七八歳の長寿を全うする。

次女の顔をみることなく逝った一茶―父親を知らないやたは、元気に三歳と七歳の節句を祝う。生滅冥々《しょうめつめいめい》、彼女は、生まれ落ちてから四六年を生きた。

中原　泉（なかはら　いづみ）

1962年　同人雑誌「文学街」同人

1968年　同人雑誌「十四人」同人

2008年　医の小説集『生きて還る』

医の小説集

リンダの跫音

2011年10月31日　初版第1刷発行

2012年4月30日　　　第2刷発行

著　者　中原　泉

発行者　伊藤寿男

発行所　株式会社テーミス

東京都千代田区一番町13-15　一番町KGビル　〒102-0082

電話　03-3222-6001　Fax　03-3222-6715

印　刷
製　本　株式会社平河工業社

ISBN978-4-901331-23-4